陳平原 主編

三聯人文書系

「她」的故事：穿越古今的性別閱讀

梅家玲 著

JPC HK

三聯人文書系

主　　編　陳平原

責任編輯　沈夢原　陳佳妮

書籍設計　a_kun

書　　名　「她」的故事：穿越古今的性別閱讀

著　　者　梅家玲

出　　版　三聯書店（香港）有限公司
香港北角英皇道四九九號北角工業大廈二十樓
Joint Publishing (H.K.) Co., Ltd.
20/F., North Point Industrial Building,
499 King's Road, North Point, Hong Kong

香港發行　香港聯合書刊物流有限公司
香港新界大埔汀麗路三十六號三字樓

印　　刷　美雅印刷製本有限公司
香港九龍觀塘榮業街六號四樓A室

版　　次　二〇二〇年九月香港第一版第一次印刷

規　　格　大三十二開（141 × 210 mm）二八〇面

國際書號　ISBN 978–962–04–4645–0

總序

陳平原

老北大有門課程，專教「學術文」。在設計者心目中，同屬文章，可以是天馬行空的「文藝文」，也可以是步步為營的「學術文」，各有其規矩，也各有其韻味。所有的「滿腹經綸」，一旦落在紙上，就可能或已經是「另一種文章」了。記得章學誠說過：「夫史所載者，事也；事必藉文而傳，故良史莫不工文。」我略加發揮：不僅「良史」，所有治人文學的，大概都應該工於文。

我想像中的人文學，必須是學問中有「人」——喜怒哀樂，感慨情懷，以及特定時刻的個人心境等，都制約着我們對課題的選擇以及研究的推進；另外，學問中還要有「文」——起碼是努力超越世人所理解的「學問」與「文章」之間的巨大鴻溝。胡適曾提及清人崔述讀書從韓柳文入手，最後成為一代學者；而歷史學家錢穆，早年也花了很大功夫學習韓愈文章。有此「童子功」的學者，對歷史資料的解讀會別有會心，更不要說對自己文章的刻意經營了。當然，學問千差萬別，文章更是無一定之規，今人著述，盡可別立新宗，不見得非追韓摹柳不可。

錢穆曾提醒學生余英時：「鄙意論學文字極宜著意修飾。」我相信，此乃老一輩學者的共同追求。不僅思慮「說什麼」，還在斟酌「怎麼說」，故其著書立說，「學問」之外，還有「文章」。當然，這裡所說的「文章」，並非滿紙「落霞秋水」，而是追求佈局合理、筆墨簡潔，論證嚴密；行有餘力，方才不動聲色地來點「高難度動作表演」。

與當今中國學界之極力推崇「專著」不同，我欣賞精彩的單篇論文；就連自家買書，也都更看好篇幅不大的專題文集，而不是疊床架屋的高頭講章。前年撰一《懷念「小書」》的短文，提及「現在的學術書，之所以越寫越厚，有的是專業論述的需要，但很大一部分是因為缺乏必要的剪裁，以眾多陳陳相因的史料或套語來充數」。外行人以為，書寫得那麼厚，必定是下了很大功夫。其實，有時並非功夫深，而是不夠自信，不敢單刀赴會，什麼都來一點，以示全面；如此不分青紅皂白，眉毛鬍子一把抓，才把書弄得那麼臃腫。只是風氣已然形成，身為專家學者，沒有四五十萬字，似乎不好意思出手了。

類似的抱怨，我在好多場合及文章中提及，也招來一些掌聲或譏諷。那天港島聚會，跟香港三聯書店總編輯陳翠玲偶然談起，沒想到她當場拍板，要求我「坐而言，起而行」，替他們主編一套「小而可貴」的叢書。為何對方反應如此神速？原來香港三聯向有出版大師、名家「小作」的傳統，他們現正想為書店創立六十週年再籌畫一套此類叢書，而我竟自己撞到槍口上來了。

記得周作人的《中國新文學的源流》一九三二年出版，也就五萬字左右，錢鍾書對周書有所批評，但還是承認：「這是一本小而可貴的書，正如一切的好書一樣，它不僅給讀者以有系統的事實，而且能引起讀者許多反想。」稱周書「有系統」，實在有點勉強；但要說引起「許多反想」，那倒是真的——時至今日，此書還在被人閱讀、批評、引證。像這樣「小而可貴」、「能引起讀者許多反想」的書，現在越來越少。既然如此，何不嘗試一下？

早年醉心散文，後以民間文學研究著稱的鍾敬文，晚年有一妙語：「我從十二三歲起就亂寫文章，今年快百歲了，寫了一輩子，到現在你問我有幾篇可以算作論文，我看也就是有三五篇，可能就三篇吧。」如此自嘲，是在提醒那些在「量化指標」驅趕下拚命趕工的現代學者，悠着點，慢工方能出細活。我則從另一個角度解讀：或許，對於一個成熟的學者來說，三五篇代表性論文，確能體現其學術上的志趣與風貌；而對於讀者來說，經由十萬字左右的文章，進入某一專業課題，看高手如何「翻雲覆雨」，也是一種樂趣。

與其興師動眾，組一個龐大的編委會，經由一番認真的提名與票選，得到一張左右支絀的「英雄譜」，還不如老老實實承認，這既非學術史，也不是排行榜，只是一個興趣廣泛的讀書人，以他的眼光、趣味與人脈，勾勒出來的「當代中國人文學」的某一側影。若天遂人願，舊雨新知不斷加盟，衣食父母繼續捧場，叢書能延續較長一段時間，我相信，這一「圖景」會日漸完善的。

最後，有三點技術性的說明：第一，作者不限東西南北，只求以漢語寫作；第二，學科不論古今中外，目前僅限於人文學；第三，不敢有年齡歧視，但以中年為主——考慮到中國大陸的歷史原因，選擇改革開放後進入大學或研究院者。這三點，也是為了配合出版機構的宏願。

二〇〇八年五月二日

於香港中文大學客舍

目錄

自序：當「文學」遇上「性別」

當我們閱讀古典詩歌的時候，會不會發現，總是有數不完的「思婦」站在樓頭凝望，期盼良人歸來？閱讀志怪小說，會不會好奇，其中的人鬼婚戀，作為「鬼」的一方，為什麼不但多數是女鬼，而且還要「自薦枕席」？說穿了，這都是文學中「性別意識」的體現。

「性別」問題向來與文學傳統、歷史文化，以及社會政治環境息息相關。然而以性別研究的角度去解讀文學，卻要直到二十世紀以後，才逐步開展。它始於關注「女性文學」與「文學中的女性」，進而擴及探析文學中的兩性互動，以及潛藏於其間的，關乎欲望、權力、言語等不同複雜面向的糾結消長。在臺灣學界，性別研究的對象原聚焦於現當代文學與藝術，但不久之後，也為古典文學研究者借鑑，無論是詩歌小說，散文戲劇，都因此發展許多深具新意的論述。

我原先從事的是古典文學研究，自九〇年代中期開始，試圖以性別論述的角度去研讀魏晉六朝的詩歌與小說，省思傳統性別觀念下，古典文學研究的不足之處，以及重新詮釋的可能。與此同時，基於對現當代小說的興趣，也嘗試就此進行研探。本書所輯錄的七篇論文，前三篇分別探討了漢晉詩歌中的「思婦」、《世說新語》中的「賢媛」，以及六朝志怪小說中的「人鬼姻緣」故事，是為古典文學的性別研究。後四篇處理現當代文學。聚焦於林海音、凌叔華、平路、李渝、董啟章等人的小說，反思其間的女性意識、性別建構與敘事美學。兩者相互映照，既可看出古典文學與現代文學於同一論題進行研究時的參差取徑，同時，也可觀照「性別」論題如何穿越古今，在文學的閱讀與書寫時，成為開啟新變的另類重要因素。

然而，古典文學源遠流長，即或同屬古典文本，也會因為所出現時代的早晚，內蘊不同特質，體現不同風貌。基本上，早期古典文學中的女性作者實屬鳳毛麟角，在作者多為男性文人的情況下，我們很難挪用既有的女性研究觀點去探討其中的「女性文學」或「女性意識」。反倒是必須經由文人作者和各種文學傳統、社會文化的交涉過程，去檢視男性文人筆下的女性形象與兩性互動，進而釐析其間的性別權/力關係與文化建構。

以漢魏六朝文學而言，可見的是，詩歌中的「思婦」，雖然是「文學中的女性」，讀者卻早已將其詮解為男性不遇文人企盼明君的喻託，並不以真正的女性人物視之。但若爬梳文學史，卻會看到，仍有不少女詩人，她們本身未必有良人不歸的經驗，卻也如前輩的男性詩人一般，寫下了思婦詩，我們將如何看待這些女詩人及其詩作？六朝人鬼姻緣故事中，雖然絕大多數都是「女鬼」自薦枕席，但偶然也會有「男鬼」進入陽世，尋找女人交歡，這又是什麼緣故？女鬼或投懷送抱，或挾怨報復，或臨別贈金，或為人夫產子，不一而足。這些人鬼相戀交婚、穿梭陰陽的情節，表面看來，大多可從傳統「男尊女卑」的觀念去理解，但仔細閱讀，當會發現：「生理性別」、「社會性別」與「階級」、「情欲」、「話語形構」等多重因素之間的糾結與拉鋸，才是志怪小說「人鬼姻緣」所以體現的內在動因。至於《世說新語》特為「『賢』媛」立篇，看似從素重「婦『德』」的傳統社會文化中重新「發現」了女性，肯定了女性的風神才辯之美；但事實上，那不過是漢晉以來人物品鑑風氣下的部分結果，「賢」的標舉，不僅並沒有將女性從社會文化的桎梏中完全解放出來，反而凸顯出「才」與「德」、傳統與當代，個人才性與家庭社會、世族門第間的多重頡頏與協商，以及女性在其間的依違輾轉，擺盪遊移。

相對於早期古典文學中女性作者的缺席，現當代文學的女性作者為數既多，風格形態亦極其多元。她們各有自己的美學理念，甚至具有高度自覺的女性意識。落實於小說書寫，遂不僅開展出不同於男性作者的風貌，甚且或無意、或有意地改寫了既有的男性歷史觀與文學傳統。她們始於關注女性自身的婚戀問題，從邊緣位置去遙望主流文化，從敘寫生活中的細節去凸顯自我主體；也因此，凌叔華《古韻》、林海音《城南舊事》等小說中的女性童年視角，所召喚出的，乃是遠離政爭烽火，超越國仇家恨的北京記憶。平路所關切的，則是「他的歷史」(history)，是否，以及如何，被改寫為「她的歷史」(her-story)？小說《行道天涯》與《百齡箋》中，她以宋慶齡、宋美齡兩姐妹的故事，裂解了原先以男性為中心的民國史。讓男性政治神話中種種「高大豐滿的英雄形象」，在女性的情愛欲望與敘述欲望中銷蝕瓦解。而畢生信奉現代主義的李渝，更是以自覺的女性意識，在「故事新編」的文學傳統中別出蹊徑。她以〈和平時光〉與魯迅的〈鑄劍〉對話，重寫了一則劍匠子女為父復仇的故事，但卻是化寇讎為知音，將暴力昇華為藝術，體現出女作家獨特的關懷與書寫姿態。

另一方面，董啟章雖然是男性作家，他的〈安卓珍尼〉卻是以女性視角反視男性沙文主義。他藉由女主人公對於「單性，全雌性品種」的斑尾毛蜥「安卓珍尼」的著迷與追尋，讓「生物誌」與「羅曼史」交纏錯綜、迴映互涉，演義「女同志」與「雌雄同體」的性別理論的同時，也思辨「語言建構」的問題。從「性別閱讀」的角度著眼，它與前述幾位女作家的小說，正是共同以「她」——也就是「女性」為中心，就向來以男性為中心的歷史記憶、文學傳統、性別建構與言說權力等問題，進行了不同面向的反思。

綜括而言，本書所閱讀研析的文本涵括漢魏六朝文學與現當代小說，所關切的，正是「她」如何從男性中心的性別文化中浮出歷史地表；「『她』的故事」如何從被男性文人書寫建構，轉變為由女性作者自我呈現，更進而落實為男女作家不約而同地翻轉成規，更新文學想像。「她」的故事曾經穿越古今，銘記著女性從「傳統」逐步走向「現代」的步履躊躇；瞻望未來，相信它仍將以其所標識的女性主體與性別意識，引領我們閱讀不同的文學風景，與時俱進，日新又新。

梅家玲

漢晉詩歌中「思婦文本」的形成及其相關問題

一、前言

明月照高樓，流光正徘徊。上有愁思婦，悲嘆有餘哀。
借問嘆者誰？言是客子妻。君行踰十年，孤妾常獨棲。
君若清路塵，妾若濁水泥。浮沉各異勢，會合何時諧？
願為西南風，長逝入君懷。君懷良不開，賤妾當何依！

曹植〈七哀詩〉

盛年婦女的樓頭悵望，深閨幽思，一向是中國古典詩歌中習見的「文本」。自漢魏以來，寫女子相思、閨怨之情的詩歌奕代繼作，迭見不鮮，前引的曹植〈七哀詩〉，正是膾炙人口的名篇之一。這類歌詩，在田園、山水、詠史、詠懷、邊塞等重要主題之外，隱然也形成自成一格的寫作傳統。然而，此一文本如何形成？其形成過程中是否還關涉了其他方面的問題？箇中委曲，迄今似未見有專文論及。【一】因此，本文乃由中國詩歌發展過程中，最具關鍵性的時期——漢晉時期著手，就其時「思婦」文本形成、發展的情形，及其相關問題，予以探析。在進入正式論析之前，擬先就「思婦文本」的特質、作者身份等問題，先略做說明。

所謂「思婦」，簡言之，即為幽居深閨，日夜思夫、盼夫來歸的婦女。其所以會有如此言行表現，大抵是丈夫因遊宦、征戍遠走天涯，為妻者不克偕行，於是，由空間疏離阻隔而起之懷想不捨，與隨時間流變而生之猜疑憂思，遂一再於深閨幽居之婦女的心頭湧現；朝朝暮暮，歲歲年年，一任四序紛迴悠悠漫衍。

然而，除卻有形的時空阻絕之外，所愛者移情別戀，亦足以變「咫尺」為「天涯」。此時，由於空間的疏離不再是唯一憾恨，故取相思之情而代之者，反倒是思而不得的怨情，與色衰見棄的哀情。也因此，由「思婦」而成「怨婦」、「棄婦」，亦為一雖不必然、但卻不無可能的發展。更何況，兩地相思的過程中，對良人情變與否的疑慮、憂懼，亦因彼此不相聞問，糾結為思婦心中的隱痛。反過來說，即或是已成「棄婦」，仍不乏深情不疑，一意期盼個郎心回意轉之癡心女子。由此以觀，則所謂的「思婦」、「怨婦」、「棄婦」，實皆為舊社會中，失意、獨處之良家婦女的一體多面。而除民間一般婦女外，另有不少嬪妃宮女，其於青春方盛之時，

【一】大陸學者康正果著有《風騷與豔情——中國古典詩詞的女性研究》一書（臺北：雲龍出版社，一九九一年），曾就古典詩詞中的女性形象多所論述，其間亦有言及「思婦」者。但其說多就詩歌文字現象抒論，其文本背後的相關問題，則著墨不多。另外，葉嘉瑩先生的〈論詞學中之困惑與《花間》詞之女性敘寫及其影響〉一文，亦曾就傳統文學中所敘寫之女性形象與身份特質有所論析，但所論亦並未及於漢晉詩歌中的「思婦」。該文收入《詞學》第十一輯（上海：華東師範大學出版社，一九九三年），頁一四六—二〇〇。

便獲選入宮，幸者，或可偶得君王臨幸；不幸者，則終其一生亦未必得蒙雨露。然無論幸與不幸，紅顏漸老、秋扇見捐，終究是不得不然的共同宿命。其思君、盼君之情，非但與民間婦女一無二致，甚且猶有過之。以是，本文所討論的「思婦」，固以溫柔敦厚、癡情無悔的在家妻子為主，但亦不排除若干具有「怨婦」、「棄婦」情質的婦女，與僻處宮闈的棄妃怨女。甚至於，還包括了在戀愛中與所愛分離，因而同樣具有相思情怨的未婚女子。其原因，當由於其情懷、心境本自有聲氣相通處之故。

而「文本」（text），則包括「書寫的和言談的語詞」，及所有或有形、或無形的人文活動和自然現象；透過對它的掌握、參與，乃有意象之喚起、意義之詮釋，以及創作之表現等活動的繼起。此外，「文本」的存在並非單一、孤立的，而是與其他「文本」間存有「互為文本」（intertextuality）的關係——換言之，任何一部文學文本都會「回應」（echo）其他的文本，或無可避免地與其他文本相互關聯；其關聯之道，包括了公開的或隱秘的引證和引喻、較晚的文本對較早文本特徵的同化、對文學代碼和慣例的一種共同累積的參與等。尤其，「思婦文本」所以能成為「自成一格」的寫作傳統，實與魏晉以後文人多以「擬作」、「代言」【二】方式摹寫思婦情懷有關。由於文人與文學傳統、政教環境間的多重複雜關係，乃使其別出於原始的民歌系統，而成為「文人詩」之一體。緣此，「思婦文本」所涵攝者，便不僅是孤立的思婦形象圖現，和單純相思情怨的抒發而已，而是在這些基本質素之外，尚且隱括了「思婦」、文人作者和各種文學傳統、社會文化機制的往來互動，以及在書寫過程中，作者／文本／讀者如何相互辯證、融匯轉變的實踐歷程。本論文的題目所以逕以「思婦『文本』」取代傳統的「作品」、「主題」之說，正是繫因於此。

其間，十分引人注意的是：這些以寫婦女相思情怨為主的文本，除早期不明作者的樂府古詩外，絕大多數皆出於男性文人之手。且就寫作方式以觀，以「全知全能」手法描摹思婦形象情懷者固然有之，但透過「妾」、「予」、「我」等字眼，以「第一人稱」方式代思婦微吟長嘆者，卻為數更多。這不禁使人好奇：為什麼明明是「女子之所思」，卻往往出自於「男子之所寫」？或者說，為什麼身為男性的文人，會願意將興趣的焦點投置在失意婦女的情愁悲怨之上，並以她們的「代言人」姿態出現？他們寫作的根據為何？是純粹為廣大、普遍的不幸婦女表露心聲，還是有其他的考量？與早期民歌相較，是否有所不同？完成之後，又具有什麼樣的意義和影響？這些，都是「思婦文本」形成、發展過程中，相當耐人尋味的問題。其間，當時的婦女處境和婚姻狀況固然值得注意，來自於政教體系、文學傳統的作用，更是不宜忽視。因此，以

【一】有關「擬代文學」的相關探討，請參見〈漢晉詩賦中的擬作、代言現象及其相關問題——從謝靈運《擬魏太子鄴中集詩八首並序》的美學特質談起〉。收入梅家玲：《漢魏六朝文新論．擬代與贈答篇》（臺北：里仁書局，一九九七年），頁一——九二。

下將由「文學史」角度出發，就具現於漢晉詩歌中的相關文本予以整理歸納，除追索其形成發展脈絡外，更擬就「傳統社會之婚姻觀與性別規範下的婦女處境」、「政教理想、詩學傳統、擬代風氣對思婦文本形成過程的影響」兩項論題，探勘「思婦文本」背後所蘊含的問題；最後，則試圖由「性別仿擬與女性主體的消解」之層面，對相關論題提出另類反思。

二、漢晉詩歌中「思婦文本」形成、衍變的考察

中國詩歌的源起，雖可遠溯至〈南風〉之辭、〈卿雲〉之頌，但四言雅體，仍以《詩三百》為本，五言流調，則於漢季、建安之後始稱成熟。故就現今可見之作品觀之，漢晉數百年間，其兩漢除極少數的文人之作外，唯樂府古辭可堪稱道；漢季以後，則文人自作與據樂府舊題以敷衍發詠者，均所在多有。因此，推溯「思婦文本」的源起，固仍屬諸民間風謠，但真正在詩歌發展中成為「自成一格」的寫作傳統，實在建安以後。故以下，便就「建安以前」與「建安暨建安以後」分別論述；前部分重在說明早期「思婦」多元風貌之展現，後一部分，則經由具體的對照、比較，指出魏晉文人如何藉「擬作」、「代言」方式，為「思婦」凝塑出一定美學典型的進程。

（一）建安以前的「思婦」：多元風貌的展現

基本上，建安以前的思婦詩，因其體類不同，約可歸屬於三類：1.民間風謠及文人仿其體式而作的歌詩；2.〈古詩十九首〉中的思婦詩；3.寫實贈答體（以徐淑的〈答秦嘉〉為主）。對建安以後的文人而言，它們正是從不同方面，提供了摹習、參照的對象。

首先，在民間風謠方面，所謂「情動於中而形於言，言之不足故嗟嘆之，嗟嘆之不足故永歌之，永歌之不足，不知手之舞之，足之蹈之也。」（〈詩大序〉）因情動而發為詠歌，本為有情生命感物吟志的自然現象；故來自民間匹夫庶婦的謳吟土風，常以其樸質天然、不假雕飾的情韻，成為詩歌史上最動人的篇章。早自《詩經》開始，各地風謠中便不乏男女相悅之辭，與隨男女之情而衍發的愛嗔癡怨。其中，發自於女子之口者，有未婚女子對情人的呼喚表白、已婚婦人對丈夫之思念、被棄女子之憤怨傷悼，以及婦人對傳統社會或家庭剝奪其婚姻自由而起的不平之鳴等。【二】不過，同樣是發抒女子對所愛的思而不得，無論是「青青子衿，悠悠我心，縱我不往，子寧不嗣音」的幽嘆、「子不我思，豈無他人？狂童之狂也且」的嗔怨、「自伯之東，首如飛蓬，豈無膏沐，誰適為容？其雨其雨，杲杲出日，願言思伯，甘心首疾」的刻骨

【二】有關《詩經》中的女性聲音，可參見吳若芬：〈直與紆——詩經國風中兩種女性角色的聲音〉，《中外文學》十三卷十二期（一九八五年五月），頁一四〇——一五七。

銘心，抑或是「及爾偕老，老使我怨，淇則有岸，隰則有泮，總角之宴，言笑晏晏，信誓旦旦。不思其反，反是不思，亦已焉哉」的自傷自悼，[一]在在呈顯出庶民心靈的敏銳易感、活潑多元。

降及兩漢，由於武帝「立樂府而採風謠，於是有代、趙、之謳，秦、楚之風，皆感於哀樂，緣事而發」，[二]這些早期風謠的內容，多集中於刺美地方郡守、反映家庭問題及孤兒、婦女、鰥夫、流民、士卒的痛苦生活等方面。雖然所詠歌者，皆屬都邑生活中之人民的體驗和情感，與《詩經》多出自鄉野者未盡相同，[三]故專言男女之情者，為數也並不多。但情感的質樸真率、不主一端，仍不脫〈國風〉民歌本色。即使其所抒發者，仍不外乎相思之情、別離之苦、色衰見棄的憂懼，然其中情感變化，自有其各異之面目。試看以下二詩：

有所思，乃在大海南。何用問遺君？雙珠玳瑁簪，用玉紹繚之。
聞君有他心，拉雜摧燒之。摧燒之，當風揚其灰！
從今已往，勿復相思，相思與君絕。雞鳴狗吠，兄嫂當知之。
妃呼豨！秋風肅肅晨風颸，東方須臾高知之。（〈有所思〉，《漢詩》卷四）

飛來雙白鵠，乃從西北來。十十五五，羅列成行。
妻卒被病，行不能相隨。五里一反顧，六里一徘徊。
吾欲銜汝去，口噤不能開。吾欲負汝去，羽毛何摧頹。
樂哉新相知，憂來生別離。躇躊顧群侶，淚下不自知。
念與君離別，氣結不能言。各各重自愛，道遠歸還難。
妾當守空房，閉門下重關。若生當相見，亡者會重泉。
今日樂相樂，延年萬歲期。（〈豔歌何嘗行〉，《漢詩》卷九）

在此，〈有所思〉直抒未嫁女子因所愛負心而生的愛恨糾纏；〈豔歌何嘗行〉藉禽鳥喻託夫

【一】上引諸詩分見《詩經》〈鄭風〉之〈子衿〉、〈褰裳〉；〈衛風〉之〈伯兮〉、〈氓〉。

【二】《漢書》〈藝文志〉云：「自孝武立樂府而採風謠，於是有代、趙、之謳，秦、楚之風，皆感於哀樂，緣事而發，亦可以觀風俗，知厚薄云。」此一記載似意謂「樂府」為武帝之創制，然考諸《漢書》〈百官公卿表〉所載，秦時已有「太樂」掌宗廟祭祀樂舞、「樂府」掌供皇帝享用之世俗樂舞。

【三】歷來學者多本於因「采詩」而「觀風俗、知厚薄」的觀念，認為兩漢樂府古辭同於《詩經．國風》，屬於地方民歌。然細察現傳之古辭內容，並不見具有地方風土特色之辭，而多偏於都邑下層生活之反映，故與《國風》之性質不盡相同。說參倪其心：〈都邑人民的歌〉，《漢代詩歌新論》（南昌：百花洲文藝出版社，一九九二年），頁一八六－二一四。

妻不克偕行的憾恨悲怨，這與其後「思婦文本」的重點或仍有所出入，但亦未妨視為先聲之作。尤其是〈豔歌何嘗行〉，倪其心認為「它突出了思婦的節操與悲哀，空房獨守，生死相期。這觸及了古代思婦矛盾痛苦的實質，也是古代思婦詩傳統主題的核心：為忠貞愛情付出了青春年華，乃至畢生幸福。而其根源卻在男子與丈夫的生活不得保障，及女子與妻室對於家庭與丈夫的依託。」【一】由於此一生存實質，乃促使思婦主題的發展逐漸走向對夫妻離別的深情思念、為妻者對丈夫異鄉生活的百般思慮，以及女子之地位命運常取決於青春容顏，以致不免色衰見棄的悲嘆。如稍後的〈飲馬長城窟〉，即為抒發夫妻別後相思之一例：

青青河畔草，綿綿思遠道。遠道不可思，宿昔夢見之。
夢見在我旁，忽覺在他鄉。他鄉各異縣，輾轉不相見。
枯桑知天風，海水知天寒。入門各自媚，誰肯相為言？
客從遠方來，遺我雙鯉魚。呼兒烹鯉魚，中有尺素書。
長跪讀素書，書中竟何如？上言加餐食，下言長相憶。【二】（《漢詩》卷七）

在此，既有妻子的「綿綿思遠道」、「宿昔夢見之」，亦有丈夫託遠客遺書致意：「上言加餐食，下言長相憶」，正是夫妻情深的圖現。至於出自文人之手的〈怨歌行〉藉秋扇見捐之現實行為，吞吐「恩情中道絕」的哀怨；〈董嬌嬈〉藉採花女子與桃李間的對問，點染「終年會飄墮，安得久馨香」、「何時盛年去，歡愛永相忘」的傷情；〈白頭吟〉在「聞君有兩意」之後，毅然做出「故來相決絕」的抉擇，亦分別為社會不同階層的失歡婦女，【三】譜唱出風調各異的樂章。

而出現於漢末的〈古詩十九首〉，則標識著五言詩體的成熟，與民間風謠朝向文人抒情之作過渡的進程。【四】其於思婦情懷的發詠，乃係在民歌的基礎上，益增其「宛轉附物，怊悵切情」（《文心雕龍》〈明詩〉）的藝術性。是以，詩中既有文人式的抒情詠嘆，亦不失民間風謠「緣事而發」的自然真率。其〈行行重行行〉、〈青青河畔草〉等歌詩，尤其具有相當的典型性：

【一】引自《漢代詩歌新論》，頁二〇七。

【二】〈飲馬長城窟〉《文選》作〈古辭〉，《玉臺新詠》題為蔡邕之作，逯欽立《先秦漢魏晉南北朝詩》亦題為蔡邕所作。

【三】〈怨歌行〉《玉臺》題作〈怨詩〉，並有序云：「昔漢成帝班婕妤失寵，供養於長信宮，乃作賦自傷，並為怨詩云云」。故所發詠者，乃為上層社會婦女之怨情。〈董嬌嬈〉《樂府詩集》題為宋子侯所作，子侯爵里無考，然細察詩意，當為下層婦女之心聲。又，《樂府詩集》卷四十一引《西京雜記》曰：「司馬相如將聘茂陵人女為妾，卓文君作〈白頭吟〉以自絕，相如乃止」。此為〈白頭吟〉作於文君之說所本。然《玉臺新詠》所收該詩題為〈皚如山上雪〉，並不謂文君所作。此詩之作者雖不確定，詳其詩意，亦無礙於棄婦之情的發詠。

【四】有關民間風謠如何為文人摹習轉化為抒情詩的情形，可參閱葛曉音：〈兩漢詩歌的源流〉，《八代詩史》（西安：陝西人民出版社，一九八九年），頁一—三七。

行行重行行，與君生別離。相去萬餘里，各在天一涯。
道路阻且長，會面安可知。胡馬依北風，越鳥巢南枝。
相去日已遠，衣帶日已緩。浮雲蔽白日，遊子不顧返。
思君令人老，歲月忽已晚。棄捐勿復道，努力加餐飯。

青青河畔草，鬱鬱園中柳。盈盈樓上女，皎皎當戶牖。
娥娥紅粉妝，纖纖出素手。昔為倡家女，今為蕩子婦。
蕩子行不歸，空床難獨守。【一】

據葉嘉瑩先生論述，〈行行重行行〉可為居者之言，亦可為行者之言，故或不必然是「思婦」之辭。【二】但因「浮雲蔽白日，遊子不顧返」，而萌生「棄捐勿復道，努力加餐飯」的溫柔敦厚，卻正是日後思婦文本中一以貫之的基調。他如〈冉冉孤生竹〉中，新婚的少婦一意期盼夫婿早日歸來，深恐青春蹉跎，蘭蕙凋零；〈凜凜歲云暮〉、〈孟冬寒氣至〉、〈客從遠方來〉中的已婚良家婦女，或於午夜夢回後徙倚感傷、引領垂涕，或空懷三年前的良人來信，長夜難寐、摯情不渝，或將丈夫捎來之端綺裁為合歡絲被，以聊慰如膠似漆、情絲不解之想像。其主角人物之身份處境或小有出入，空閨獨守、相思無悔的情懷亦可謂同調異曲，但表述的方式則各擅勝場，不定於一。

不過，〈青青河畔草〉中，倡女出身的主婦，於滿園春色中盛妝倚窗，春情難遣，不耐獨守，怨望外露，則又是思婦情怨的另類表現；而〈迢迢牽牛星〉藉牛女的「盈盈一水間，脈脈不得語」，寄託低迴幽渺的別恨，亦均可視為「思婦文本」之多元風貌的鋪展。

此外，出現於漢季的另一思婦詩——徐淑的〈答秦嘉〉，亦為往後的思婦文本，提供了另一參照依據。它的特色，在於並非抒情主體的純粹自我詠嘆，而是經由「贈答」方式，直接向所思念的對象訴其衷情。其重要性，首須就其夫婦間的「本事」說起。【三】

據《玉臺新詠》所收秦嘉〈贈婦詩〉之序文云：「秦嘉，字士會，隴西人也，為郡上掾。其妻徐淑，寢疾還家，不獲面別，贈詩云爾」【四】。考諸漢制，郡國每年終須派員赴京師送簿記

【一】〈古詩十九首〉首見《昭明文選》卷二十九，李善註曰：「並云古詩，蓋不知作者，或云枚乘，疑不能明也。」見《李善注昭明文選》（臺北：河洛圖書出版社，一九七五年），頁六三一。《玉臺新詠》卷一則收〈西北有高樓〉等九首，題為枚乘所作。本文此處據《文選》，作無名氏之古詩。

【二】說參葉嘉瑩：〈一組易懂而難解的好詩〉，《迦陵談詩》（臺北：三民書局，一九七七年），頁二一一——四四。

【三】有關「贈答」一體的形成過程，以及秦嘉徐淑夫婦在贈答傳統中的特殊意義，請參閱梅家玲：〈論建安贈答詩及其在贈答傳統中的意義〉，《漢魏六朝文新論‧擬代與贈答篇》，頁一五一——二三四。

【四】見《玉臺新詠箋注》（北京：中華書局，一九八五年），頁三〇。

審核，並結算稅賦，是謂「上計」。時秦嘉由隴西至洛陽，關山千里，而當時徐淑臥病娘家，不獲面別，其纏綿傷惻之情，遂化為悽怨之辭，具現於彼此往還贈答的詩作之中。為能有較全面之觀照，下面除徐淑之答詩外，亦將秦嘉〈贈婦詩〉中的五言三首同時引錄如下：

人生譬朝露，居世多屯蹇。憂艱常早至，歡會常苦晚。
念當奉時役，去爾日遙遠。遣車迎子還，空往復空返。
省書情悽愴，臨食不能飯。獨坐空房中，誰與相勸勉。
長夜不能眠，伏枕獨展轉。憂來如循環，匪席不可捲。（其一）

皇靈無私親，為善荷天祿。傷我與爾身，少小罹煢獨。
既得結大義，歡樂苦不足。念當遠離別，思念敘款曲。
河廣無舟梁，道近隔丘陸。臨路懷惆悵，中駕正躑躅。
浮雲起高山，悲風激深谷。良馬不回鞍，輕車不轉轂。
針藥可屢進，愁思難為數。貞士篤終始，恩義可不屬。（其二）

肅肅僕夫征，鏘鏘揚和鈴。清晨當引邁，束帶待雞鳴。

顧看空室中，彷彿想姿形。一別懷萬恨，起坐為不寧。
何用敘我心，遺思致款誠。寶釵好耀首，明鏡可鑒形。
芳香去垢穢，素琴有清聲。詩人感木瓜，乃欲答瑤瓊。
愧彼贈我厚，慚此往物輕。雖知未足報，貴用敘我情。（其三）
（秦嘉〈贈婦詩〉三首，《漢詩》卷六）

妾身兮不令，嬰疾兮來歸。沉滯兮家門，歷時兮不差。
曠廢兮侍覲，情敬兮有違。君今兮奉命，遠適兮京師。
悠悠兮離別，無因兮敘懷。瞻望兮踴躍，佇立兮徘徊。
思君兮感結，夢想兮容輝。君發兮引邁，去我兮日乖。
恨無兮羽翼，高飛兮相隨。長吟兮永嘆，淚下兮沾衣。
（徐淑〈答秦嘉〉，《漢詩》卷六）

如果說，古樂府〈豔歌何嘗行〉是「藉禽鳥喻託夫婦不克偕行的憾恨悲怨」，那麼，秦嘉、徐淑夫婦的往返贈答，就是以更具體的事實、更纖細的情感，圖現出「妻被卒病，行不能相隨。五里一反顧，六里一徘徊」的悽惻無奈。再加上秦嘉入洛後，不久便病卒於津鄉亭，【一】因生離而竟成死別，益增其事之悲劇性。鍾嶸《詩品》以「夫婦事既可傷，情亦悽怨」一語評之，正是兼括「情」、「事」二者而言。不僅於此，秦嘉卒後，徐淑的兄弟促其改嫁，淑誓死不從，【二】其貞烈之節行，非但為禮法之士所推崇，更益增其詩在流傳過程中之感人力量。因此，雖然在數量上只有一首，但徐淑堅貞節烈的「真情實事」，無疑是日後文人摹寫思婦時的重要認同對象。

基本上，前述三型各有其不同特質：風謠歌辭因出自閭里民間，故用字質樸，情感真率，呈現不假雕飾的天然本色，即或有出於文人之手者，其風調大體仍保有民間情味；〈古詩十九首〉介於民歌與文人詩之間，「文溫以厲，意悲而遠」，其中的思婦之作雖有文人化的抒情風味，但言情述事，仍不失民歌之自然風貌，所反映者，亦為當時民間之普遍心聲；至於徐淑的〈答秦嘉〉，雖有典雅溫婉的「文人詩」特質，但因具「真情實事」的背景，故純為自抒胸臆之作，所抒之情事，亦以此而富於個人色彩。

綜合這三型歌詩看來，亦可發現：儘管，女性的身份和相思情怨的發詠，是其共同內涵，但卻無礙於其間多元風貌的展現。由《詩經》以降，無論是〈子衿〉的幽嘆、〈褰裳〉的嗔怨、〈有所思〉的愛恨糾纏，在在烘染出未嫁女子對所思男子的多重複雜情感——既有纖細婉約的柔情萬種，亦不乏因愛而不得所生發的妒恨嗔怨。即或是既嫁之後，對遠別良人的魂縈夢繫、猜疑憂思，以及色衰見棄之哀惋悽怨，固同為詠歌大宗，但值得注意的是：不僅在「蕩子行不歸」之餘，為妻者並不諱言於「空床難獨守」的情欲告白（〈青青河畔草〉）；甚且在「聞君有兩意，故來相決絕」之際，還能大發「男兒重意氣，何用錢刀為」的凜然義憤（〈白頭吟〉）。凡此，皆可見其活潑多元的自然風情。然而，如此多面向的處境和情懷，卻在建安以後詩人的有意為詩之後，起了相當大幅度的變化。

（二）建安暨建安以後的「思婦」：文人擬作、代言下的美學典型

「建安」是中國文學發展史上一個極其重要的時期，所謂「文學自覺」自此肇興，由於三曹父子的雅好詩章，綴文之士紛起，在傳承前代既有的文學成就中，更多有別開生面處。而「思婦文本」，亦經曹氏兄弟——尤其是曹植，以「代言」方式多所著墨，以及其後文人的大量投入創作下，逐漸醞塑成一特定的美學典型。

【一】見丁福保所輯《全後漢文》卷六十六，秦嘉〈與妻徐淑書〉註引《北堂書鈔》卷一百三十六。

【二】據嚴可均所輯之《全後漢文》卷九六，載有徐淑〈為誓書與兄弟〉一文，其謂：「列士有不移之志，貞女無迴二之行。淑雖婦人，竊慕殺身作義，死而後已。夙遘禍罰，喪其所大，男未弱冠，女幼未笄，是以僶俛求生，將欲長育二子，上奉祖宗之嗣，下繼祖稱之禮，然後覲於黃泉，永無慚色。仁兄德弟，既不能厲高節於弱志，發明明於闇昧，許我他人，逼我於上，乃命官人，訟之簡書……」其貞節自守之意，溢於言表。

就建安時期以觀，除曹植相關作品甚多外，曹丕、甄后、徐幹、繁欽等亦有所作，入晉以後，傅玄、張華、陸氏兄弟等知名文人，更曾就此類主題多所抒發。這些出自於文人墨客之手的詩作，仍可因其所傳承體類之不同，分為三系：

其一，為樂府歌詩系統，其辭或據既有之樂府古題再行敷衍，或自製為合樂歌辭而被之管弦，或僅襲樂府舊題而未必步軌其意、亦未必皆能入樂。大體上，它可說是承建安前之「民間歌謠」一系發展而出者。如曹植〈七哀詩〉（又名〈怨詩行〉，屬樂府「楚調曲．相和歌辭」）、曹丕〈燕歌行〉、甄后〈塘上行〉、傅玄的〈苦相篇〉、〈短歌行〉、〈青青河邊草篇〉（又名〈飲馬長城窟行〉）、〈朝時篇〉（又名〈怨歌行〉）、〈明月篇〉，以及陸機〈塘上行〉、〈班婕妤〉（一作〈婕妤怨〉）、〈燕歌行〉等，俱為名篇。在三類之中，這當是思婦文本滋衍繁息的大宗，數量最多。

其二，為純粹文人詩，詩題或冠以〈雜詩〉、〈情詩〉之名、或標以〈擬某詩〉，而以女子口吻抒懷。徐幹〈情詩〉、〈室思〉、曹植〈棄婦詩〉、〈雜詩〉、張華〈情詩〉、陸機〈擬青青河畔草〉等，均為箇中名作。在性質上，與〈古詩十九首〉中的思婦詩相類。

其三，則為仿秦嘉徐淑夫婦贈答而寫的代作詩篇。陸機〈為顧彥先贈婦詩二首〉、〈為周夫人贈車騎詩〉，以及陸雲〈為顧彥先贈婦往返四首〉等，均堪稱代表。

乍看之下，這三類歌詩的傳承、因襲各有所本，故風貌、體制、內涵亦當有其各異之面目。但事實上，它們除在體制上小有出入外，其精神內涵，卻呈顯出相當的一致性——空閨獨守的孤寂、唯恐見逐被棄的憂懼，以及即使被棄置也要貞順自守的執著，不僅在文前所引曹植的〈七哀詩〉中被集中地體現，亦且成為此後詩人一再強調的共通內涵。以之與建安前的思婦詩相較，除語言形構明顯踵事增華之外，「思婦」於情懷、處境上的差異約可歸納為兩點：

首先，就思婦「身份」而言，早期古辭中，女子相思的具體內容，乃是由未嫁女子的吟唱與已婚婦人的詠嘆所共同譜就，二者在分量上差距不大，可謂各擅勝場；然建安以還，已婚婦人的樓頭悵望、深閨幽思，卻幾乎壟斷了文人創作「思婦文本」的所有內涵，至於洋溢於桑間陌上的，未婚女子的相思愛恨，與見棄婦女的忿憤控訴，則似乎有意無意地被忘卻、忽略了。

其次，就表露的「情懷」而言，早期古辭中的女子情思或溫柔敦厚、蘊藉纏綿，或熾烈奔放、愛恨分明，所呈露者，正是無所掩抑、不假雕飾的情性本然。但魏晉詩人所圖現的「思婦」，則幾乎千篇一律地以貞定嫻淑的面貌出現。無論時間是春朝，抑是秋夜，所置身的地點是樓頭，抑是深閨，猜疑憂思，悲嘆垂涕，自傷自憐，遂成為思婦無視於時空流轉的恆定情態。儘管癡情的守候與期盼，換來的或許只是無盡的失望與絕望，但貞定守禮，溫婉嫻淑的妻子，在無心於飲食餐飯、無意於妝扮修飾之餘，依然不忘切切叮嚀，殷殷寄情，不敢稍有他心。所以如此，自當與建安詩人有意識地大量創作，且成功地形塑出特定的典型有關。例如：

在建安詩人中，曹丕代良人從役於燕之婦人訴其怨曠，【一】在〈燕歌行〉中屢發「君何淹留寄他方？賤妾煢煢守空房，憂來思君不敢忘」之幽嘆，顯然成為陸機寫作〈燕歌行〉時的重要參照。試看士衡的「君何緬然久不歸，賤妾悠悠心無違」、「非君之念思為誰？別日何早會何遲」之語，正是隱括魏文「秋風蕭瑟天氣涼」、「別日何易會何遲」二詩之詞意。又如徐幹的〈室思〉詩採連章方式，【二】藉由形象化的語言，融情入景、以景托情，一方面描摹思婦孤寂愁悶之生活情狀；另一方面，亦就其對丈夫之深沉眷戀、殷切盼望，以及隨之而來的難遣憂懷和失望的苦痛，娓娓道來。其「自君之出矣，明鏡暗不治，思君如流水，何有窮已時」二聯，甚且成為南朝詩人摹習、擬作的另一範式。【三】

另如甄后因為郭皇后所譖，文帝賜死後宮，臨終為詩，【四】猶有「想見君顏色，感結傷心脾。念君常苦悲，夜夜不能寐」的癡情，此一本事，自然也成為後人摹寫婦女見棄情怨時的重要依據。如陸機擬之為〈塘上行〉，即化甄后「蒲生我池中，其葉何離離」之起興為「江蘺生幽渚，微芳不足宣。被蒙風雨會，移居華池邊」；並就「莫以豪賢故，棄捐素所愛。莫以魚肉賤，棄捐葱與薤」之意敷衍陳詞，發抒「男歡智傾愚，女愛衰避妍」、「願君廣末光，照妾薄暮年」之意，即為一例。【五】

至於曹植，所以有〈七哀詩〉、〈西北有織婦〉等思婦詩的寫作，自當與個人之政治際遇有關。曹操逝世後，魏文即帝位，對子建多所排抑，使他一再遭到貶爵、流徙的對待，【六】其不見容於君上的抑鬱之情，本與失歡於良人的婦女差堪比擬。今試看他黃初四年朝京上疏文帝謂：

臣自抱釁歸藩，刻肌刻骨，追思罪戾，晝分而食，夜分而寢。誠以天罔不可重離，聖恩難可再恃。……伏唯陛下德象天地，恩隆父母，施暢春風，澤如時雨，……是以愚臣徘徊於恩澤而不能自棄者。

【一】《樂府詩集》引《樂府解題》曰：「晉樂奏魏文帝『秋風』、『別日』二曲，言時序遷換，行役不歸，婦人怨曠無所訴也。」又引《廣題》曰：「燕，地名也，言良人從役於燕，而為此曲。」見《樂府詩集》卷三十二（臺北：里仁書局，一九八〇年），頁四六九。

【二】《廣文選》於該詩前五章作〈雜詩〉五首，後一章作〈室思〉，然《玉臺新詠》、《先秦漢魏晉南北朝詩》均將六章視為一整體，總其名曰〈室思〉，今從之。

【三】《樂府詩集》卷六九〈雜曲歌辭〉曾收錄自宋孝武帝以降，擬〈自君之出矣〉句式之詩作凡二十餘首。見里仁本頁九八六—九九〇。

【四】《鄴都故事》云：「魏文帝甄皇后，中山無極人。袁紹據鄴，與中子熙娶后為妻。後太祖破紹，文帝時為太子，遂以后為夫人。后為郭皇后所譖，文帝賜死後宮，臨終為詩曰：『蒲生我池中……』」。見《樂府詩集》卷三十五引，頁五二一。

【五】陸機詩見《晉詩》卷五。

【六】《魏志》本傳載黃初二年，監國使者灌均希旨，奏「植醉酒悖慢，劫脅使者」，有司請治罪，帝以太后故，貶爵安鄉侯，其年改封鄄城侯。三年，立為鄄城王，四年，徙封雍丘王。兩三年之間，數徙封地，且所封之王，皆為縣王，一切封贈，比諸王「事事復減半」。

太和三年上疏存問親戚，則自陳其於一再被貶爵、流徙後的生活是：「塊然獨處，左右唯僕隸，所對唯妻子，高談無所與陳，發義無所與展，未嘗不聞樂而拊心，臨觴而嘆息也」。【一】細察這些自剖之辭，與「君行踰十年，孤妾常獨棲。君若清路塵，妾若濁水泥」、「願為西南風，長逝入君懷。君懷良不開，賤妾當何依」之類的哀嘆，正是何其神似！這也無怪乎子建的言情詩作，往往都被文評家視為「皆藉閨房兒女之私，以寫臣不得於君之思」了。【二】

然則，無論是代從役者之妻以訴怨曠（魏文）、是自抒被譖見棄之哀怨（甄后），抑是假思婦以喻託臣不得於君之思（曹植），都是身為知識分子的文人有意為詩的成果。其所圖現的「思婦」，固然有真情實事的成分，但由於來自政教體系、詩學傳統的多重制約與濡染，乃使其在抒懷時，不免為了因應現實政教環境的需要，就原本具有多元變貌的「思婦」予以篩揀過濾，並在精心地營塑文飾之中，摻入了相當的「理想性」。故呈現於此一時期詩作中的「思婦」，自與前代相關文本多所出入。而如此的因革損益，亦因隨建安詩歌的備受推崇，對爾後詩人創作，產生一定啟發和影響。以下，便再經由具體的對照比較，指出步踵其後的魏晉詩人，如何承其餘緒，就前述三系歌詩予以轉化、改寫的情形。

在樂府歌詩方面，傅玄〈青青河邊草篇〉一詩本為仿擬古辭〈飲馬長城窟〉之作，但同樣是寫女子因相思而致夢，古辭夢醒後，猶有遠客傳書致意，擬作卻在「既覺無所見」後，不僅只能「傾耳懷音響，轉目淚雙墮」，尚且還在「生存無會期」之際，申言「要君黃泉下」的執著。試看：

青青河邊草，悠悠萬里道。草生在春時，遠道還有期。
春至草不生，期盡嘆無聲。感物懷思心，夢想發中情。
夢君如鴛鴦，比翼雲間翔。既覺寂無見，曠如參與商。
夢君結同心，比翼遊北林。既覺寂無見，曠如商與參。
河洛自用固，不如中岳安。回流不及返，浮雲往自還。
悲風動思心，悠悠誰知者。懸景無停居，忽如馳駟馬。
傾耳懷音響，轉目淚雙墮。生存無會期，要君黃泉下。（《晉詩》卷一）

該詩雖為「擬作」，但對思婦遭遇、情懷的改造，實屬顯而易見。至於其他二系，則或可以陸機〈擬青青河畔草〉及陸雲〈為顧彥先贈婦往返四首〉為例以觀：

【一】以上引文俱見《三國志．魏書》〈陳思王傳〉。

【二】吳淇：《六朝選詩定論》卷五，此轉引自《曹操曹丕曹植資料彙編》（臺北：木鐸出版社，一九八一年），頁一五四。

靡靡江蘺草，熠熠生河側。皎皎彼姝女，阿那當軒織。
粲粲妖容姿，灼灼美顏色。良人遊不歸，偏棲獨隻翼。
空房來悲風，中夜起嘆息。（陸機〈擬青青河畔草詩〉，《晉詩》卷五）

我在三川陽，子居五湖陰。山海一何曠，譬彼飛與沉。
目想清慧姿，耳存淑媚音。獨寐多遠念，寤言撫空衿。
彼美同懷子，非爾誰為心。（其一）

悠悠君行邁，煢煢妾獨止。山河安可逾，永路隔萬里。
京室多妖冶，粲粲都人子。雅步擢纖腰，巧笑發皓齒。
佳麗良可美，衰賤焉足紀。遠蒙眷顧言，銜思非忘始。（其二）

翩翩飛蓬征，郁郁寒水縈。遊止固殊性，浮沉豈一情。
隆愛結在昔，信誓貫三靈。秉心金石固，豈從時俗傾？
美目逝不顧，纖腰徒盈盈。何用結中款，仰指北辰星。（其三）

浮海難為水，遊林難為觀。容色貴及時，朝華忌日宴。
皎皎彼姝子，灼灼懷春粲。西城善雅舞，總章饒清彈。
鳴簧發丹唇，朱弦繞素腕。輕裾猶電揮，雙袂如霧散。
華容溢藻幄，哀響入雲漢。知音世所稀，非君誰能讚！
棄置北辰星，間此玄龍煥。時暮復何言，華落理必賤。（其四）
（陸雲〈為顧彥先贈婦往返四首〉，《晉詩》卷六）

在此，士衡為擬古詩而作，士龍為仿夫婦贈答而發（其一三首為夫贈，二四首為婦答）；二者所宗之體類不一，但因良人遠別而生的怨嘆憂懼之情，仍與〈七哀詩〉似無二致。現在先看陸機擬作與古詩〈青青河畔草〉的比較。

由於「文溫以厲，意悲而遠」，又復能「言人同有之情」，〈古詩十九首〉不僅是歷代詩評家交相賞譽的對象，同時也成為其後詩人競相仿擬的典範。陸機的擬作，正是其中頗受矚目的篇章之一。【二】只是，在古詩〈青青河畔草〉中，女主角是倡家出身的女子，由於習慣了歌臺舞榭的繁華繽紛，雖嫁為人婦，仍不免於良人未歸的春日盛妝登樓，春情難遣——「空床難獨

【二】鍾嶸〈詩品序〉曾謂：「士衡〈擬古〉，……五言之警策也；所以謂篇章之珠澤，文采之鄧林。」

守」，那麼，究竟要獨守呢？還是不獨守呢？這裡所呈示的，其實是一種關乎「倫理抉擇」的生存困境，詩歌中只是隱微地向讀者提出了這種困境，而並沒有「教訓」或「規定」女主角（及讀者）「必須」如何反應。【一】然而，陸機的擬詩，一則將女主角的身份改換成了當軒而織的良家少婦，再則，又「規定」了她在「良人遊不歸」之後，只能伴隨空房悲風而「中夜起嘆息」。因此，雖然大體看來，擬詩的修辭構句與原詩似無二致，但思婦的身份改易和情懷轉變，卻宛然可見。林文月先生在〈陸機的擬古詩〉一文中曾指出：

「古詩」無論抒情寫志，往往直言不諱，故而字裡行間流動著栩栩如生的活力，而陸機的擬作多一分含蓄委宛與矜持端莊，便也往往減卻那一分可貴的生命力了。例如古詩〈青青河畔草〉之結尾：「昔為倡家女，今為蕩子婦；蕩子行不歸，空床難獨守。」且不論興寄與否，此四句罄衷托出，自有坦率如現的真情意；至於擬作沿襲其意而來，卻變為：「良人遊不歸，偏棲獨隻翼。空房來悲風，中夜起嘆息。」既改空床獨守之恨為偏棲隻翼之象徵語氣，復增空床悲風以助添烘托，更設中夜嘆息以示哀怨，遂使「古詩」中充滿強烈愛恨的栩栩生動人物，好比躲入層層帷幕之內，隱約可感，卻不得逼視。【二】

所言誠為的論。陸氏兄弟與徐淑夫婦之作的對比，也體現了類似訊息。

誠然，從秦嘉夫婦的以詩往返開始，強調情愛之真誠專一，就成為貫穿於「夫婦贈答」的共通內涵；然而，在訴求重點上，秦氏夫婦與陸氏兄弟卻顯然迥不相侔。就前者言，人生苦短、世道艱辛的慨嘆，融匯著臨別時的顧戀躊躇、深情繾綣，當是構成其「夫婦事既可傷，文亦悽怨」的重要原因；但二陸的代作，卻擺落了對自我困境、生命憂患的回顧反思，轉而申言別後的疑慮與保證——遠走天涯的丈夫，一再信誓旦旦，向妻子表達不變的忠誠；困守空閨的思婦，則除卻深情的思念外，尚且不斷傾吐對丈夫情變與否的憂慮，並反覆猜測他所可能受到的誘惑。姑不論其中所表白者，是否為真人實情的具體投射，但兩相比較，可以發現：秦氏夫婦的贈答所以悽怨動人，實在與詩作背後所蘊含的「本事」密切相關——徐淑長吟詠嘆、淚下沾衣，是由於瘻疾來歸、歷時不差，無法相與偕行；秦嘉「顧看空室中，彷彿想姿形。一別懷萬恨，起坐為不寧」，是因為「居世多屯蹇」、「少小罹煢獨」，故其與徐淑結褵，本就充滿了「歡會常苦晚」、「歡樂苦不足」的感激之情，一旦生離，自然也就「臨食不能飯」、「伏枕獨輾轉」了。胡應麟《詩藪》在品論這組詩作時說：「夫婦往還曲折，具載詩中，真事真情，千秋

【一】有關該詩「倫理抉擇」的論述，參見柯慶明：〈文學美綜論〉，《文學美綜論》（臺北：大安出版社，一九八三年），頁一一一—七四。

【二】見林師文月：〈陸機的擬古詩〉，《中古文學論叢》（臺北：大安出版社，一九八九年），頁一二三—一五八。

如在，非他託興可以比肩。」【二】正確切地說明了「『事』既可傷」與「『文』亦悽怨」之間的關聯性。

反觀士龍的代作，由於略去了顧氏夫婦間「可能」（或應該）具有的特殊情事，遂使詩作所強調者，僅集中於夫妻彼此思念之一點上，並不及於其他。如此，所傾吐之情懷縱盈溢著普遍的「共相」，卻也因個別「殊相」之抽離，模糊了思婦所可能呈現的多重面目。由此亦可看出：原本「古詩」中愛恨強烈、栩栩如生的人物所以會「躲入層層帷幕之內，隱約可感，卻不得逼視」，未嘗不是因為文人在「擬作」、「代言」之際，只措意於多數思婦所共有的相思怨嘆之「情」，而不及於此一情懷背後所關涉之特殊、個別的「事」。所以如此，當不外乎「為詩者」究竟並非「當事者」，即或能以「同有之情」去揣想、體悟當事者的情愁悲怨，並代為發言，卻因無法曲盡其間個別情事的原委曲折，於是就僅能就其情懷的共通處予以著墨了。

然則，即或是捨「殊相」而就「共相」，衡諸世間男女實際的往還互動，此一由文人所書寫的「共相」，其實也不過是紛繁萬象中的一小部分而已。經由建安前後相類詩作的兩相對照，可以很明顯地看到：即使是前有所承，建安以後的詩人卻並沒有把先出的文本一視同仁、照單全收，而是經過了若干的篩揀過濾。其間，被他們一再詠嘆的，是思婦在理性、禮教制約下的貞定守禮，無怨無悔；被濾去的，則是在愛恨糾纏下情欲的駁雜多變、流衍放恣。也因此，儘管表面看來，詩作的體制不一，傳承互異，但實質的內涵，卻在相同的揀擇標準下，彼此涵融濡染，顯現出「異曲同調」的齊一情態。至此，華美的藻采，並隨著溫柔敦厚、貞定自守的深情，遂醞塑出一別出於早期文本的美學典型。

當然，如此改變，絕非偶然，在文本背後，必定會有其他的作用因素，而當此一典型成形之後，也應當會造成一定的影響。故以下，便試圖就文本背後的問題，予以探析。

三、文本背後所關涉的問題

「思婦文本」所呈示者，既為女性因所愛遠別而生的相思情怨，而魏晉以後，又以寫已婚婦女者為大宗，則組構男女兩性之關係的主要樞紐——婚姻，自然是影響其情感取向的重要因素。是以，傳統社會對於婦女在「婚姻」中的地位，及隨之而生的「性別角色」規範，當是首須關注的問題。其次，任何「文本」的產生，本不能自外於既有的文學傳統，當然也不能不受到主流詩學觀念和創作典範的影響。尤其，檢視建安以來的思婦詩，我們發現：在這為數眾多的文本中，除甄后〈塘上行〉是為女性自作之外，餘皆係文人以「代言」、「擬作」方式有意為之的成果；而「擬代」，往往又是作者就先出之文本予以篩揀、認同後的產物，因此，如何

【一】引自《詩藪》〈內編．古體中．五言〉（臺北：廣文書局，一九七三年），頁九九—一〇〇。

經由對傳統詩學觀念和創作實踐的掌握，以深入了解該文本之形成及典律化的內在因由，亦為另一重要論題。以下討論遂將集中於兩方面：

1. 傳統社會之婚姻觀與性別規範下的婦女處境；
2. 政教理念、詩學傳統、擬代風氣對思婦文本形成過程的影響。

（一）傳統社會之婚姻觀與性別規範下的婦女處境

本來，在不少歌詩中，「思婦」往往是連繫著「遊子」而共同出現的。漢末社會動亂，民生凋敝，「一家之主」的男子迫於生活現實，遂不得不出外另謀生路；而妻子，則在家代為仰事俯畜，在久盼良人不歸之下，自然就成為「思婦」。這一點，固然是「思婦」出現的原因。但是，回顧早期社會生活，「男耕女織」原本是傳統農業社會中的自然分工，婦女的活動範圍亦不限於家庭，【二】為什麼到後來卻變成了「男主外，女主內」的必然體制？追本溯源，以「人文化成」為依歸的「婚姻觀」，實為促成此一共識的起始點。從先秦開始，各典籍對婚姻之質性、意義，及其間男女角色的差異性，即多所論述，而出發點，實不外乎人文理念的發皇。試看：

有天地然後有萬物，有萬物然後有男女，有男女然後有夫婦，有夫婦然後有父子，有

父子然後有君臣，有君臣然後有上下，有上下然後禮義有所錯。夫婦之道，不可以不久也。（《易》〈序卦〉，《周易注疏》卷九）

君子之道，造端於夫婦，及其至也，察乎天地。（《中庸》第十二章）

女正位乎內，男正位乎外，男女正，天地之大義也。（《易》〈家人．彖辭〉，《周易注疏》卷四）

很明顯地，在此，婚姻中所原本涵括的生物性需求（性欲）與感性的兩情相悅是被忽略、裁制的，而人文理想及倫理意義則被極度強調。因婚姻而建立的夫婦關係，不僅是「君子之道」的起點，更因居於整個倫理結構中的樞紐地位，擔負著莊嚴的、人文化成的使命。【二】只是，在這樣的理想藍圖中，女性的職分和活動空間，卻受到相當的規範和限制。「男外女內」

【一】如據卜辭所見，商代亦有婦好、婦姘參與軍事活動的記載，說見白川靜，溫天河中譯：《甲骨文的世界——古殷王朝的締構》（臺北：巨流圖書公司，一九七七年），頁一三〇——一三一。

【二】參見曾昭旭：〈中國文化傳統下的婚姻觀〉，《鵝湖》九十七期（一九八三年七月），頁三一——三三。

的論述，一則區分了男女發揮才能的不同面向，另則，亦規劃出男女不同的生活（尤其是居住）範圍，以及緣此而生的男女之防、尊卑之別。這些，在以論述禮制為主的《儀禮》、《禮記》各篇章中，便說明得相當清楚：

男子居外，女子居內，深宮固門，閽寺守之，男不入，女不出，男不言內，女不言外，內言不出，外言不入。（《禮記》〈內則〉，《禮記注疏》卷二八）

天地合而後萬物興焉。夫昏禮，萬世之始也。……壹與之齊，終身不改。故夫死不嫁。男子親迎，男先於女，剛柔之義也。天先乎地，君先乎臣，其義一也。……出乎大門而先，男帥女，女從男，夫婦之義由此始也。婦人，從人者也，幼從父兄，嫁從夫，夫死從子。夫也者，夫也；夫也者，以知帥人者也。（《禮記》〈郊特牲〉，《禮記注疏》卷二六）

婦人有三從之義，無專用之道。故未嫁從父，既嫁從夫，夫死從子。故父者，子之天也，夫者，妻之天也。（《儀禮》〈喪服傳〉，《儀禮注疏》卷三〇）

本來，「男」、「女」乃是生理、自然上的兩性指稱，「夫」、「婦」卻成為父權社會中被規定的「性別角色」。所謂「男帥女，女從男，夫婦之義由此始也」，這意味著從女子出嫁的一刻開始，便注定了「以夫為天」的附屬地位。不過，儘管「婦人有三從之義，無專用之道」，但基本上，男女間的關係仍有其相輔相成之處，缺一不可。如《禮記》〈昏義〉在論及「天子」與「后」之職分時，即曾指出：「天子之與后，猶日之與月，陰之與陽，相須而后成者也。」「天子聽男教，后聽婦順；天子理陽道，后治陰德；天子聽外治，后聽內職。教順成俗，外內和順，國家治理，此之謂盛德。」

然而，原本有其「相對性」的夫婦關係，卻在漢代董仲舒的陰陽學說出現後，起了絕大變化。【一】為建構大一統的政治體系，董氏將夫婦與君臣、父子並列為「三綱」，且將一切的人倫的關係都配入到天地陰陽五行中去，以強化其政治性內涵。如此，「相對性」的倫理，遂成為「絕對性」的倫理，其高下尊卑之別，亦以此而無可移易。試看其《春秋繁露》所言：

君臣父子夫婦之義，皆取諸陰陽之道。君為陽，臣為陰；父為陽，子為陰；夫為陽，妻為陰。陰道無所獨行，其始也不得專起，其終也不得分功，有所兼之義。是故臣兼功於

【一】陰陽學說於先秦即早已有之，然其時之「陰」、「陽」並無尊卑之別。說參鮑家麟：〈陰陽學說與婦女地位〉，收入鮑家麟編著：《中國婦女史論集》續集（臺北：稻香出版社，一九九一年），頁三七—五四。

君，子兼功於父，妻兼功於夫，陰兼功於陽，地兼功於天。（《春秋繁露》〈基義〉，《四部備要》本卷十二）

見天數之所始，則知貴賤逆順所在。知貴賤逆順所在，則知天地之情著，聖人之寶出矣。……陽始出，物亦始出；陽方盛，物亦方盛；陽初衰，物亦初衰。物隨陽而出入，數隨陽而終始。三王之正隨陽而更起。以此見之，貴陽而賤陰也。……丈夫雖賤皆為陽，婦人雖貴皆為陰。（《春秋繁露》〈陽尊陰卑〉，《四部備要》本卷十一）

由於三綱之義皆取諸於陰陽之道，而「陽尊陰卑」又是莫可違逆的定則，故在配置上居於「陰」位的臣、子、妻，皆以此而「不得專起」，亦「不得分功」。不過，只要身為男性，即或是為臣為子，尚可因自身婚姻的完成，而得以在「夫婦」一綱中轉居為「陽」；身為女性，則終其一生都無法擺脱為「陰」者的宿命。「丈夫雖賤皆為陽，婦人雖貴皆為陰」的論斷，更為「陽（男）/陰（女）」之間的貴賤尊卑，嚴酷地劃下了無從踰越的鴻溝。

除了形上理論的建構之外，劉向編定《列女傳》，與班昭撰寫〈女誡〉，則可謂以更實際的做法，規範了婦女的言行作為。《漢書》〈楚元王傳〉載：

向以為王教由內及外，自近者始。故採取《詩》、《書》所載賢妃貞婦興國顯家可法則，及孽嬖亂亡者，序次為《列女傳》，凡八篇，以戒天子。

現今所見之《列女傳》共七卷，另附〈續傳〉一卷，作者不詳。原書本為一編，據說是宋代的王回將其分為七篇，計：母儀、賢明、仁智、貞順、節義、辯通、孽嬖。在體例上，每篇之首各有頌讚，之後則依序分列傳文，序述各人足以為人楷模或為世垂戒之事跡，作為女性「教本」之用。從類別上看，母儀、貞順、節義、孽嬖諸類，固然是針對與男性之利害關係而立言，其他賢明、仁智、辯通諸類，雖表面上為女性自具之德，然就傳中實例觀之，亦不出與男性利害關係的範圍。【一】因此，即或是原本出於天性至情的母子之情，亦不免在教化和公義之下成為其他倫理的附庸，甚至是犧牲品。【二】至於對於婦女「貞順」事跡的強調，也無非是以男性觀點為主體的文化標記。而這一切落實於生活實踐中的婦女闈範，更在班昭的〈女誡〉中，

【一】說參馬森：〈中國文化中的女性地位：《列女傳》的意義〉，《國魂》五百五十五期（一九九二年二月），頁八四—八七。

【二】如〈節義傳〉中，即有許多讚揚母親為「公義」而犧牲自己親生子女的故事。〈魯義姑姐〉、〈梁節姑姐〉等，皆為其例。有關其中母愛淪為道德教條之附庸的論述，可參閱邢義田：〈從《列女傳》看中國式母愛的流露〉，收入鮑家麟編著：《中國婦女史論集》第三集（臺北：稻香出版社，一九九三年），頁一九—二七。

做出明確的規定。

班昭是史家班固之妹，其〈女誡〉以強調婦人之「卑弱」為基礎，擬就一套為人婦者須以「敬慎」、「曲從」來事奉舅姑和丈夫的行為準則。全文凡七段，分就卑弱、夫婦、敬慎、婦行、專心、曲從、和叔妹等方面以規範婦女言行。試看其部分文字：

卑弱第一：古者生女三日，臥之床下，……明其卑弱，主下人也。……

夫婦第二：……夫不賢，則無以御婦，婦不賢，則無以事夫。夫不御婦，則威儀廢缺，婦不事夫，義理墮闕。……

敬慎第三：陰陽殊性，男女異行。陽以剛為德，陰以柔為用，男以彊為貴，女以弱為美。……故曰敬順之道，婦人之大禮也。夫敬非它，持久之謂也。夫順非它，寬裕之謂也。持久者，知止足也。寬裕者，尚恭下也。……

專心第五：《禮》：夫有再娶之義，婦無二適之文。故曰夫者天也。天固不可逃，夫固不可離也。……（《後漢書》〈列女傳〉）

如果說，禮制倫常、陰陽學說和《列女傳》都是男性對女性職分、地位的範限，〈女誡〉則是純粹出於女性的自我設限。在其中，女性自一出生開始，就被限定以「卑弱」、「下人」的面目出現，既嫁之後，不僅須敬慎、曲從以事夫，且須終身以之為天，絕無二適之理。至此，「男尊女卑」的論述，遂可謂以牢籠天海之勢，浸滲於社會文化的各個層面，女性的存在和處境，似乎也就在如此論述的作用下，被推擠至男權社會的邊陲，並喪失了應有的自主性。漢晉詩歌中的「思婦」所以多為溫柔婉約、一無怨悔的癡情婦人，自當與此關係密切。

然而，令人感到訝異的是，倘若我們就史傳及相關雜著予以考察，卻不免發現：實際上，由兩漢以迄魏晉的婦女，未必就全然是以男性為中心的附屬存在；而「婚姻」，也未必對所有的婦女都具有絕對的、不容改嫁的約束力。即以兩漢為例，其皇室宗親之婦女即多有改嫁之事。如漢景帝王皇后之母臧兒於夫王仲死後，再嫁長陵田氏；元帝王皇后母李親，原為王禁嫡妻，禁多娶旁妻，李親妒，憤而求去，更嫁為河內苟賓妻；桓帝鄧皇后之母初適鄧香，後改嫁梁紀，【一】均為犖犖大者。至於流傳於民間的，如朱買臣原配改嫁、陳平娶五嫁之女、新寡之文君再嫁相如，以及荀爽一再逼女再嫁、郭奕願禮聘寡婦為妻，乃至於古樂府〈孔雀東南飛〉

【一】臧兒、李親事分見《漢書》〈外戚傳〉、〈元后傳〉，鄧后之母事見《後漢書》〈皇后紀〉。

中，蘭芝縱被休返家，太守依然願意明媒重聘，鄭重迎娶等記載，【一】莫不具體表達了當時對「婦無二適之文」之說的保留與質疑。

再者，漢代尚有侯爵尚公主、郡國人士尚翁主（諸侯王之女）之例，在此類的婚姻結構中，為妻者往往盛氣凌人，貴驕淫亂，為夫者或於不堪其辱之下，憤而殺主，結果不僅自遭棄市，亦且禍連族人。【二】為此，王吉、荀爽皆曾上書奏諫。【三】由此以觀，儘管「陽（男）尊陰（女）卑」的論述甚囂塵上，兩漢婦女地位與處境，實則仍有其多元之變貌，未可一概而論。【四】兩漢如此，魏晉亦有類似情形。在《抱朴子》外篇卷二五〈疾謬〉中，葛洪即對當時之婦女行徑有如下批評：

> 今俗婦女，……舍中饋之事，修周旋之好，更相從詣，之適親戚，承星舉火，不已於行。多將侍從，暐曄盈路，婢使吏卒，雜錯如市；尋道褻謔，可憎可惡。或宿於他門，或冒夜而反；遊戲佛寺，觀視漁畋；登高臨水，出境慶引；開車褰幃，周章城邑；盃觴路酌，弦歌行奏。轉相高尚，習非成俗。

能夠「舍中饋之事，修周旋之好」、「或宿於他門，或冒夜而反」，即可見其時婦女的活動，實並不受限於「正位於內」的規範。雖然葛洪對此現象大肆抨擊，但抨擊的本身，實際上也顯示當時婦女社交生活之自由浪漫，已到了衛道之士難以容忍的境況。

另外，從《世說新語》〈賢媛篇〉不少記載中，亦可見當時士族出身的婦女，對丈夫的態度也並非一意曲從：

王渾與婦鍾氏共坐，見武子從庭過，渾欣然謂婦曰：「生兒如此，足慰人意！」婦笑曰：「若使新婦得配參軍，生兒故可不啻如此？」（〈排調〉八）

王公淵娶諸葛誕女，入室，言語始交，王謂婦曰：「新婦神色卑下，殊不似公休！」婦曰：「大丈夫不能仿彿彥雲，而令婦人比蹤英傑！」（〈賢媛〉九）

【一】朱買臣、陳平、司馬相如事，分見《漢書》各人本傳；荀爽、郭奕事見《後漢書》〈列女傳．陰喻妻〉；〈孔雀東南飛〉見逯欽立所輯《漢詩》卷十。

【二】據《後漢書》〈班超傳〉載：「超之孫嗣定遠侯班始，尚清河孝王女陰城公主。公主為順帝之姑，貴驕淫亂，與嬖人居帷中，而召始入，使伏床下。始積怒，於永建五年，拔刀殺公主。帝大怒，詔斬始，同產皆棄市。」

【三】王吉以為「使男事女，夫詘於婦，逆陰陽之位，故多女亂」；荀爽奏謂「今漢承秦法，設尚主之儀，以妻制夫，以卑臨尊，違乾坤之道，失陽唱之義」。分見《後漢書》本傳。

【四】有關漢代婦女地位之考察，可參見李則芬：〈漢代婦女的地位〉，《東方雜誌》復刊十三卷三期（一九七九年九月），頁五一—五七、劉增貴：〈試論漢代婚姻關係中的禮法觀念〉，《中國婦女史論集》續集，頁一—三六。

王凝之謝夫人既往王氏，大薄凝之；既還謝家，意大不悅。太傅慰釋之曰：「王郎，逸少之子，人身亦不惡；汝何以恨迺爾？」答曰：「一門叔父，則有阿大、中郎；群從兄弟，則有封、胡、遏、末。不意天壤之中，乃有王郎！」（〈賢媛〉二六）

鍾氏對王渾的調侃、諸葛誕女與王公淵的針鋒相對、謝夫人對王凝之的鄙薄，在在表明當時婦女是如何以她們的巧言慧思，去和自己的丈夫分庭抗禮。而陰陽學說中「不得專起」、「不得分功」的警示，班昭〈女誡〉中「卑弱」、「曲從」、「敬慎」的告誡，似乎並不曾成為其言行時恪守不渝的金科玉律。

綜觀這些現象，可以得知：儘管在主流論述系統中，「男尊女卑」是一再被強調的主題，婚姻的和諧、恆久性，以及女性須因婚姻而委曲求全，屈己從人，亦是不容挑戰質疑的共識；但在實際世間生活中，與前述論述互有扞格的情形，卻所在多有。兩相對照，其所呈顯者，實為一種「應然」與「實然」間的弔詭——主流論述規劃了人文社會發展時「應該」遵循的路徑，但世間男女「實際」的往還互動，卻可以不必亦步亦趨、奉行不渝。其間落差，固然開啟了可資探討的另類空間，但回歸到「思婦文本」之形成、發展的問題上，則最重要的意義應該是：既然在實際生活中，已婚婦女的形象、言行並不定於一尊，詩人在據題抒懷、代為詠嘆之際，卻為何總是讓她們以長嘆垂涕，貞順自守的姿態出現？為什麼他們的著眼點都集中在「應然」

之上，卻迴避了「實然」中從來就存在著的例外和反動？很顯然地，影響婦女生活甚巨的傳統婚姻觀和性別規範，固然是促興「思婦文本」的重要原因，但卻絕非「唯一」原因。因此，接下來便由文學本身層面著眼，為思婦文本的形成，尋求其於文學理念、創作實踐方面的依據。

（二）政教理想、詩學傳統、擬代風氣對思婦文本形成過程的影響

基本上，建安以迄兩晉的思婦文本悉出自文人之手，故來自文學傳統中各重要論題的影響，自不宜忽視。大體而言，同時結合了政教理想與比興譎諫手法的「詩言志」觀念，以及在文人一再仿擬、代言下，致使文本「典律化」的問題，尤為犖犖大者。

自先秦以來，「詩言志」就一直是傳統文學中的一項重要命題。【一】由本為傳釋《詩經》之學，但卻影響後世詩論甚巨的〈詩大序〉之說看來，【二】關乎思婦文本之形成的主要論述，或可

【一】先秦與「言志」相關之論述，有「獻詩陳志」、「賦詩言志」、「教詩明志」、「作詩言志」等多項，詳見朱自清：〈詩言志〉，《詩言志辨》（臺北：開明書店，一九六四年），頁一—五八。

【二】如郭紹虞即認為它「吸收了在它以前傳詩經生的意見，比較全面地闡說了有關詩歌的性質、內容、體裁、表現手法和作用等問題，可以看作是先秦儒家詩論的總結。」李澤厚也以為它「以一種最簡明的形式，使儒家的詩論系統化和經典化了，因而對後世產生了很大的影響。」分見《中國歷代文學論著精選》（上），〈毛詩序〉說明部分（臺北：華正書局，一九八二年），頁四九。《中國美學史》第八章〈毛詩序的美學思想〉（臺北：里仁書局，一九八六年），頁六一四。又，有關〈毛詩序〉的理論架構及其與文學批評的關係，請參見梅家玲：〈毛詩序「風教說」探析——兼論其與六朝文學批評之關係〉，《臺大中文學報》三期（一九八九年十二月），頁四八九—五二六。

歸納為以下幾點：

一、「詩」的本質固然是「情志」，但其作用則在於「教化」。天下有道之時，它是王者化民之具；王政不行之際，則為個人吟詠性情，以諷其上之作，具有諷諫作用。

二、為求達成教化目的，〈大序〉以〈關雎〉為「所以風天下而正夫婦」的論述起點；這一則貫徹了傳統儒家以夫婦為人倫之始的人文理念，再則，也為文人在創作「思婦文本」之際，所以捨未嫁女子而就已婚婦人一事，增益了人文的、深具理想色彩的內在趨力。

三、在詩篇作法上，固有「賦比興」三義；但由於強調「主文而譎諫，言之者無罪，聞之者足以戒」，故深具「譎諫」性質的「比興」，便一直是讀者讀詩與作者作詩時所廣為應用的策略。如此，遂使「夫婦」與「君臣」、「父子」、「兄弟」、「友朋」等人倫關係之間，因類似性而具備了可以相互轉化、託喻的條件。

不過，在實際的創作上，《詩經》中的比興，多見於詩章之首句，用以為興起下文，及推闡全詩之意。其作用，經常只是為了引出歌者所要說的話，或只起一種單純的譬喻作用。被用作「比興」的形象，常以此而顯得是外在於詩人所要表達的思想情感，缺乏審美感染力。倒是在《楚辭》中，「比興」的應用不只是單純的譬喻，它本身即形成一系列訴之於情感和觀照的審美意象，具有相當的感染力。王逸說：

《離騷》之文，依詩取興，引類譬喻，故善鳥香草以配忠貞，惡禽臭物以比讒佞，靈修美人以媲於君子，宓妃佚女以譬賢臣，虬龍鸞鳳以託君子，飄風雲霓以為小人。其辭溫而雅，其義皎而朗。凡百君子，莫不慕其清高，嘉其文采。（《楚辭章句》〈離騷經序〉）

這裡所謂「依詩取興」，自然具有譬喻作用。但重要的是：用作譬喻的形象已不再僅是為了說出某一概念。在《詩經》中經常作為單純譬喻之用的形象，在屈《騷》中被有聲有色地充分描繪出來，鳥獸草木等自然物遂因處處被擬人化而具有生命姿采，並富於情感。至此，「比興」乃成為一系列「美」的形象的創造，它直接用美感形象來感染讀者，而這美的形象，又往往就是「善」的象徵。【一】其原因，當係它是屈原「驚才風逸，壯志煙高」的有心之作。於是，在「慕其清高、嘉其文采」之下，「香草美人」從此成為左右文人取材、構思的參照典範。不論是承屈《騷》而下的、一系列的「賢人失志之賦」，抑是司馬相如以閎麗之筆所寫的〈長門賦〉，乃至於如張衡〈四愁詩〉之類的歌詩創作，無不以此而被視為深具比興寄託之意的「文本」。在前述「詩言志」之詩學理念的主導下，此一創作手法上的新變，無疑對魏晉後「思婦文本」的轉變、定型，具有一定意義。箇中曲折，又可由以下兩點予以說明：

【一】此處之論點係參考李澤厚：〈屈原的美學思想〉，《中國美學史》，頁四一〇—四一一。

一、就「文本」本身而論，思婦的形象、言行、相思怨嘆之情，是「思婦文本」所以構成的主要成分；但民間風謠中的思婦情懷駁雜多元，文詞質樸無華，出自於魏晉文人之手的文本，則不僅被精心雕繪為一「美感形象」，復因其於貞順自守、一無怨悔之情的反覆陳訴，成為「善」的象徵。就寫作手法言，這是承襲「香草美人」的「比興」傳統，就寫作目的言，正可視為文人藉此「言志」的表現。而基本上，「言志」本就與人文化成的德化思想互為表裡，在濃厚的「理想」性格使然下，詩作於取材時捨「實然」而就「應然」，本係順理成章。魏晉以還，「思婦文本」不見駁雜多元的情欲流衍，自是出於文人寫作時的有意為之。

二、從文學史角度來看，「文體通行既久，染指遂多，自成習套；豪傑之士亦難於其中自出新意，故遁作他體以自解脫」，是以「四言敝而有《楚辭》，《楚辭》敝而有五言」，【一】其事所在多有。【二】騷賦既敝，則繼之而起的五言詩，自然也隨而承襲了前代文學的「擬代」傳統。本屬自然。尤其，在《楚騷》一系的創作中，假屈子之口而訴一己情怨的「擬代」作法，本就只是，在傳承之中，代屈子立言的作法，已因「楚騷體」式微而盛況不再，倒是藉思婦之口以訴情怨的作法，卻循由文人摹習民間風謠中男女情怨之辭，並藉以「言志」的情形，蔚為風潮。由此，亦可見無論在文學理念，抑是創作實踐上，魏晉後「思婦文本」的轉變、定型，都有其水到渠成的內在依據。

然則，文本的形成既不能自外於既有的文學傳統，但為何身為男性的文人，會有意識地去摹習風謠中失意婦女的情怨之辭？從身為早期文本的「讀者」，到以「擬代」身份出現的「作者」，其間又關涉了些什麼樣的問題？「思婦文本」在魏晉文人筆下凝塑成型後，是否也對後代詩歌的創作造成影響？欲解決這些問題，則須對漢晉以來「擬代」的風氣予以了解。

所謂「擬代」，其實是一種特殊的為文方式，其最重要之特色，乃在關涉一「讀者／作品／作者」間之辯證融匯過程——意即原先之讀者，在經歷對相關作品（或人事現象）之閱讀、了解後，或因嘉其情、或因美其辭，進而欲以之為範式，就嘉美處予以摹習，並再行創作之謂。落實在「思婦文本」的寫作上，屬「擬作」之一類，所仿擬者固為已形諸文字的書寫品；但「代言」所根據的，往往就只是思婦的一般特徵和「同有之情」。然則，思婦的一般特徵和「同有之情」如何得知呢？除卻作者一己的耳聞目見之外，恐怕就是來自於更早的相關文本和婦女論述了。它們得以在擬代者筆下以另一文本形式出現，除卻作者本身才情學力方面的因素外，更

【一】引自王國維：《人間詞話》（臺南：北一出版社，一九七二年），頁二四。

【二】徐復觀先生曾指出：「擬《騷》為式」的「賢人失志之賦」，其作者多為漢代大一統政治體制之下深受壓抑、挫折的的失意知識分子，他們往往以屈原「信而見疑，忠而被謗，能無怨乎」的「怨」，象徵著他們自身的「怨」；以屈原的「懷石遂投汨羅江以死」的悲劇命運，象徵著他們自身的命運。因此，這些「失志之賦」多不免仿屈子之行文遣詞，以假其口而代為立言的方式為之，來寄寓一己之憂憤。說參徐復觀：〈西漢知識分子對專制政治的壓力感〉，《兩漢思想史》卷一（臺北：學生書局，一九八九年），頁二八四。

關乎伴隨「閱讀」活動而來的、個人發自於內心的認同和轉化過程。

根據劉若愚先生對閱讀現象學的論述，在閱讀活動中，「就讀者追隨著構成字句結構的文字而言，讀是寫的一個近似的再演」，故當「再創造作者所創造的境界時，讀者擴展了他本身的『生存世界』與他對現實的認知」；【一】不過，正由於「閱讀」本身即蘊含一「再創造」過程，故讀者經閱讀而來的情感，又不盡然同於原作，甚至於，它還常因不能自外於由文化習慣、概念系統所形成之「前理解」的篩揀和預期，【二】而有「作者未必然，讀者何必不然」的另類詮解。【三】故當以「擬代」方式再度發詠時，亦自可有不同面向、不同考量的取捨損益。

這一點，若再結合前述政教理想、詩學傳統的論述，當可發現：魏晉詩人所以會熱衷於摹寫已婚失意婦女的相思情怨，一則固因政教理想和「言志」詩觀的重點，本都在強調「造端乎夫婦」——亦即由家庭倫理而擴及至政治倫理。因此，貞順自守的思婦，自然以此而成為「美」、「善」兼具的最佳比興人物，也是詩人閱讀寫作時最為注意的焦點。再則，由於在嚴密高壓的政治體制之中，為臣子者的處境，本與被傳統婚姻觀與性別規範所制約的婦女處境若相彷彿。證之前引陰陽學說的觀點，由於「君為臣綱」，故相對於為君者的絕對之「陽」，為臣者自始至終就注定了「不得專起」、「不得分功」的政治宿命。因此，從一方面說，不幸婦女的遭遇，彷彿也就成為失志臣下的一面明鏡，使其從中看到自己在政治生涯中的不幸；從另一方面說，不幸的政治生涯，亦由此而可以作為思婦、怨婦之所以「思」、所以「怨」的註腳。

二者相參互映，遂形成情感上糾結複雜的另一重辯證。於是，思婦的相思情怨，乃雜糅著女性本身的不幸，和失志臣下的悲憤，在詩人有意識地轉化下，成為「言之者無罪，聞之者足以戒」的「譎諫」形式，不時隱現著「下以風刺上」的耿耿孤忠。前述曹植之作，即為箇中典型。而在「思婦文本」的形成過程中，「以賦為比」性質強烈的〈七哀詩〉，似乎也緣此而具有「里程碑」的意義了。

無疑地，「藉男女以喻君臣」，是古典文學傳統中極其普遍且重要的一種美學技巧。魏晉以來的「思婦文本」，正是若干文人在有意識地運用「以賦為比」的手法下，所成就的美學典型。由於曹植「情兼雅怨，體被文質」；陸機「才高詞贍，舉體華美」（《詩品》卷上），在他們大力摹寫下，此類文本，更以高度的藝術性，引發後人興趣，並成為一再被賞鑑、仿擬的參照對象。不過，儘管有不少思婦文本確是別有寄託的比興之作，且在被寫定之後，成為其後繼之作

【一】引自劉若愚：〈中西文學理論綜合初探〉，收入鄭樹森編：《現象學與文學批評》（臺北：東大圖書公司，一九八四年），頁一四五—一四六。

【二】「前理解」意指詮釋活動發生前即已具有，並參與、制約著詮釋活動的一組結構因素，包括既有的文化習慣、概念系統及預先做出的假設等。參見海德格著，王鹿節、陳嘉映譯：《存在與時間》第三十二節（臺北：桂冠圖書公司，一九九〇年），頁二〇六—二一三。

【三】此為清代常州詞派以「比興寄託」說論詞的論點。引文出自譚獻：《復堂詞話》。

的參照文本，可是，後繼者是否同樣以比興寄託的態度去從事一己的寫作？卻又似乎不能一概而論。但唯一可以確定的是：只要它在藝術成就上有過人之處，就必然會融入既有文學傳統之中，成為左右後代文人創作走向的典範。【二】而類似文本奕代迭現，當然也就形成「自成一格」的文學體類。其間曲折，或可取南朝女詩人鮑令暉之作為例，予以說明：

褭褭臨窗竹，藹藹垂門柳。灼灼青軒女，泠泠高堂中。
明志逸秋霜，玉顏掩春紅。人生誰不別，恨君早從戎。
鳴弦慚夜月，紺黛羞春風。（〈擬青青河畔草〉，《宋詩》卷九）

客從遠方來，贈我漆鳴琴。木有相思文，弦有別離音。
終身執此調，歲寒不改心。願作陽春曲，宮商長相應。
（〈擬客從遠方來〉，《宋詩》卷九）

寒鄉無異服，衣氈代文練。日月望君歸，年年不解綖。
荊揚春早和，幽冀猶霜霰。北寒妾已知，南心君不見。
誰謂道辛苦，寄情雙飛燕。形迫杼煎絲，顏落風催電。

容華一朝盡，唯餘心不變。（〈古意贈今人詩〉，《宋詩》卷九）

妾持一生淚，經秋復度春。芳華豈矜貌，霜露不憐人。君非青雲逝，飄跡事咸秦。明月何皎皎，垂幌照羅茵。若共相思夜，知同憂怨晨。（〈代葛沙門妻郭小玉作詩二首之一〉，《宋詩》卷九）

令暉是鮑照之妹，史書無傳，唯《玉臺新詠》註引《小名錄》，謂其「有才思，亞於明遠，著〈香茗賦〉，集行於世」。《詩品》列其詩於〈下品〉，評曰：「令暉歌詩，往往嶄絕清巧，〈擬古〉尤勝。」由於身為女性，可以肯定其擬作、贈人歌詩中，當不致於有男性文人因宦場失意而生的「比興寄託」；而其詩於用字遣辭時的「嶄絕清巧」，亦顯其個人風格。不過，就其同屬「思婦文本」之體類看來，由於「擬」、「代」之基本質性使然，故無論是自作的擬古也好，為贈人、代作者也好，都並不曾因其「女性」身份，而於情意內涵上有更多的擴展。別後的相

【一】如漢季張衡曾作〈四愁詩〉，其原意蓋為「效屈原以美人為君子，以珍寶為仁義，以水深雪雰為小人，思道術以為報，貽於時君，而懼讒邪不得以通。」（見〈四愁詩序〉，《漢詩》卷六）。但晉代的傅玄於擬作時，則僅著眼於它的「體小而俗，七言類也」；換言之，即僅就其體式特色「聊而擬之」，並不特別看重其情志層面。參見其〈擬四愁詩序〉，《晉詩》卷一。

思、忠貞的情愛、幽居獨處、華落色衰的哀怨，依然是貫串全詩的不變基調。其原因，一則或因自身家教閫儀陶養，有以致之；再則，亦未嘗不是魏晉文人所釀塑成型的文本典型俱在，其摹習之際，自然被其浸潤之故。而「思婦文本」因一再地被摹習、擬作，以至在文學傳承過程中「自成一格」的情形，由此可見一斑。

四、餘論：性別仿擬與女性主體的消解——「思婦文本」形成的另類反思

由以上論述可知：早期民歌中，女性的相思情怨多為自身情懷的發詠，故駁雜多變，活潑多元；魏晉以後，由於懷抱政教理想、深受言志詩觀影響的文人，有意識地以「擬作」、「代言」方式，集中著墨於已婚婦女的貞順自守、哀嘆自憐，乃使其逐漸成為具有「典律」性格的寫作範式。不唯自成一體類，亦且在其融入文學傳統的同時，成為導引、規範後出文本的典型。因此，漢晉詩歌中「思婦文本」的形成，絕非純粹的文學現象，而是匯集了婦女處境、詩學傳統、政教理想，以及詩人本身的情志遭遇等多重複雜因素的辯證歷程。由於關涉的層面繁複，以及著眼於「應然」的理想性，這一體類的文本雖以婦女形象情懷為主要內容，但實際上，卻並非多元駁雜之「實然」的圖現。那麼，在這樣一種「應然」與「實然」的落差中，究

竟隱現了什麼樣的問題？又造成什麼樣的影響？在全文最後，本文將由「性別仿擬與女性主體的消解」之層面著眼，為「思婦文本」的形成，提出些許另類反思。

成於魏晉文人詩中的思婦文本，作者既多為男性，則其以女性身份發言，首先關涉一「性別仿擬」問題；此一仿擬，雖以男性對女性的「認同」為起點，其結果，卻不免促成了女性主體的消解。箇中緣由，當可由「仿擬」（擬代）與「『性別』仿擬」兩者分別言之。

本來，「擬代」文學的寫作，即在以設身處地、感同身受的態度，對所欲擬代之對象的境遇、心情，去進行「近似的再演」。因此，「認同」乃是擬代詩文的共同特質，而「設身處地」式的情境模擬，不唯可泯除人際的畛界，亦可使個人超越外在現實框限，獲致心靈舒解。若以傳統文學觀視之，它乃是魏晉人回顧過去、參與現時、迎向未來的一種生命體驗，具有一定的正面意義。只是，思婦文本的擬代對象，既然只是經過篩揀、文飾化後的特定典型，則此一「認同」，從一開始就不免具有相當的局限性和虛構性。再者，從曹植開始，詩人為思婦代言，往往是為了紓解一己的「失志」之憾，因而成為自我欲望、焦慮的轉化投射。即使有些作品未必有比興寄託之意，其所認同、圖現的「思婦」，也是「應然」成分多於「實然」成分的理想中人物。當它再以美學典型的形態呈現於文學傳統之中，並成為後人一再仿擬的對象後，真正的女性主體，似乎也就在這不斷的虛擬想像之中，被模糊、簡化、稀釋，逕至於消解不存。

不僅於此，若再由「『性別』仿擬」層面看來，「男」、「女」本為生理意義上的區辨；

「男性」、「女性」則為社會文化方面的不同定位。前者是為「性」（sex）；後者則為「性別」（gender）。大體而言，「性」因先天秉受而具有一定的本質性，「性別」卻可能在個人性向特質和後天環境之陶養、規範的互動下，有其多元流動的變貌。只是，在傳統性別規範中，不但「男主女從」、「男外女內」等觀念早已根深柢固，隨陰陽學說而來的「陽尊陰卑」之論，更在男性／女性之間，劃出高下判然的階級鴻溝。是以，雖然曾有學者參考旨在消泯兩性對立的「雌雄同體」（androgyny）論述，指出：文本中男性以女性身份、女性聲音發言的現象，正可視為「深隱於男性之心靈中的女性化的情思」之展現，並以此為涵融「雙性人格」的美學範式。【一】但衡諸詩歌史的發展，「思婦文本」的奕代繼作，其實是一個近乎「連環套」的接力「表演」過程，每一後繼者，都在重複扮演前修所曾扮演過的角色，而「思婦」，也就因文人一再「在僵化框框內不斷重複，以致產生了『自然』形態和『實體』的表象」，其結果，非但不是兩性對立的消泯，反而因不斷重複表演，儼然建構出特定且僵固的「性別身份」，【二】並反過來支配、規範了真正女性的言行模式。（前引鮑令暉的擬代詩作，即為一例）。相對於此一類似英文中「大寫單數」的「思婦」強勢壟斷，無數現實生活中的、「小寫複數」的女性主體，自然也就湮沒不彰了。

對於女性而言，上述情形無疑是極其不公平、極不合理的現象。也因此，在邇來的「性別論述」之中，樓頭悵望、幽閨獨守的思婦，往往被論斷為「空洞的能指」、「男性筆下二元化的象徵符號」。【三】她們的存在，似乎印證的是：「男作家作品中女性的存在，總是透過欲望的複雜作用表現出來的。解讀男性作家的作品因而會面對這些有關女性的陳套和態度，是它們構成了對女性壓抑的沉鬱的記錄」。【四】

誠然，出之於男性文人之手的思婦文本，的確未能反映女性自身的真實經驗。甚至於，還在營塑「思婦」之美學典型的同時，促導了女性主體的消解。但是，證之前文所論，此一由文人以「擬」、「代」方式所發展出的文本，所以會別出於謳吟土風之外，成為一匯集多重理念與

【一】如葉嘉瑩先生即以此觀點論述溫庭筠、韋莊等人以女性聲音填作《花間》小詞的情形。說參〈論詞學中之困惑與《花間》詞之女性敘寫及其影響〉。

【二】此處有關「性別表演」的說法，係參考女性主義學者巴特勒（Judith Butler）在《性別麻煩》一書中的論述，但巴氏重在以「表演說」解構性別的本質性，而本文則據此申言性別的僵化對立，正是來自於表演的一再重複。說參：Judith Butler, *Gender Trouble: Feminism and the Subversion of Identity*（London: Routledge, 1990）。

【三】孟悅、戴錦華以為：女性形象變成男性中心文化中的「空洞能指」，男性所自喻和認同的並不是女性的性別，而是封建文化為這一性別所規定的職能。說參孟悅、戴錦華：《浮出歷史地表》（臺北：時報文化，一九九三年），頁二二。又，劉紀蕙指出：在男性的文學中，女性成為男性意義認同的象徵符號與自我表達的形式。女性是男性自我另一面向的複製。說參劉紀蕙：〈女性的複製：男性作家筆下二元化的象徵符號〉，載於《中外文學》十八卷一期（一九八九年六月），頁一一六—一三六。

【四】此為女性主義文學批評家 Adrienne Munich 綜合 Beauvoir、Ellmann、Millett 等人之說的論述，引自格蕾·格林、考比里亞·庫恩合編，陳引馳譯：《女性主義文學批評》（臺北：駱駝出版社，一九九五年），頁二一五。

情感的美學典型，亦非偶然。而由早期失志文人熱衷於代屈子立言的情形看來，「思婦」之所以會被借用為比興人物，亦有其文學傳統、社會機制的多方因緣，並非有意要「構成對女性的壓抑」。只是，美學典型一旦成形，便自然融入既有文學／文化傳統之中，對後人產生一定的規範力量。以女性立場觀之，這樣一種出於男性虛擬想像中的認同，其負面影響自不在話下。

總之，漢晉詩歌中「思婦文本」的形成，乃是一繁複多端的歷程。不過，也就因為它內蘊繁複，乃使我們在爬梳、探勘其形成因由的過程中，能夠以更全面、開闊的視野，去了解這個以男性為中心的文化，及由它發展出來的語言系統和文學創作。特別是，鮑令暉的例子，更提醒我們：作為女性「詩」人，她所要面對的，除卻父權體系下，社會生活政教傳統的種種壓力外，更有那來自文學典律，詩學成規的牢籠。女性詩人，所發出的，是否必然就是自我的女性聲音？這同時為我們在進行女詩人相關研究時，開啟諸多值得進一步深思的問題。

依違於婦德與才性之間

——《世說新語》〈賢媛篇〉的女性風貌

一、前言

《世說新語》是六朝著名的清言小說，在內容上，它以記載漢末至魏晉時期人物的言行風貌為主；在體例上，係根據所記人物的性格與行為，將其分繫於〈德行〉、〈言語〉等三十六類目之下。〈賢媛〉，正是三十六類目之一。由於其專記婦女言行，遂成為後人了解該時期婦女行誼風貌的重要資料。

不過，由於魏晉時風本有異於其他時代處，因此，雖題名為「賢」媛，但若就其所記與魏晉以前之婦德觀相對照，乃不免有所鑿枘。為此，余嘉錫《世說新語箋疏》一書在疏解〈賢媛〉一篇時，便曾就此提出抨擊：

> 本篇凡三十二條，其前十條皆兩漢、三國事。有晉一代，唯陶母能教子，為有母儀，餘多以才智著，於婦德鮮可稱者。題為賢媛，殊覺不稱其名。

甚且，他還引錄干寶與葛洪批評晉之婦教的言論，以論斷其時「婦職不修，風俗陵夷，晉之為外族所侵擾，其端未必不由於此也」。【一】

但基本上，《世說》本是人倫品鑒風氣下的產物，其所以成書，自有其時代性意義。整體而論，該書記言敘事之取捨標準，大抵繫於品鑒／審美方面的考量；〈賢媛〉既為其中一篇，所記當不能自外於此。然人倫品鑒之由實用而趨於審美、《世說》敘事之由史傳而趨於小說，實有一定因緣轉折。尤其，「才智」本就是人倫品鑒中「才性論」的重要部分。如此，則圖現於〈賢媛〉中的女性，其所以能被冠以「賢」名，便不能僅由一般傳統觀念來檢視，【二】而必須配合當代的品鑒風潮整體以觀。余氏未能慮及於此，所論顯然有失公允。不過，「以才智著，於婦德鮮可稱者」的抨擊，卻也促使我們思索：「才性」與「婦德」是否一定是相互衝突、無法並容的兩極？〈賢媛〉之所以能以「賢」名篇，其緣由何在？其中所記的女性風貌如何？若

【一】引自余嘉錫：《世說新語箋疏》（臺北：華正書局，一九八四年），頁六六四。又，其所引干寶、葛洪之說如下：其婦女妝節織紉，皆取成於婢僕，未嘗知女工絲枲之業，中饋酒食之事也。先時而婚，任情而動，故皆不耻淫逸之過，不拘妒忌之惡。有逆於舅姑，有反易剛柔，有殺戮妾媵，有黷亂上下，父兄弗之罪也，天下莫之非也。又況責之聞四教於古，修貞順於今，以輔佐君子者哉？（干寶《晉紀》〈總論〉）

今俗婦女，休其蠶織之業，廢其玄紞之務。不績其麻，市也婆娑。舍中饋之事，修周旋之好，更相從詣，之適親戚，承星舉火，不已於行。多將侍從，暐曄盈路，婢使吏卒，雜錯如市；尋道褻謔，可憎可惡。或宿於他門，或冒夜而反；遊戲佛寺，觀視漁畋；登高臨水，出境慶弔；開車褰幃，周章城邑；盃觴路酌，弦歌行奏。轉相高尚，習非成俗。（葛洪《抱朴子》〈疾謬篇〉）

【二】「傳統」一詞的意涵原本極為廣泛，但因本論文旨在論析《世說》〈賢媛篇〉的女性風貌，故文中所提到的「傳統」，在時間上，自係指魏晉以前；在內涵方面，則泛指由先秦典籍所建構的婦德觀——即「婦德、婦言、婦容、婦功」等四德，以及「男外女內」、「男主女從」等一般觀念。

就中古敘事文類中的「女性敘寫」整體以觀，〈賢媛篇〉的出現，又具有何種意義？這些，都將是我們研探、反思傳統文化中的婦女問題時，值得深究之處。

為此，以下便先由傳統四德觀（婦德、婦容、婦言、婦功）的建構及魏晉人倫品鑒觀的特色說起，繼而論析〈賢媛篇〉所呈顯之女性風貌，並辨析其間「婦德」（傳統）與「才性」（當代）、女性主體與家庭／社會政治間的糾結轇轕；最後，則取《世說》其他篇目所記的女性作一對照比較，以期了解：同樣是女性（甚至是同一個人），為什麼有些可入於「賢」媛之列，而其他則否？同時，亦將〈賢媛篇〉置於「女性敘寫」的敘事傳統之中，以觀照其時代意義。

二、〈賢媛篇〉女性觀的相關背景：傳統四德與風神才辯

〈賢媛〉是為《世說新語》中之一篇，它的出現，以及在敘寫中所呈顯之特色，理當與《世說》一書的基本性質表裡因依。《世說》一書既為人倫品鑒風氣下之產物，則以「才性論」為依據的品鑒觀，自當為其記事取材的重要準據。不過，由於《易》、《禮》等經典向來強調「男女有別」，對女性的地位與職分往往多所範限，〈賢媛〉的成篇，似乎也不能完全自外於此。尤其，在〈賢媛篇〉的第六條中，曾有如下記載：

許允婦，是阮衛尉女，德如妹，奇醜；交禮竟，允無復入理，家人深以為憂。會允有客至，婦令婢視之，還答曰：「是桓郎。」桓郎者，桓範也。婦云：「無憂，桓必勸入。」桓果語許云：「阮既嫁醜女與卿，故當有意，卿宜察之。」許便回入內。既見婦，即欲出。婦料其此出，無復入理，便捉裾停之。許因謂曰：「婦有四德，卿有其幾？」婦曰：「新婦所乏唯容爾。然士有百行，君有幾？」許云：「皆備。」婦曰：「夫百行以德為首，君好色不好德，何謂皆備？」允有慚色，遂相敬重。

許允婦貌醜無容，原本見棄於夫，後來卻以過人之才辯，使夫婿幡然悔轉，當是此一記載所欲突顯的重點。但值得細思的是，其中許允明明「好色不好德」，卻還要用「婦有四德，卿有其幾？」來挑剔、要求妻子，其所體現者，無非是源自過去社會中，男性對婦女諸多不合理、卻往往被視為當然的沙文心態。但最後，「允有慚色，遂相敬重」的結果，卻也流露出：在一個以個人風神才辯是尚的時代中，即或身為女性，亦可以此一方面的特質反詰傳統，見賞於世。職是，許允夫婦間的相互詰難，其意義遂不止於「足為談助」的軼聞瑣語而已；其間，實隱涵了傳統四德（按，亦即其後班昭〈女誡〉中的四行：婦德、婦言、婦容、婦功）與當代品鑒重點（個人之風神才辯）的質詰交鋒。而這，恰好也正是〈賢媛篇〉女性風貌的特點所在。以下，便先由秦漢以來婦女四德觀的建構談起。

（一）德言容功——著眼於「四德」的傳統婦女觀

在傳統文化中，雖然並不完全否定「才」，但若與「德」相較，則「重德輕才」的傾向卻十分明顯。早期儒家便強調「君子先慎乎德」；【一】「恥有其辭而無其德」、「有德者必有言，有言者不必有德」、「巧言，令色，鮮矣仁」，以及「三不朽」之說中，首以「立德」，末以「立言」等論述，【二】均反映出德先才後、重視德行多於才智的基本意識形態。既然，對男性尚且要鼓勵其以君子之「德」勝小人之「才」，女子之「才」，自然更被貶抑。【三】

所以如此，當係在以儒家為主的文化機制中，向來著重「婚姻」關係，以及「家庭」在社會國家中的樞紐地位；而「人文化成」的婚姻觀，加上「男尊女卑」、「男外女內」、「男主女從」等經典論述，則不但將女性的居所和活動範圍局限於家庭，更使她們即使在家庭中，也只能居於附屬地位。【四】因此，在不鼓勵女子展露才智的同時，乃轉而要求其在「德言容功」等屬於「婦德」方面的表現，並將對於家庭的奉獻付出，視為女性存在的終極意義。以是，「婦德」乃成為古代禮制倫常中極為重視的項目，先秦各典籍與班昭〈女誡〉等，均為建構此一婦女觀的重要論述，而劉向《列女傳》，亦當具有相當影響力。

從先秦開始，傳統的家庭教育，便是將女子從小教育（訓練）為一個稱職的家庭主婦，以便出嫁後能在夫家從事服務性的工作。如《禮記》〈內則〉即明言：

女子十年不出，姆教婉娩聽從，執麻枲，治絲繭，織紝組紃，學女事以供衣服，觀於

【一】《禮記》〈大學〉（《禮記正義》卷六十，《十三經注疏》本）。

【二】分見《禮記》〈表記〉（《禮記正義》卷五四，《十三經注疏》本）、《論語》〈憲問〉（《論語注疏》卷十四，《十三經注疏》本）、《左傳》〈襄公廿四年〉（《春秋左傳正義》卷三五，《十三經注疏》本）。

【三】有關女子之「才」、「德」於傳統文化中的討論，詳見劉詠聰：〈「女子無才便是德」說的文化涵義〉，《女性與歷史——中國傳統觀念新探》（臺北：商務印書館，一九九五年），頁八九—一〇三。不過，該文係泛論先秦以迄明清的女性才德觀，而本文所論，則僅止於魏晉以前。

【四】儒家經典對此論述頗多，例如：

女正位乎內，男正位乎外，男女正，天地之大義也。（《易》〈家人〉彖辭）（《周易正義》卷四）

男子居外，女子居內，深宮固門，閽寺守之，男不入，女不出，男不言內，女不言外，內言不出，外言不入。（《禮記》〈內則〉）（《禮記正義》卷二八）

天地合而後萬物興焉。夫昏禮，萬世之始也。……壹與之齊，終身不改。故夫死不嫁。男子親迎，男先於女，剛柔之義也。天先乎地，君先乎臣，其義一也。……出乎大門而先，男帥女，女從男，夫婦之義由此始也。婦人，從人者也，幼從父兄，嫁從夫，夫死從子。夫也者，夫也；夫也者，以知帥人者也。（《禮記》〈郊特牲〉）（《禮記正義》卷二六）

婦人有三從之義，無專用之道。故未嫁從父，既嫁從夫，夫死從子。故父者，子之天也，夫者，妻之天也。（《儀禮》〈喪服傳〉）（《儀禮注疏》卷三〇）

相關研究可參閱曾昭旭：〈中國文化傳統下的婚姻觀〉，《鵝湖》九卷一期（一九八三年七月），頁三一—三三。徐秉愉：〈正位於內——傳統社會的婦女〉，《中國文化新論：吾土與吾民》（臺北：聯經出版公司，一九八七年），頁一五六—一六〇。杜芳琴：《女性觀念的衍變》（鄭州：河南人民出版社，一九八八年）。陳鵬：《中國婚姻史稿》（北京：中華書局，一九九〇年）。

祭祀，納酒漿籩豆菹醢，禮相助奠。（《禮記正義》卷二八）

而出嫁之前，更要施以「成『婦』順」的密集訓練——也就是強調身為人「婦」者，應如何經由「婦德、婦言、婦容、婦功」四方面，在「家室」中扮演好自己的角色。《禮記》〈昏義〉中的這段話，便是最具代表性的論述：

婦順者，順於舅姑，和於家人，而後當於夫，以成絲麻布帛之事。……是以古者婦人先嫁三月，祖廟未毀，教於公宮，祖廟既毀，教於宗室，教以婦德、婦言、婦容、婦功。教成祭之，牲用魚，芼之以蘋藻，所以成婦順也。（《禮記正義》卷六一）

此處雖未標以「四德」、「四行」之目，但已明言「婦德、婦言、婦容、婦功」是為「成婦順」之要件；其後，鄭玄《注》謂：「婦德，貞順也；婦言，辭令也；婦容，婉娩也；婦功，絲麻也。」對此略有引申，但並未多作發揮。

另外，西漢劉向的《列女傳》雖未就婦德予以具體、系統化的闡析，但其所以傳述列女，目的乃在於取「賢妃貞婦興國顯家可法則，及孽嬖亂亡者」，「以戒天子」（《漢書》〈楚元王傳〉）。故就其各篇所記述的實例和篇首的頌讚看來，亦可窺其褒貶之準則。【二】如〈母儀篇〉

讚曰：

惟若母儀，賢聖有智。行為儀表，言則重義。胎養子孫，以漸教化。既成以德，致其功業。姑母察此，不可不法。

〈賢明篇〉讚曰：

惟若賢明，廉正以方。動作有節，言成文章。咸曉事理，知世紀綱。循法與居，終日無殃。妃后賢焉，名號必揚。

〈仁智篇〉讚曰：

【一】現今所見之《列女傳》凡七卷，另附〈續傳〉一卷，作者不詳。原書本為一編，據說是宋代王回將其分為七篇，計：母儀、賢明、仁智、貞順、節義、辯通、孽嬖。在體例上，每篇之首各有頌讚，而後則依序分列傳文，序述各人足以為人楷模或為世垂戒之事跡。有關該書之作者、內容、取材等相關問題，參見張敬：〈列女傳與其作者〉，收入李又寧、張玉法編：《中國婦女史論文集》（臺北：商務印書館，一九八一年），頁五〇—六〇。

惟若仁智，豫識難易。原度天道，禍福所移。歸義從安，危險必避。專專小心，永懼匪懈。夫人省茲，榮名必利。

從「姑母」、「后妃」、「夫人」等稱謂看來，《列女傳》所重視者，仍屬為人妻、母者，如何在家庭中扮演好為「婦」者的角色。其間，「賢聖有智」、「廉正以方」、「言成文章」、「豫識難易」等讚語，亦流露出：只要能致使丈夫、兒子成德立業、趨吉避凶，則為婦者亦不妨展現其所具有的才德智慧。

然時至東漢，班昭作〈女誡〉，由於其動機在「傷諸女方當適人，而不漸訓誨，不聞婦禮，懼失他門，取恥宗族」，故除申言「卑弱」、「敬順」等言行準則外，其中的〈婦行第四〉，便在標舉「四行」之目的同時，再就婦女職分加以明確規範：

女有四行，一曰婦德，二曰婦言，三曰婦容，四曰婦功。夫云婦德，不必才明絕異也；婦言，不必辯口利辭也；婦容，不必顏色美麗也；婦功，不必功巧過人也。清閒貞靜，守節整齊，行己有恥，動靜有法，是謂婦德。擇辭而說，不道惡語，時然後言，不厭於人，是謂婦言。盥浣塵穢，服飾鮮絜，沐浴以時，身不垢辱，是謂婦容。專心紡績，不好戲笑，絜齊酒食，以奉賓客，是謂婦功。……（《後漢書》卷八四）

在此，〈女誡〉不唯對女性「應該」具備的言行予以正面標示，也清楚地說明了種種「不必」的表現。當然，「不必」意為「不必然」，看似並不絕對禁止，但若參照同文中「卑弱」、「敬順」部分之論述，則其對女性的範限之嚴，實遠甚於前代。【一】於此，除可見婦教寬嚴嬗變之跡外，【二】亦可見原本在西漢尚且被認可的女性才慧，是如何被更進一步地抵制、遏阻。

但，耐人尋味的是，《世說》〈賢媛〉中的女性，往往卻是在呈顯出「應該」言行的同時，更體現了諸多的「不必」。而這些「不必」的表現，不但踰越〈女誡〉的規範，甚且還超軼出

【一】〈女誡〉論「卑弱」謂：

卑弱第一：古者生女三日，臥之床下，弄之瓦塼，而齋告焉。明其卑弱，主下人也。弄之瓦塼，明其習勞，主執勤也。齋告先君，明當主祭祀也。三者蓋女人之常道，禮法之典教矣。謙讓恭敬，先人後己，有善莫名，有惡莫辭，忍辱含垢，常若畏懼，是謂卑弱下人也。……

論「敬順」謂：

敬慎第三：陰陽殊性，男女異行。陽以剛為德，陰以柔為用，男以彊為貴，女以弱為美。……故曰敬順之道，婦人之大禮也。夫敬非它，持久之謂也。夫順非它，寬裕之謂也。持久者，知止足也。寬裕者，尚恭下也。夫婦之好，終身不離。房室周旋，遂生媟黷。媟黷既生，語言過矣。語言既過，縱恣必作。縱恣既作，則侮夫之心生矣。……侮夫不節，譴呵從之，忿怒不止，楚撻從之。……

根據這些文字，乃可見〈女誡〉對女性的範限之嚴。

【二】劉向《列女傳》代表了秦漢之際的女性道德觀，並不以單一標準來衡量女性。說參杜芳琴前揭書，頁一三一—一三二。相形之下，〈女誡〉則嚴苛得多。

原本就較為寬泛的《列女傳》。此一「應該」與「不必」間的相互辯證，毋寧正是〈賢媛篇〉最值得注意之處，而魏晉由實用而趨於審美的人物品鑒觀，正是左右此一轉變的主要因素。

（二）風神才辯——由實用趨於審美的人物品鑒觀

基本上，魏晉以前，「婦德」強調的是婦女在家庭的附屬地位及服務性質，個人主體不僅不被重視，甚至還有意被抵制、壓抑。而「才智」，卻是表彰自我、煥顯主體的重要標記，當然，也是所謂「自覺」的表徵之一。【一】此一「自覺」能夠被有意識地發掘、披露，彼時「人的覺醒」意識蔚為風潮，以及由實用趨於審美的人物品鑒觀，當為箇中關鍵。

蓋自漢末以迄六朝，乃是中國政治上極混亂、社會上極痛苦的時代；然一切外在的動亂和苦難，反而促發時人對於自身存在意義與價值的反省追索。如何有意義地、自覺地充分把握住這短促而多苦難的人生，使之更為豐富滿足，遂成為彼一時代中人共同關切的主題。此一現象，李澤厚先生認為：

> 它實質上標誌著一種人的覺醒，即在懷疑和否定舊有傳統標準和信仰價值的條件下，人對自己生命、意義、命運的重新發現、思索、把握和追求。【二】

這種「人的覺醒」意識的開展，和自兩漢以來即已盛行的「人物品鑒」之風相結合後，人的才情、氣質、格調、風貌、性分、能力，便成為品人的重點所在。

所謂「人物品鑒」，係指對人物德行、才能、風度等方面予以品評、賞鑒。其事雖古已有之，但由於兩漢用人採察舉、辟徵之制，人才晉用，要以鄉里對其人德行、才能之考察品評為據，這就使人物品鑒與政治需要相結合，成為一重要課題、魏晉以還，緣於政治、社會、學術思想上的種種改變，原以「知人任用」為目的的品鑒之風，遂依隨當時才性論、情性說的提出，轉而形成一股以審美旨趣為依歸的賞鑒風潮。當此之際，原先從政治需要出發的對人物德行才能的評論，便轉為對人物才情風貌的審美品賞。【三】唯其遠離政治，故鑒衡褒貶意味輕，揄揚稱賞意味重；亦唯其性質偏於美感品味，重點遂落於對個人情性、智慧、言語、容貌、風

【一】有關個人「自覺」之說，參見余英時：〈漢晉之際士之新自覺與新思潮〉，《中國知識階層史論》（臺北：聯經出版公司，一九八〇年），頁二三一—二七五。

【二】說見李澤厚：《美的歷程》（臺北：元山書局，原書未著出版日期），頁九〇。

【三】關於人物品鑒風氣的形成和轉變，可參考李澤厚：《中國美學史》第二卷第三章（臺北：谷風出版社，一九八七年）；牟宗三：《才性與玄理》第二、三章（臺北：學生書局，一九八三年）；唐長孺：《魏晉南北朝史論叢》〈九品中正制度試析〉、〈清談與清議〉二章（原書未著出版社暨出版日期）；張蓓蓓：《漢晉人物品鑒研究》，（臺北：臺大中文所博士論文，一九八三年）。

姿、生活態度的欣賞稱揚之上。此時所重視者，不再是人的外在的行為和節操，也不再是任何關乎功利、功業的政治性作為，而是「人的內在精神性」。於是：

講求脫俗的風度神貌成了一代美的理想。不是一般的、世俗的、表面的、外在的，而是必須能表達出某種內在的、本質的、特殊的、超脫的風貌姿容，才成為人們所欣賞、所評價、所議論、所鼓吹的對象。【二】

此一對「人的才情、氣質、格調、風貌、性分、能力」的強調，也正是被譽為「人倫之淵鑒」、「言談之林藪」的《世說》敘寫特色所在。唐君毅先生曾指出：

《世說新語》首卷之載其時人之〈德行〉、〈言語〉、〈政事〉、〈文學〉，此乃初不出孔門四科之遺者。然其後諸卷之言其時人之〈雅量〉、〈識鑒〉、〈賞譽〉、〈品藻〉、〈規箴〉、〈寵禮〉、〈企羡〉，即純就人之能包容、了解，而欣賞、讚美此不同才性之人格，而即以此見其中之為德者。其〈豪爽〉、〈容止〉、〈自新〉之篇，則記當時人對天生之才之讚賞者。〈傷逝〉之篇，則言對所交遊之人格之懷念。餘如其〈任誕〉、〈簡傲〉之篇記個性強之人格任才傲物之事。〈排調〉、〈輕詆〉、〈假譎〉、〈黜免〉之篇，則記不同形態人格之相詆排、相黜免，而假飾以相交之事。至於〈儉嗇〉、〈汰侈〉、〈忿狷〉、〈讒險〉、〈尤悔〉、〈紕漏〉、〈惑溺〉、〈仇隙〉諸篇，則記人之不德之事與情，唯足資談助為鑑戒者。總而言之，則此《世說新語》，乃代表魏晉以降人對人之表現才德、性情之事，有多方面之包容、了解、品鑒、讚賞之書。【一】

既然，該書所代表者，乃是對人之才德性情的「多方面」包容、了解、品鑒與讚賞，那麼，原本在過去社會文化中被忽略，甚至被定型的女性，遂亦得以其合於稱賞讚嘆之標準的言行，居於三十六類目之中，成為《世說》敘寫重點之一，並受到一定的矚目與賞嘆。

不過，此一對人之才德性情的包容、了解與品賞容或多面，其中仍當有一定之系統性在焉。尤其，《世說》以孔門四科居首，又將類目析分為三十有六，其欲就人之才性明辨細分之意圖，實昭然可見。其中，〈賢媛篇〉以「賢」名篇而不以「德」稱，自當有其內在依據。據《人物志》〈九徵〉，人物依其才性不同，乃有高下之品論：

【一】見李澤厚：《美的歷程》（臺北：元山書局，原書未著出版日期），頁九〇。
【二】見唐君毅：《中國哲學原論》〈原性篇〉（臺北：學生書局，一九八四年），頁一四三。

其為人也，質素平澹，中叡外朗，筋勁植固，聲清色懌，儀正容直，則九徵皆至，則純粹之德也。九徵有違，則偏雜之材也，三度不同，其德異稱。故偏至之材，以材自名；兼材之人，以德為目；兼德之人，更為美號。是故兼德而至，謂之中庸，中庸也者，聖人之目也。具體而微，謂之德行，德行也者，大雅之稱也。一至，謂之偏材。偏材，小雅之質也。一徵，謂之依似。依似，亂德之類也。……

而《說文》釋「賢」謂：

賢，多財也。

《段注》曰：

財各本作才。今正本賢本多財之稱，引伸之凡多皆曰賢，人稱賢能，因習其引伸之義而廢其本義矣。

故「賢」原有「多才」之義。而「才」，不但是當時才性論之重點，亦當是〈賢媛篇〉記言述行之準據。只是，男女究竟有別，儘管在「人的覺醒」風潮下，魏晉時人對舊有價值信仰多所懷疑、否定與突破，對於「才」的重視也遠過於前代，但在此流風中，始終受限於傳統社會婚姻觀與性別規範的女性，能否完全擺脫過去「婦德觀」的牢籠？其見賞於男性社會的風姿神貌究竟如何？以下，便由〈賢媛篇〉中的具體實例，探勘依違於傳統婦德與個人風神才辯之間的女性風貌。

三、〈賢媛篇〉中的女性風貌

如前所述，秦漢以來的「婦德」觀要求已婚婦女銷抹自我，獻身家庭；因個人「自覺」而被凸顯並備受重視的「才性」，卻是自我意識的重要表徵。饒有興味的是，這原本看似對立的兩極，卻在〈賢媛篇〉中以相互激盪、彼此辯證的形式呈現，其關鍵乃在於：「才」是所以為「賢」的要件，而「婦德」卻是「媛」（亦即女性）必須謹守的矩矱。二者並置，則諸多對話，遂自然滋萌。再者，「才性」雖可彰顯個人主體，但亦未嘗不可為家庭（以及家族）服務。而如此的「才性」表現，是否也可被視為另一種「婦德」？因此，呈現於〈賢媛篇〉的箇中曲折，乃可由以下兩層面分別見之：

（一）「四德」與風神才辯的對話；

（二）個人才性與家庭／社會政治間的互動轇轕。

前者，可見先秦兩漢以來婦德觀在個人才性衝激下的新變；後者，則透露出：其新變表象之下，所糾結的種種變與不變。

（一）「四德」與風神才辯的對話

「四德」（四行）既是過去社會中根深柢固的婦女言行規範，《世說》在取材上白不能不受其影響。何況，其書以孔門四科為三十六類目之首，其欲根柢於傳統的用心，實依稀可辨。尤其，〈賢媛〉篇以「賢」論「媛」，明顯就是要標榜可稱道的、具正面意義的女性言行，據前所述，此一可稱道的言行，顯然偏於「才」的發顯。因此，先秦兩漢的婦女四德觀與當代所崇尚的風神才辯之間的對話關係，毋寧正是探勘〈賢媛篇〉女性風貌時，最值得注意的焦點。

就〈女誡〉與鄭《注》看來，大體上，「德」為一切具正面意義德行的概括性總稱；「言」屬言語表現；「容」為儀容，「功」則為紡績酒食之類的「婦職」。以此標準綜觀〈賢媛〉，則其三十二則記載，乍看似乎均可納入「四德」的框架之中，但實際上，新變之處，所在多有。即以「婦德」而言，根據鄭玄的說法，「婦德」重在貞順；班昭的說法，則是在「不必才明絕異」的前提下，更強調「清閒貞靜，守節整齊，行己有恥，動靜有法」。而西漢劉向所撰的《列女傳》中，亦有「貞順」之目，其篇首之頌讚謂：

惟若貞順，修道正進。避嫌遠別，為必可信。終不更二，天下之俊。勤正潔行，精專謹慎。

儘管兩漢禮教標準或有寬嚴之別，然據上引資料綜括言之，只須注重一己之德操無虧，無須逞才競智，當係為婦者最須自警自惕之道。故此，則下引記載，或可視為「婦德」之說的代表：

郗嘉賓喪，婦弟欲迎姊終不肯歸。曰：「生縱不得與郗郎同室，死寧不同穴！」（〈賢媛〉二九）

王司徒婦，鍾氏女，太傅曾孫，亦有俊才女德。鍾、郝為娣姒，雅相親重。鍾不以貴陵郝，郝亦不以賤下鍾。東海家內，則郝夫人之法；京陵家內，範鍾夫人之禮。（〈賢媛〉一六）

郗嘉賓婦於夫亡後堅不肯隨兄弟返歸，固為傳統貞順觀之體現；而王渾妻鍾氏、王湛妻郝氏各有「俊才女德」，其出身縱有貴賤之別，皆無礙於其雅相親重，各以禮法持家，亦堪稱合於傳統婦德之要求。但不宜忽視的是：此處在強調二人「女德」之餘，同時也提到了她們的「俊才」，而此一對於「才」的看重，在以下兩條記載中，尤其清晰可見：

許允為晉景王所誅，門生走入告其婦；婦正在機中，神色不變，曰：「蚤知爾耳！」門人欲藏其兒；婦曰：「無豫諸兒事。」後徙居墓所，景王遣鍾會看之；若才流及父，當收。兒以咨母。母曰：「汝等雖佳，才具不多，率胸懷與語，便無所憂。不須極哀，會止便止；又可多少問朝事。」兒從之。會反，以狀對，卒免。（〈賢媛〉八）

王渾妻鍾氏，生女令淑，武子為妹求簡美對而未得。有兵家子，有儁才，欲以妹妻之，乃白母。曰：「誠是才者，其地可遺；然要令我見。」武子乃令兵兒與群小雜處，使母帷中察之。既而，母謂武子曰：「如此衣形者，是汝所擬者非邪？」武子曰：「是也。」母曰：「此才足以拔萃，然地寒；不有長年，不得申其才用。觀其形骨必不壽，不可與婚。」武子從之。兵兒數年果亡。（〈賢媛〉一二）

曾以過人才辯贏得夫婿敬重的許允婦，在夫婿見誅後，亦因能預知兒之吉凶，告以應對之道，卒以免禍；使「京陵家內，範鍾夫人之禮」的鍾氏，也因善於識鑒，使女兒不致嫁與不壽之子。因此，這兩條記載不僅皆凸顯了為母者的「先見之明」，並且也標示出女性如何主動地參與、並影響了子女的生活，這未嘗不是以「才明絕異」，對原本「貞順」之道的一種反詰。不僅於此，山濤妻韓氏對丈夫與嵇康、阮籍的品論才識（〈賢媛〉一一）、郗夫人從王家對待二謝與二郗的不同態度，判斷二郗在王家人心中的地位高下（〈賢媛〉二五），以及李重女的預鑒吉凶（〈賢媛〉十七）等，莫不是以「識鑒」方面的過人才華，為人稱道。而庾玉臺子婦獨闖闈禁，赴宣武處營救夫家一門（〈賢媛〉二二），則除才識之外，更是勇氣的展現，這當然也不是一般「貞順」觀所能牢籠者。

其次看「婦言」。早在《詩經》中，便有對婦人逞能多言的抨擊。【一】劉向《列女傳》雖亦有「辯通」之目，但其所看重者，乃是能「連類引譬，以投禍凶。推摧一切，後不復重。終能一心，開意甚公」一類的言辭——換言之，若非能夠引經據典，辨析事理，並以理服人，便是所言能有助於公益，一般的逞口舌之利，顯然並不被鼓勵。至於班昭，主張「不必辯口利辭」，不但不鼓勵一切女性之「辯」（無論是徒逞口舌之利，抑是能引經據典，以理服人），更要求「擇辭而說，不道惡語，時然後言，不厭於人」。據此，則〈賢媛〉中關於班婕妤的記載，當是最合於上述要求者：

【一】如《詩·大雅》〈瞻卬〉：「婦有長舌，維厲之階。亂非降自天，生自婦人。」

漢成帝幸趙飛燕，飛燕讒班婕妤祝詛，於是考問。辭曰：「妾聞死生有命，富貴在天。脩善尚不蒙福，為邪欲以何望？若鬼神有知，不受邪佞之訴；若其無知，訴之何益？故不為也。」（〈賢媛〉三）

婕妤受讒，考問之際，敬謹以對，正是「不道惡語」、「時然後言」的典型表現。然而，從前引許允婦與夫婿的應對中，女性的「辯口利辭」，已昭然可辨。況且，除許允婦外，〈賢媛〉中如此伶牙俐齒的女性，原不在少數：

王公淵娶諸葛誕女，入室，言語始交，王謂婦曰：「新婦神色卑下，殊不似公休！」婦曰：「大丈夫不能仿佛彥雲，而令婦人比蹤英傑！」（〈賢媛〉九）

桓車騎不好箸新衣，浴後，婦故送新衣與；車騎大怒，催使持去。婦更持還，傳語云：「衣不經新，何由而故？」桓公大笑，箸之。（〈賢媛〉二四）

王凝之謝夫人既往王氏，大薄凝之；既還謝家，意大不悅。太傅慰釋之曰：「王郎，逸少之子，人身亦不惡；汝何以恨迺爾？」答曰：「一門叔父，則有阿大、中郎；群從兄

弟，則有封、胡、遏、末。不意天壤之中，乃有王郎！」（〈賢媛〉二六）

諸葛誕女與王公淵的針鋒相對，桓沖婦的巧言慧辯，均未曾引論經典；雖非故作「惡語」，但莫不是出於巧智的「辯口」。至於下嫁於王凝之的謝道蘊，於還家後對凝之的鄙薄之辭，則非但已幾近乎「惡語」，而且也完全不合於「時然後言，不厭於人」的規範。凡此，亦可見其於「婦言」方面的新變之處。

再看「婦容」。從原先「婉娩」、「不必顏色美麗」、「盥浣塵穢，服飾鮮絜，沐浴以時，身不垢辱」的詮解看來，過去婦容觀的要求重點，乃在於儀容服飾的整潔合度，以及以此而蘊現出的情性柔順。容貌的美麗與否，並不是關注的重點，且儀容之外的舉止風神，似乎更未曾顧及。但在〈賢媛〉中，我們所看到關乎「婦容」的記載，卻都是對超乎整潔合度之外、另具令姿風神之女性的讚嘆，試看下例：

王汝南少無婚，自求郝普女；司空以其癡，會無婚處，任其意，便許之。既婚，果有令姿淑德；生東海，遂為王氏母儀。或問汝南何以知之？曰：「嘗見井上取水，舉動容止不失常，未嘗忤觀，以此知之。」（〈賢媛〉一五）

郝普女即前引〈賢媛〉十六與鍾夫人雅相親重的郝夫人。她因「舉動容止不失常」，為王湛求娶為婦，爾後果有「令『姿』淑『德』」，可見，此處之「容」，不僅不再只是儀容服飾，而且還呈顯出它與內在情性、外在舉止間的密切關聯。換言之，此時「婦容」所著眼者，顯然已由原先外在的「容色」、「容貌」、「儀容」，擴及到「從容」、「容與」的「容止」，因而已是由內及外的整體個人風神氣韻了。這由濟尼對王、顧二家婦之品評，尤可得見：

謝遏絕重其姊，張玄常稱其妹，欲以敵之。有濟尼者，並遊張、謝二家，人問其優劣？答曰：「王夫人神情散朗，故有林下風氣；顧家婦清心玉映，自是閨房之秀。」（〈賢媛〉三〇）

王夫人即前見之謝道蘊，顧家婦名不可考。然「神情散朗」、「林下風氣」、「清心玉映」、「閨房之秀」之類的品評，以之入〈品藻〉、〈賞譽〉之篇，亦無不宜。可見這和當時以風神氣韻是尚的人物品賞觀，完全如出一轍。【二】而如此「婦容」，亦自有其懾人心的魅力：

賈充前婦，是李豐女；豐被誅，離婚徙邊。後遇赦得還，充先已取郭配女。武帝特聽置左右夫人。李氏別住外，不肯還充舍。郭氏語充：「欲就省李。」充曰：「彼剛介有才氣，卿往不如不去。」郭氏於是盛威儀，多將侍婢；既至，入户，李氏起迎，郭不覺腳自屈，因跪再拜。既反，語充；充曰：「語卿道何物？」（〈賢媛〉一三）

桓宣武平蜀，以李勢妹為妾，甚有寵，常箸齋後。主始不知，既聞，與數十婢拔白刃襲之。正值李梳頭，髮委藉地，膚色玉曜，不為動容。徐曰：「國破家亡，無心至此；今日若能見殺，乃是本懷！」主慚而退。（〈賢媛〉二一）

李充女、李勢妹或處於劣勢、或陷於危局，然前者不過一個「起迎」的姿態，便使原先「盛

【一】以譬況方式標示人物個人特質，進而品論其間之差異高下，是〈賞譽〉、〈品藻〉篇中的習見格式。前者如：
王戎云：「太尉神姿高徹，如瑤林瓊樹，自然是風塵外物。」（〈賞譽〉一六）
王公目太尉：「巖巖清峙，壁立千仞。」（〈賞譽〉三七）
後者如：
桓玄為太尉，大會，朝臣畢集；坐裁竟，問王楨之曰：「我何如卿第七叔？」于時賓客為之咽氣。王徐徐答曰：「亡叔是一時之標，公是千載之英！」一坐懽然。（〈品藻〉八六）
桓玄問劉太常曰：「我何如謝太傅？」劉答曰：「公高，太傅深。」又曰：「何如賢子敬？」答曰：「樝、梨、橘、柚，各有其美。」（〈品藻〉八七）
於此，亦可見濟尼對鍾、郝二夫人之品評，實與當時人倫品鑒之風，一脈相承。

威儀，多將侍婢」的郭氏「不覺腳自屈，因跪再拜」；後者從容梳頭，自在言語，風神氣韻與言語辭令的渾然契合，使原打算「以刃襲之」的南康公主，自慚而退。【二】其時「婦容」的新貌，至此清晰可見。

至於「婦功」方面，班昭雖先聲明「不必工巧過人」，但亦須「專心紡績，不好戲笑，絜齊酒食，以奉賓客」；鄭玄則唯道「絲麻」。在〈賢媛〉中，以下兩條記載或可為代表：

陶公少有大志，家酷貧，與母湛氏同居。同郡范逵素知名，舉孝廉，投侃宿；於時冰雪積日，侃室如懸磬，而逵馬僕多。侃母湛氏語侃曰：「汝但出外留客，吾自為計。」湛頭髮委地，下為二髲，賣得數斛米，斫諸屋柱，悉割半為薪；剉諸薦以為馬草，日夕遂設精食，從者皆無所乏。逵既嘆其才辯，又深愧其厚意。明旦去，侃追送不已，且百里許。逵曰：「路已遠，君宜還。」侃猶不返。逵曰：「卿可去矣，至洛陽，當相為美談。」侃迺返。逵及洛，遂稱之然羊晫、顧榮諸人，大獲美譽。（〈賢媛〉一九）

周浚作安東時，行獵，值暴雨，過汝南李氏。李氏富足，而男子不在；有女名絡秀，聞外有貴人，與一婢於內宰豬羊，作數十人飲食，事事精辦，不聞有人聲。密覘之，獨見一女子，狀貌非常，浚因求為妾。父兄不許。絡秀曰：「門戶殄瘁，何惜一女？若連姻貴族，將來或大益。」父兄從之。遂生伯仁兄弟。絡秀語伯仁等：「我所以屈節為汝家作妾，門户計耳；汝若不與吾家作親親者，吾亦不惜餘年！」伯仁等悉從命。由此李氏在世，得方幅齒遇。（〈賢媛〉一八）

在此，陶侃母和李絡秀皆以「絜齊酒食，以奉賓客」見賞於人；然陶母所設者，固皆為「精」食；李女亦事事「精」辦，若非「工巧過人」，必不足以至此。因此，雖說這兩條記載皆可以「婦功」視之，但別出於傳統者，亦顯然可見。

不過，從另一方面看，陶母與李女之作為，雖皆以其工巧精辦，與傳統要求者有別，但若追究其「所以」會有此作為，則仍不外乎為了「家庭」之故——陶母使范逵「愧其厚意」，及洛之後，遂稱之於人，使陶侃大獲美譽，為母者一番苦心，可謂彰明較著。李女致力於數十人之飲食，並以此委身於周浚，亦無非為「門戶計耳」，目的在於使門第原本不如周家的娘家，得以和周家「方幅齒遇」。此一現象，毋寧帶出了若干值得思考的問題，那就是：

【一】據劉孝標註引《妒記》，其所記李勢女事亦可與此互參：

（主）乃拔刀往李所，因欲斫之。見李在窗梳頭，姿貌端麗，徐徐結髮，斂手向主，神色閒正，辭甚悽惋。主於是擲刀前抱之曰：「阿子，我見汝亦憐，何況老奴？」遂善之。

既然，四德觀的著眼點重在將為「婦」者的存在意義定位為附屬並服務於家庭，那麼，以個人才智為家庭爭取福利的作為，是否也可被視為另一種婦德？再者，儘管活動的範圍不出於家庭，女性是否也一樣可以有超乎家庭利益、社會政治性的才性表現？其個人才性與家庭／社會間的互動情形又是如何？

（二）個人才性與家庭／社會政治間的互動轇轕

如前所述，由於「人文化成」的婚姻觀使然，女性的職分和活動空間，一直受到相當的限制。所謂「女正位乎內，男正位乎外，男女正，天地之大義也」（《易》〈家人〉）、「男不言內，女不言外」，「內言不出，外言不入」（《禮記》〈內則〉）之類的論述，不僅將女性的活動空間範限於家庭，而且也等於杜絕了她們直接參與公眾事務和政治活動的可能。

然而曖昧的是，家庭畢竟是一涵括父女、夫妻、母子關係的整體性存在；從一方面說，為人妻、母者，總不免在相夫教子的過程中，或多或少地影響丈夫、兒子的思想言行，以及其所涉及的政治活動；另一方面，由父親、丈夫、兒子所參與、牽連出的社會政治活動，同樣也會波及家中的女性。而女性才性的發顯，亦由於此一互動轇轕，而具有更複雜的意義。也因此，〈賢媛篇〉中「傳統婦德與風神才辯的對話」，固然是值得矚目的焦點，但隱涵於其間的，關乎「個人才性與家庭／社會政治間的互動轇轕」，則為我們了解彼時女性風貌時，提供了另一角度的省思。

以是，當我們再度檢視〈賢媛篇〉的「四德」，則會發現：其中屬「婦德」、「婦功」之列的各條記載，幾乎都是為人妻母者，經由對自己丈夫、兒子的規箴輔佐，透過「家庭」而發揮了她在社會、政治方面的影響力——陶侃母、李絡秀固不待言；許允婦告誡兒子率胸懷與景王語，終以免禍；庾玉臺婦營救夫家一門等，更是如此。故無論是由「婦德」所展現的「才明絕異」，抑是由「婦功」所呈露的「精巧過人」，女性縱可有其才智作為，但其終極旨歸，依然多是為成就男性（或整個家族）的功業而服務。也因此，在看似別出於傳統的表象下，其實卻是向傳統回歸的另一形式；女性的個人才性，多半仍受限於男尊女卑的既有觀念，不是被封閉於家庭之內，便是多半被導引至與男性功利有關的方向，並不具有完全的自主性格。

不過，若再檢視「婦言」與「婦容」方面的記載，情形則大有不同。就「婦言」而論，前引諸例多發生於夫婦之間，針鋒相對之際，所爭執的焦點，已不僅以日常生活瑣事，取代了家國天下等與男性利害攸關的議題，況且，此一「辯口利辭」所以出現，也是因為女性意欲在男性的鄙夷、漠視之下，為自己爭取應有的尊重。故而，許允婦、諸葛誕女與夫婿言語交鋒的場域雖仍在家庭之內，但在改變夫妻對待關係的同時，卻反而凸顯了向來湮沒不彰的女性主體。

至於「婦容」，由於歷來「女色誤國」的觀念根深柢固，【一】女子的美貌容止，往往讓男性又愛又怕，造成了一方面心嚮往之，另一方面，又不得不隨時提醒自己注意它帶來危險、毀滅的可能性，【二】以致並不能完全客觀看待。班昭所以聲稱女子「不必顏色美麗」，當繫因於此。但呈現於〈賢媛〉中的「婦容」，其意義一則已不再止於容色的美麗，而是涵括了個人風神氣韻的整體風貌；再則，它既可以在日常生活中，成為被男性矚目稱賞的焦點（如郝普女、謝遏姐、張玄妹），也可以在因政治力量而陷於危急存亡之際，發揮懾人心魄的效果，成為表彰自我、並且也保全自我的主要力量（如李豐女、李勢妹）。至此，以風神是尚的「婦容」，不但顛覆了「紅顏禍水」的觀念，同時更是彰顯女性自我主體的重要關鍵。

由此，亦可看出：雖然大體上，〈賢媛〉中的女性由於風神才辯使然，表現出有別於傳統「德言容功」的行止；但仔細考察，其中屬於「婦德」、「婦功」的部分，婦女看似發揮了實質影響力，實則其旨歸，仍繫屬於以男性利害是尚的傳統觀念；倒是「婦言」、「婦容」部分，較能真正體現出與無關乎男性利害的女性自我。不過，從另一方面說，如此現象，卻並不表示「德功」和「言容」的截然二分；因為，許允婦同時兼具婦德與婦言、郝普女同時兼具婦德與婦容方面的表現，正清楚地揭示出：所謂的「德」、「功」與「容」、「言」，所謂的個人與家庭社會，是如何的糾結錯綜，難解難分；甚至於，在許多狀況中，正是由於家庭與社會政治等因素的作用，方才使女性個人才性得以被激發、展顯。如此的才智表現，固然成就的多是攸關於男性（以及家庭）的成敗利害，但與傳統婦德觀的扞格，亦使其終究未能被冠以「德」名，從而以「賢」名之。換言之，《世說》〈賢媛篇〉正是在此一綜括了傳統與當代，以及個人才性與家庭／社會政治的互動轇轕中，呈顯其所以為「賢」媛的特殊風貌。

四、《世說》〈賢媛篇〉的時代意義

然則，再換另一角度來看，由於《世說》〈賢媛篇〉原是人倫品鑒風氣下的產物，而「品鑒」既為對人之才情氣性予以廣泛且細密地品賞、鑒別，那麼，就「女性」而言，其所著眼者，當然也就並不只於「賢」媛而已。事實上，在〈賢媛〉之外的各篇中，仍然有不少女性言行被記述收錄，因此，若能以之與〈賢媛〉相對照，當可對〈賢媛〉中的女性風貌，有更深刻的體認；據此，再和史書中所記的「列女」並比合觀，或亦能洞悉該篇在「女性敘寫」方面的時代意義。

【一】《左傳》、《國語》、《韓非子》等典籍中，均曾就妹喜、褒姒、妲己、晉驪姬、陳夏姬以色媚主，導致王國覆敗之事多加撻伐。有關「女禍」的相關探討，可參見劉詠聰：〈中國古代的「女禍」史觀〉，《女性與歷史——中國傳統觀念新探》，頁三——一二。

【二】漢李延年的〈北方有佳人〉歌，正可視為此類心態的展現。有關其間「美」與「毀滅」的弔詭，可參見張淑香：〈三面夏娃——漢魏六朝詩中女性美的塑像〉，《抒情傳統的省思與探索》（臺北：大安出版社，一九九二年），頁一二七——一六二。

（一）從別見於《世說》其他各篇的女性敘寫，看〈賢媛篇〉的宣示性意義

《世說》三十六篇所收之人物言行各有所側重之面向，而大體上，各篇之篇名，即為各面向「顧名思義」的依據。在〈賢媛〉之外，女性言行所以被記述，亦當因其所展現之情質，實另有所偏，以致別出於「賢德」之目。即以前面曾兩度提及的謝道蘊（王凝之妻）和王渾妻（鍾夫人）而言，〈言語篇〉及〈排調篇〉中，即各有關於她們的不同記載：

> 謝太傅寒雪日內集，與兒女講論文義；俄而雪驟，公欣然曰：「白雪紛紛何所似？」兄子胡兒曰：「撒鹽空中差可擬。」兄女曰：「未若柳絮因風起。」公大笑樂。即公大兄無奕女，左將軍王凝之妻也。（〈言語〉七一）

> 王渾與婦鍾氏共坐，見武子從庭過，渾欣然謂婦曰：「生兒如此，足慰人意！」婦笑曰：「若使新婦得配參軍，生兒故可不啻如此？」（〈排調〉八）

這兩條記載雖皆屬巧言慧語的表現，但前者應屬道蘊未嫁前與家人談文道藝，既無關乎「婦」順與否，又可見捷對之才，故入於〈言語〉。後者雖為夫婦間的應對，但「若使新婦得配參軍」之語，非但有違「貞順」之道，即使以當時眼光衡量，也不免狎瀆輕佻之嫌，其不得

繫屬於「賢」媛之列，亦自良有以也。

由此，也可看出：儘管在以「四德」為標準的檢視中，「婦言」乃是頗能超軼傳統、體現女性自我的重要面向之一，但這並不表示所有的女性言語，都能得到當時社會的讚賞和肯定。尤其，若是涉及兩性間的輕狎言行，《世說》雖亦能以包容之心看待並收錄之，但卻將其納入〈惑溺〉之類的「不德」篇目之中。如以下二例：

王安豐婦，常卿安豐。安豐曰：「婦人卿婿，於禮為不敬，後勿復爾。」婦曰：「親卿愛卿，是以卿卿；我不卿卿，誰當卿卿？」遂恆聽之。（〈惑溺〉六）

韓壽美姿容，賈充辟以為掾；充每聚會，其女於青瑣中看，見壽，悅之；內懷存想，發於吟詠。後婢往壽家，具述如此，並言女色麗。壽聞之心動，遂請婢潛修音問，及期往宿。壽蹻捷絕人，踰牆而入，家中莫知。自是充覺女盛自拂拭，說暢有異於常。後會諸吏，聞壽有奇香之氣，是外國所貢；一著人，則歷月不歇。充計武帝唯賜己及陳騫，餘家無此香；疑壽與女通，而垣牆重密，門閤急峻，何由得爾；乃託言有盜，令人修牆。使反曰：「其餘無異。唯東北角有人跡，而牆高，非人所踰。」充乃取女左右考問，即以狀對。充祕之，以女妻壽。（〈惑溺〉五）

王戎妻以輕暱言詞（「卿」），表露自己對丈夫的深情；賈充女主動遣婢招引韓壽私通，這兩則記載可說都展現出女性在情愛方面的自主意識，而且，也得到相關人士的首肯（王戎「遂恆聽之」；賈充以女妻韓壽）。然而，或因為輕狎過當，或由於非禮悖德，皆僅得冠以「惑溺」之名。此一事實，正是從另一角度凸顯出：儘管「賢媛」中之女性言行有別出於傳統處，也不乏女性主體自我的呈現，但既謂之為「賢」，實有一定之德行準則在焉。

此外，還值得注意的是，由於魏晉素重門第，而〈賢媛〉中的女性，其所以能體現出異於以往的「自覺」意識，是否與其出身有關？自當是必須考慮的因素。〈尤悔〉中關於王渾後妻的一則記載，適可成為了解此一問題時的重要參考：

王渾後妻，琅邪顏氏。王時為徐州刺史，交禮拜訖，王將答拜，觀者咸曰：「王侯州將，新婦州民，恐無由答拜。」王乃止。武子以其父不答拜，不成禮，恐非夫婦；不為之拜，謂為顏妾。顏氏恥之，以其門貴，終不敢離。（〈尤悔〉二）

王渾前妻為鍾氏女，出身於世家大族之後，【二】乃能既使「京陵家內，範鍾夫人之禮」，又對女兒的婚事具有相當的主導權。然而，當其亡故後，王渾另娶顏氏女，由於僅具「州民」身份，非但婚禮時得不到王渾的答拜，也得不到王渾前妻之子武子的尊重。更令人氣結的是，縱使受到如此屈辱，顏氏女竟「以其門貴，終不敢離」，這和前引許允婦、諸葛誕女等出於名門之後的女子在受到夫婿輕視時勇於出言頡抗，相去實何啻天壤！而這，也等於間接地提醒我們：如果不是世族之後，謝道蘊如何能隨心所欲地鄙薄凝之？王渾婦又如何能肆無忌憚地調侃其夫？據此，則前述所謂「女性自覺」的呈顯，其實未嘗不是拜其出身名門之賜，【二】其自我主體與家庭背景間的糾結交錯，同樣指陳了個人與社會、傳統與當代間千絲萬縷的牽繫。

職是之故，〈賢媛〉在《世說》中具形成篇，其欲彰顯女性之「賢」名的正面「宣示」性意義，實昭然較著；而此一宣示背後所糾結的諸般文化傳統、政治社會背景，更是不宜忽視。況且，正是由於這樣的背景，乃使它在「女性敘寫」的書寫傳統之中，縱有所新變，卻也不免因襲。這在與其他相關敘寫之作相對照下，更可得見。

【一】《晉書》〈列女傳〉謂：「王渾妻鍾氏，字琰，潁川人，魏太傅繇曾孫也。父徽，黃門郎。」

【二】有關兩晉世族在政治社會上的地位及影響，可參見何啟民：《中古門第論集》（臺北：學生書局，一九八二）、蘇紹興：《兩晉南朝的世族》（臺北：聯經出版公司，一九八七年）、毛漢光：《中國中古社會史論》（臺北：聯經出版公司，一九八八年）、田餘慶：《東晉門閥政治》（北京：北京大學出版社，一九八九年）等。

（二）從漢魏六朝其他女性敘寫，看〈賢媛篇〉的傳承與創變【一】

在以男性為中心的文化傳統中，女性既屬範限於家庭之內的附屬性存在，因而，無論是在政教體系之內的經史述著，抑或是一般的小說雜著，其記事立論的重點，遂多落在男性身上，女性並不被重視，專為記其言行而作的專著，更如鳳毛麟角。也因此，先秦以迄兩漢的史傳，往往鮮記女性；即或記之述之，也常並不是因為女性本身，而是因為她們對自己的丈夫或兒子的社會、政治活動有所幫助（或影響）之故。甚至於，也就因為其影響的良窳，被化約為：若非聖母賢妃貞婦，即為禍水孽嬖的平面形象。【二】即以秦漢以來的史傳而論，《史記》除〈呂后本紀〉外，並無女性專傳；《漢書》除〈元后傳〉外，其餘后妃，皆附於〈外戚傳〉之中，原因無非是「自古受命帝王及繼體守文之君，非內德茂也，蓋亦有外戚之助焉」（《漢書》〈外戚傳〉），一般女性，則完全無緣側身其中，其男主女從、重男輕女的觀念，不言可喻。至於《後漢書》，才在〈皇后紀〉之外，另立〈列女傳〉，而其所以以之入史的動機，則在於：

> 《詩》、《書》之言女德尚矣。若夫賢妃助國君之政，哲婦隆家人之道，高士弘清淳之風，貞女亮明白之節，則其徽美未殊也，而世典咸漏焉。故自中興以後，綜成其事，述為〈列女篇〉。……但搜次才行尤高秀者，不必專在一操而已。

據此，則其〈列女〉之作，乃在彰顯「徽美」，表揚「高秀」。再配合劉向《列女傳》取「賢妃貞婦興國顯家可法則，及孽嬖亂亡者」，「以戒天子」的撰寫目的看來，自秦漢以來的敘事專著，若非完全漠視女性，便是將其（如男性一般）納入政教機制之中，藉以褒貶善惡，至於其個人情質特色，則並不在記述之列。

再者，即使是非正史的劉向《列女傳》，在其所記之各類女性中，母儀、貞順、節義、孽嬖諸類，固然是針對與男性之利害關係立言，其他賢明、仁智、辯通諸類，表面上為女性自具之德，然就傳中實例以觀，亦不出與男性利害關係的範圍。【三】

然而，前述情況，在與《世說》〈賢媛篇〉的敘事的對照下，卻使我們看到了諸多頗饒興

【一】作為一部敘事之作，《世說》在整個敘事傳統之中，自然有所傳承，亦有所創變。箇中曲折，筆者已另有專文探討，在此，則僅就「女性敘寫」部分言之。其整體觀照，請參見梅家玲：〈《世說新語》的敘事藝術——兼論其對中國敘事傳統的傳承與創變〉，《國家科學委員會研究彙刊：人文及社會科學》四卷一期（一九九四年九月），頁三八—五八。

【二】敬姜論勞逸、孟母三遷之說，固亦見於史傳，但《史記》、《漢書》為呂后、元后等后妃立紀為傳，多對其持以負面評價；《漢書》、《後漢書》〈五行志〉志記災異，更多歸咎於后妃媚主干政。參見劉詠聰：《女性與歷史——中國傳統觀念新探》（臺北：商務印書館，一九九五年）。

【三】參見馬森：〈中國文化的女性地位：《列女傳》的意義〉，《國魂》五百五十五期（一九九二年二月），頁八四—八七。

味的變與不變。

如前所述：《世說》所以成書，實與當時人倫品鑒風氣的轉變密切相關。由於儒學禮教隨漢末大亂而崩解，原本被壓抑、抹銷於種種政教、文化機制之中的個人情性，亦緣此遊離而出，以致成就、展演出諸多適情任性的生命姿態；這一切，不唯取代了原先以政教目的是尚的人倫觀，成為當時的品鑒重點，同時也是《世說》記言敘事的取材對象。

緣此，其分類品人，並擷取個人生活片斷予以特寫式描寫的敘事方式，原就不同於著眼於傳主一生行誼的史傳式敘事。不過，正因為該書分類品人初不出孔門四科之遺，類目劃分之中，氣性清濁、才性高下，本有不同定位；而在「賢」與「不賢」之間的區判，亦自有其一定之準則。是以，劃立〈賢媛〉之目的同時，其他不盡合於「賢」之一目的女性言行，自然也不會忽略。而此一「賢」與「非賢」間的對照，一則固為人倫品鑒觀的具體映現；再則，以「賢」為尚的宣示性意義，亦以此凸顯。就此而論，它與傳統史傳在紀史之中，對人物予以抑揚褒貶的作法，當有其相承相通之處。再者，以線性式的語言結構來鋪展各色生命形相，本來也就是史傳敘事架構的遺緒，【一】凡此，皆可見其承襲自傳統史傳之處。

然而，正因為整個《世說》的敘事取向已由「徵實」而轉趨「賞心」【二】，其側重於美感賞鑒的敘事意趣，乃落實於就個人情性、音容笑貌的著意描繪。因而，不僅是敘事傳統中向來被漠視的女性，亦得以此展露真性真情，即或是具有正面宣示意味的「賢」媛，也可別出於刻板的聖母賢妻貞婦之外，而有了另外的多重面目——不論是「井上取水，舉動容止不失常」的郝普女、「髮委藉地，膚色玉曜，不為動容」的李勢妹，抑是伶牙俐齒、巧言慧辯的許允婦、諸葛誕女、謝道蘊等，無不以栩栩如生的神情意態，活現於千古之後。就「女性敘寫」的傳統以觀，這，不正是最可貴的突破嗎？就此看來，〈賢媛篇〉能在傳統之中展顯當代時風，在當代之中再演傳統遺緒，自當具有一定的時代意義。

五、結語

先秦兩漢的婦德觀規範了女性的地位、職分和活動空間，魏晉以來著重才性的人倫品鑒觀，則在解放政教桎梏的同時，隨而「發現」了存在於女性身上的風神才辯之美。而「婦德」與「才性」的對話，以及個人與家庭社會的糾結互動，正所以構成了〈賢媛篇〉的整體風貌。經由以上的論析，乃可看出：〈賢媛篇〉所以會以「賢」名篇，實因其在著眼於「婦德」之

【一】見〈《世說新語》的敘事藝術——兼論其對中國敘事傳統的傳承與創變〉，同頁九五註一。

【二】魯迅《中國小說史略》中論及《世說新語》一書時，曾指出：「記人間事者已甚古，列御寇韓非皆有錄載，唯其所以錄載者，列在用以喻道，韓在儲以論政。若為賞心而作，則實萌芽於魏而盛大於晉，雖不免追隨俗尚，或供揣摩，然要為遠實用而近娛樂矣。」見魯迅：《中國小說史略》（臺北：崇文堂出版社，一九八八年），頁四七。

餘，同時也兼具「才性」考量之故。因而，其「德」、「才」之間，不僅不再是齟齬對立的兩極，甚且還具有相互依存、彼此對話的密切關聯。唯能清晰掌握其間的錯綜轇轕，方得以深切、整全地了解其中的女性風貌，以及該篇在「女性敘寫」方面的種種變與不變。其間，傳統與當代，個人才性與家庭社會、世族門第間的多重對話，亦在在提示我們：所謂的婦女與兩性問題，是如何不能自外於整體的大環境。〈賢媛篇〉雖只是《世說》一書中的一小部分，但觀微知著，其所內蘊的複雜性，適可為我們在開展婦女與兩性問題的相關研究時，提供相應的參考。

六朝志怪人鬼姻緣故事中的兩性關係

——以「性別」問題為中心的考察

一、前言

在中國小說史上，「六朝志怪」無疑是一相當值得重視的體類。固然，在前人觀念中，「小說」不過是「街談巷說」、「殘叢小語」，【一】其撰錄之際，亦多不用心於形式技巧的講求。因此，若以現今小說美學的標準來衡量，泰半作品都只是「粗陳梗概」，藝術價值不高；而六朝志怪又因內容「皆張皇鬼神，稱道靈異」，【二】以致見嗤於君子。【三】然而，正由於它多採街談巷說的性質，乃使許多流傳於當代的傳聞軼事得以保存，不僅可使吾人了解其時傳說的諸般面目，亦可藉此管窺其與時代、社會、文化背景的多元互動關係；再者，若由心理分析學說角度觀之，鬼神靈異之談的背後，其實常隱含了諸多意識／潛意識、理性／非理性的糾結，若能就其深入探究，亦得以對時人的生命情識，有更深切的體認。故而，近年來不僅臺灣學者研究者甚眾，同時也受到國際漢學界相當的重視。【四】不過，既有之研究成果雖堪稱豐碩，但對其間紛繁多樣的兩性關係，卻未見有專文論及。【五】緣此，本文乃試圖就「人鬼姻緣故事中的兩性關係」之論題，予以探析。

所謂「兩性關係」，最簡單的說法，即為男、女間的遇合、對待關係；而「人鬼姻緣」，則謂發生於人、鬼之間的戀愛、婚姻和性關係。【六】由於人鬼殊途，男女有別，由此衍生出的兩性互動，便不僅同時蘊融著種種二元對立質素的映照和衝撞，亦且因「性」、「性別」、「階級」、「情欲」等問題的錯綜糾纏，益增其複雜面向。此外，若再加入心理分析的論點，則更大有可資探索的空間。然而，檢索既有的相關研究，我們發現：此一原本內蘊繁複的兩性關係，似並未得到充分、完整地呈現。大體上，這些既有成果可歸納為以下幾個方向：

【一】《漢書》〈藝文志〉謂：「小說者，街談巷語之說也。」桓譚《新論》則謂：「小說家合殘叢小語，近取譬喻，以作短書。」

【二】語見魯迅：《中國小說史略》〈第五篇六朝之鬼神志怪書〉（臺北：崇文堂出版社，一九七七年），頁四七。

【三】劉知幾《史通》〈採撰篇〉云「晉世雜書，諒非一族，若《語林》、《世說》、《幽明錄》、《搜神記》之徒，其所載或詼諧小辯，或神鬼怪物。其事非聖，揚雄所不觀；其言亂神，宣尼所不語。……雖取悅於小人，終見嗤於君子矣。」（臺北：華世出版社，一九八一年），頁一三八—一三九。

【四】如王國良先生即曾就六朝志怪發表多篇專論；而由楊力宇、李培德、茅國權所合編之《中國古典小說》文獻目錄之部，亦可見歐美學者致力於六朝志怪研究情形之一斑。日本學者如竹田晃、小南一郎，亦曾就《搜神記》的相關問題，多所論述。另外，聯經公司出版的《中國古典小說研究專集》（二）曾收錄王國良所輯之〈中國古典小說研究書目——六朝小說〉，其中關於「志怪」部分，即有數十種之夥，數量遠多於「志人」小說。

【五】前述各研究或著重於志怪專書的各別討論（如《搜神記》、《拾遺記》、《搜神後記》、《幽明錄》……）；或側重於整體之通論（如王國良〈六朝志怪小說簡論〉、吳宏一〈六朝鬼神怪異小說與時代背景的關係〉、賴芳伶〈試論六朝志怪的幾個主題〉），間亦有就某一特殊主題論述者（如吳達芸〈漢魏六朝小說中的愛情格局〉、蔡雅薰《六朝志怪妖故事研究》），另外，王國良的〈六朝志怪小說中的幽冥姻緣〉、洪順隆的〈六朝異類戀愛小說芻論〉、顏慧琪的《六朝志怪小說異類姻緣故事研究》等論著，雖亦著眼於異類男女之愛戀情事，但於兩性關係的剖析，則似闕如。

【六】說參顏慧琪：《六朝志怪小說異類姻緣故事研究》（臺北：文津出版社，一九九四年），頁二七。

一、以志怪文本為主要分析對象，或介紹說明人鬼姻緣的情節，或整理歸納人鬼遇合的類型模式，進而申言其與當時之宗教思想、社會民心間的關係。【一】

二、在前述基礎上再增益簡單的心理分析觀點，以為「現實生活中無由實現的願望在虛構和幻想的情境中獲得了實現」，而志怪，正是「中國人在創作領域找到的表現性愛的最佳形式」。【二】

三、從性別研究觀點著眼，以為異類姻緣中的女性多以鬼、妖形態出現，所表現的，正是男權社會對女性的「物化」；並以之作為「女性只是男性的欲望對象」之命題的論證。【三】

其中，第一種論述佔既有研究成果中的多數，也是所有研究的起點和基礎，自有一定貢獻；後二者則分別為志怪小說的研探提供新視野，亦有獨具隻眼處；只是，由於其論述或理論性不足，或觀照面有限，仍不免失之浮泛。而本文，即試圖在這些既有的研究基礎之上，一方面參考心理分析和性別研究的相關論述，以深化既有的基礎研究；另一方面，也藉由對志怪文本的整理分析，和相關背景的了解，以鑒照泛用心理分析與性別論述觀照志怪文本時的洞見，及其不足之處。由於，「性別」不唯是兩性關係所以建立的基本要素，也是其他相關論題的輻輳點。因此，文中除確切掌握人鬼姻緣的基本型態外，將先由文本對二元對立和性別觀念的初步建構與融解談起，進而探勘「生理性別」、「社會性別」與「階級」、「情欲」間的多元互動與糾結；最後，則試圖探討：以心理分析和性別論述觀照志怪文本時，展現了何種「洞見」？

何種「不見」？以「志怪」形式呈現的「話語形構」，將具有什麼樣的欲望隱喻？具現於其中的「兩性關係」，是否被借喻了社會傳統性別論述中的不平等權力關係？這些論題，將循由以下三部分予以進行：

1. 二元對立和性別觀念的初步建構與融解；

2. 生理性別、社會性別、階級、情欲的多元互動與糾結；

3. 以心理分析與性別論述觀照人鬼姻緣之兩性關係時的洞見與不見——兼論話語形構、欲望隱喻與權力架構間的辯證與弔詭。

【一】如王國良的〈六朝志怪小說中的幽冥姻緣〉、洪順隆的〈六朝異類戀愛小說芻論〉、顏慧琪的《六朝志怪小說異類姻緣故事研究》等。

【二】見俞汝捷：《幻想和寄託的國度——志怪傳奇新論》（臺北：淑馨出版社，一九九一年）。另外，葉慶炳《談小說妖》〈後記〉、李豐楙〈六朝精怪傳說與道教法術思想〉皆有此說。

【三】如孟悅、戴錦華即由此著眼。說見《浮出歷史地表》一書之〈緒論：一、兩千年，女性作為歷史的盲點〉（臺北：時報文化，一九九三年），頁一八。

二、二元對立和性別觀念的初步建構與融解

基本上，「性別」實涵括「生理性別」（sex）與「社會性別」（gender）二者；它們是緊密纏結，卻不盡相同的兩組概念。簡言之，前者指涉生物性、器官性的男女分野；後者，則是社會文化的分工，是由歷史性、文化性、集體性因素所組構成的社會預期、社會規範。就「人鬼姻緣」來看，它乃是發生於人、鬼二者間的男女情事，而人鬼之所以殊途，又緣於「眾生必死，死必歸土，此之為鬼」（《禮記》〈祭義〉）；因此，如果我們認為：生者存活的現實世界才是唯一的真實，那麼，橫亙於人鬼之間的，除卻活動場域的「陽」、「陰」之別外，更因「生」、「死」間的歧異，牽引出「真」、「幻」、「實」、「虛」等不同面向的分別和對立；它們不但彼此相互對應，並且還隱含著高下的序階區分——換言之，生者為人、為陽、為真實；死者為鬼、為陰、為虛幻，而前者地位又明顯高於後者。在此，若再把傳統性別論述中，將男／女對應於陽／陰的觀念融入，則乍看之下，六朝志怪中的人鬼姻緣，實在是充溢著這種素樸的二元對立思想和性別觀念的投映；但仔細考察，卻又不免發現潛藏於其間的消融與解構。為求深入論析，在此將先就人鬼姻緣的呈現樣態，略做說明。

基本上，人鬼姻緣的型態有兩種，一種是鬼透過現形或託夢等方式與人類相識相戀；一種是情人或夫妻之一方因某種緣故辭世後，以鬼魂形態返回人間，再續前緣。前者本為人鬼殊

域，故可謂「正統的人鬼姻緣」；後者原是人間夫妻、情侶，故稱之為「在世姻緣的延伸」。【一】在這樣的類分基礎上，我們發現：就前者言，主要的遇合方式有二：其一，是男人偶入塚墓，與女鬼春宵一度即行分手，這是典型的「露水姻緣」；其多數固屬好聚好散，徒留無從詰究之悵惘與失落，但亦偶有以此罹殃者。【二】其二，是女鬼主動或託夢、或延請入墓、或直接登堂入室以求與男人結為夫婦，偶或有藉以還陽者。【三】而無論還陽成功與否（或女方並無還陽意願，如《搜神記》之〈辛道度〉），身為名門權貴之後的女鬼，都不約而同地留贈財物與男方，以助其日後富貴顯達。這一類，或可名之為「夫以妻貴」。

「在世姻緣的延伸」方面，則又以夫婦之間的「魂魅糾纏」、「返家遂願」和未婚情人間的「死後還魂」為大宗。其中，「魂魅」所以會「糾纏」，多因嫉其配偶再婚，乃以魂魅之身返家，以便報復、監控；【四】而亡魂所以要返家遂願，則或因死者貪戀生時，故至家與配偶「每夕

【一】見《六朝志怪小說異類姻緣故事研究》，頁八六。

【二】如《甄異傳》的〈秦樹〉、《搜神後記》的〈阿香〉、〈張姑子〉等，皆屬好聚好散類。而《搜神記》中〈鄭奇〉的結局，卻是男人遇鬼後腹痛身亡；〈鍾繇〉則是女鬼遭到鍾繇的斫殺。

【三】如《搜神記》的〈談生婦〉、〈辛道度〉，《搜神後記》的〈徐元方女〉、〈李仲文女〉等，即屬此類。

【四】如《甄異傳》之〈司馬義〉、《異苑》之〈袁乞婦〉、《幽明錄》之〈呂順婦〉、《洛陽伽藍記》之〈韋英〉等。

來寢，如生時」；或因心繫家人，為傳宗接代、改善生活等原因而了結心願。【一】至於未婚情人間的「還魂」，則又可因還魂之後是否再世為人，分為二系。其中，情人生時因故未能結合，逮一方身亡後，在戀人深情厚愛的感召下，重返人世，再締良緣的情事固然不少；【二】但《搜神記》中的〈紫玉〉在還魂以盡夫婦之禮後便湮然而逝，《述異記》中的〈庾邈〉、〈崔基〉在與情人話別後亦不再復返的記述，同樣也為人所樂道。其類分情形，或可以下表簡示：

- 正統的人鬼姻緣
  - 露水姻緣
    - 好聚好散
    - 以此罹殃
  - 夫以妻貴
    - 夫助妻還陽成功，妻助夫顯貴，皆大歡喜
    - 鬼妻還陽未成（或無意還陽），亦贈物予夫
- 在世姻緣的延伸
  - 夫婦之間
    - 魂魅糾纏
    - 返家遂願
  - 未婚情人——死後還魂
    - 再世為人
    - 心願已了，不再復返

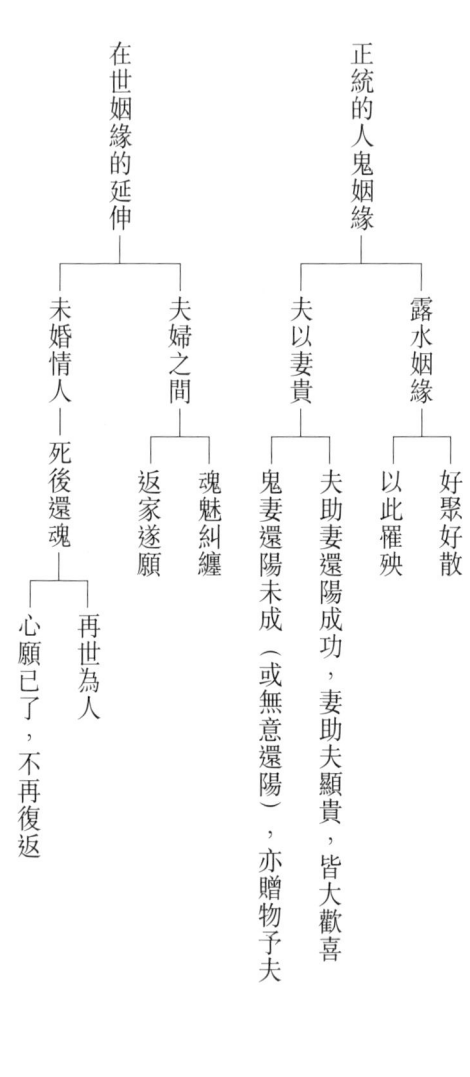

在這樣的初步了解之後，我們檢視其中的「兩性關係」，便會發現若干耐人尋味的現象：首先，就人、鬼的性別分佈看來，不論是正統的人鬼姻緣，抑是在世姻緣的延伸，其中的「鬼」，絕大多數都是女性。尤其是「正統的人鬼姻緣」，十八則的故事中，女鬼即佔了十五則，而十七則「在世姻緣的延伸」故事，女鬼也有十則之多。【三】

其次，在「正統的人鬼姻緣」之中，「女鬼」若欲與「男人」共結連理，天長地久，勢必「還陽」，而還陽的唯一之途，乃是與男子「寢息」。如《搜神記》的〈談生婦〉，《搜神後記》的〈徐元方女〉、〈李仲文女〉，莫不是夜來相就，自薦枕席於前，始得白骨生肉，恢復顏色氣力於後。其間雖有成敗之異，但女子欲跨越陰陽界域，必須藉由與男性媾合的意識，卻呈現得非常清楚。

再者，無論還陽成功與否，夜來相就的女鬼幾乎都是名門之後，也因此，對男人（丈夫）來說，鬼妻還陽成功，固然人財兩得，皆大歡喜；即或失敗，也會因鬼妻臨去時的贈物，而與

【一】如《述異記》之〈周義〉、《異苑》之〈荀澤〉、《幽明錄》之〈胡馥之妻〉、《集靈記》之〈王訚〉等。

【二】如《搜神記》中的〈王道平〉、〈河間男女〉，《幽明錄》中的〈買粉兒〉等。

【三】據顏慧琪前揭書〈正統的人鬼姻緣故事情節分析表〉，頁九三—九四，其所列故事凡十六則，但《搜神記》卷十六之〈鄭奇〉、《志怪錄》中的〈長孫紹祖〉，同樣也是「男人—女鬼」的配對模式，加上此二則，則總數當為十八則；又，〈在世姻緣的延伸故事情節分析表〉，見頁一〇一—一〇二。

妻子的娘家相認，並據此富貴顯達。

此外，「在世姻緣的延伸」中，其原為夫婦而嫉其配偶再婚，遂以「魂魅糾纏」態勢前來報復者，男、女均有，看來差別不大。但在「返家遂願」一型中，其為丈夫者返家，固然有照顧妻小之意，但另一重心，乃在貪戀與妻子間的魚水之歡（如〈周義〉「每夕來寢」、〈荀澤〉甚至使妻受孕，「生產，悉是水」）；但為妻子者則不然，如《錄異傳》之〈劉照婦〉，其死後託夢並贈以萎蕤鎖，固然是心繫家人；《幽明錄》的〈胡馥之妻〉，則根本就只是為了要替丈夫留下子嗣，以傳宗接代。因此，產子之後，便不復再現。由此，亦可見男（夫）、女（妻）間的歧異處。

至於未婚情人的死後還魂，則除〈買粉兒〉是男子在所愛之女子之召喚下死而復生，為唯一之例外，其餘無論復生與否，全屬「男生—女死」之配對模式。

如此現象的出現，應非偶然。因為，「男主女從」、「男外女內」、「陽尊陰卑」等論述，本就早已在傳統文化中根深柢固；【二】而女性，遂亦在此一論述中，被習以為常地視為僅具從屬身份、生產功能的「物化」對象。【三】再配合簡單的二元對立和性別觀念，則前面所抽繹出的現象，似乎可以很自然地用以下幾個簡單的邏輯予以掌握：

一、由於陽尊陰卑、男主女從，在人文世界中，唯男人具有合理的存在身份，所以，不僅「男人—女鬼」的配對居正統人鬼姻緣的絕對多數，即或是未婚情人的死後還魂，其死而復生者也幾乎都是女子。

二、由於「陽始出，物亦始出……物隨陽而出入，數隨陽而終始」，所以女鬼還陽必依恃男子，以及未嫁女子在所愛男子的深情召喚下，乃得以還魂的情事，亦屬順理成章。

三、女性既被異化為「物」，自然不具任何「欲望權」，其存在的意義完全在於襄助丈夫、延續宗族。因此，儘管鬼妻還陽未成，但在形魄俱滅前，仍不忘留下信物、重金（包括子嗣）給予人夫，以助其顯貴；胡馥之的妻子還魂目的僅為產子，顯然都是此一觀念的投映。

這樣的掌握方式固然簡單明瞭，卻不免簡化了人鬼姻緣中所內蘊的複雜性，以及在表面可見的傳統性別觀念與二元對立之説中所潛藏的多重矛盾和曖昧。首當其衝的問題是：鬼既是人死後所化，但它卻可經由某些特殊方式（如還魂、還陽等）再返人世，如此，則人／鬼、生／

【一】如《禮記》〈內則〉：「男子居外，女子居內，深宮固門，閽寺守之，男不入，女不出，男不言內，女不言外，內言不出，外言不入。」《儀禮》〈喪服傳〉：「婦人有三從之義，無專用之道。故未嫁從父，既嫁從夫，夫死從子。故父者，子之天也，夫者，妻之天也。」皆從禮制倫常方面對男女職分、活動場域予以規定；而董仲舒，則由形上學方面，建立「陽尊陰卑」之論據，試看其《春秋繁露》〈陽尊陰卑〉：「見天數之所始，則知貴賤逆順所在。知貴賤逆順所在，則知天地之情著，聖人之寶出矣。……陽始出，物亦始出；陽方盛，物亦方盛；陽初衰，物亦初衰。物隨陽而出入，數隨陽而終始。三王之正隨陽而更起。以此見之，貴陽而賤陰也。……丈夫雖賤皆為陽，婦人雖貴皆為陰。」

【二】有關女性在傳統性別論述中被物化的情形，可參見孟悅、戴錦華：《浮出歷史地表》一書之〈緒論：一、兩千年，女性作為歷史的盲點〉，頁一——二六。

死、陽／陰之間，豈不就並無絕對的分別與對立可言？

其次，儘管在性別的分佈上，「男人—女鬼」是絕大多數故事的共同配對模式，但無可否認的，其中仍然有若干男鬼的存在。而「女人—男鬼」的配對，在攪亂、牴觸了原本階序分明的性別配置之餘，它又有什麼樣的意義？追根究柢，又是什麼樣的因素，造成了上述的矛盾和錯亂？

顯然，其間所潛藏的問題，仍大有可探索的空間；而「生理性別」、「社會性別」、「階級」和「情欲」間的糾結互動，應是其犖犖大者。

三、生理性別、社會性別、階級、情欲的多元互動與糾結

如前所述，「生理性別」區判的是男女生理差異，「社會性別」區判的是社會角色的分工不同；但「階級」，則標識著各種社會身份（包括人／鬼）間的高下等次。性別區判原無關等次，階級分別亦旨不在男女。但人鬼姻緣中的兩性，一方面因彼此生理上的男女特質和社會家庭分工，具有「生理性別」和「社會性別」上的對照關係；另一方面，兩性各自的出身背景、社會地位和人鬼之別，又隱然形成「階級」上的另一重對照。不僅乎此，若論其「姻緣」關係的發生，當不能不歸諸各種不同層面的「情欲」作用。而這數者間的糾結互動，正所以成就了其間

的複雜曖昧。箇中微妙，或可由正統人鬼姻緣中，「男鬼—女人」配對模式中的兩性互動談起。

十八則正統的人鬼姻緣中，「男鬼」僅佔三則，比例雖然不到全數的兩成，但值得注意的是，在這三則中，女性雖為「人」，但身份卻全是「婢女」；而她們都並非主動招引男鬼，而是被動地為男鬼所玩弄、魅惑。試看《異苑》中的〈王奉先婢〉：

有貴人亡後，永興令王奉先夢，與之相對如平生。奉先問：「還有情色乎？」答云，某日至其家問婢。後覺，問其婢，云：「此日魘，夢郎君來。」

在此，奉先家的婢女可說是在完全不知情的狀況下，成為「鬼貴人」的洩欲對象。而同書的〈黃父鬼〉、《幽明錄》中的〈郭長生〉，所載情事亦大同小異，都是為「婢」的「女人」，被動地成為「男鬼」的情欲對象，男鬼並不依恃女人還陽，更不曾贈物予女，以助其改善生活現況，只是貪圖由此而來的情色享受。而「女人」呢？我們並未看出她對「男鬼」有任何一往情深的表示，只是似乎身不由己地甘於成為男鬼的玩物。由此看來，原本兼括「主/奴」、「人/鬼」的「階級」論述，似乎遭到了「性別」論述的分化和顛覆——換言之，雖然為「人」的一方是女性，但因其身份是婢女，所以非但未能在人/鬼的位階區分中取得應有優勢，反遭到由主/奴、「性別」（男/女、陽性/陰性）論述的聯手貶抑，而主宰其事的動因，則是男性的

「情欲」。

可是，若我們再度回顧「女鬼還陽」一類型的敘事，則又會發現：強調主／奴關係、門第出身的階級論述，以及前述男性的情欲問題，卻又似乎在此類敘事中並未發揮作用。女性縱為名門之後，卻只能以「鬼」的型態潛藏人間，並依恃與平凡男子的「寢息」而還陽，這顯然在突顯「男尊女卑」的性別論述的同時，一方面強化了人／鬼的位階高下，另一方面，卻完全忽略了現實世界中的門第差異。而女鬼意欲還陽的「實用」心態，也似乎超越了彼此間所應該具有的情欲想望。

這些現象，若再與「在世姻緣的延伸」中若干敘事相對照，則「生理性別」、「社會性別」、「情欲」間的互動，便益顯錯綜複雜。若就傳統「性別」觀念看來，「女鬼還陽」情事所反映之意義，似與原為夫婦者的「返家遂願」有其相通處——女性被物化、不具「欲望權」，其存在意義全在襄助丈夫，生子傳宗。因而，返家遂願，只是純粹的關愛家人，與盡生產義務；男性是一家之主，擁有情欲的的專利權，是以亡故後返家，除照顧妻小外，尚可延續生時的情欲享受，「每夕來寢」。然而，夫婦間的「魂魅糾纏」，卻又別出於此一傳統的性別論述，呈露出另類面目。

夫婦間的「魂魅糾纏」，以《甄異傳》之〈司馬義〉、《洛陽伽藍記》之〈韋英〉、《異苑》之〈袁乞婦〉、《幽明錄》之〈呂順婦〉為最著。前二者為夫對妻之監控糾纏，後二者則為妻對夫之報復。其原因，全都在於嫉其配偶再婚。即以〈司馬義〉為例，其本事謂義有愛妾碧玉，善弦歌，後義病篤，謂碧玉曰：「吾死，汝不得別嫁，當殺汝。」玉允諾。然義既葬，碧玉即欲另嫁別家。其當去之際，

> 見義乘馬入門，引弓射之，正中其喉，喉便痛亟，姿態失常，奄忽便絕，十餘日乃甦。不能語，四肢如被撾殞。周歲始能言，猶不分明。碧玉色不甚美，本以聲見取，既被患，遂不得嫁。

而《異苑》之〈袁乞婦〉則謂：

> 吳興袁乞妻臨終，執乞手云：「我死，君再婚否？」乞曰：「不忍也。」既而服竟，更娶。乞白日見其死婦語之云：「君先結誓，云何負言？」因以刀割其陽道，雖不致死，人性永廢。

司馬義毀損了碧玉的歌喉，袁乞婦割損了袁乞的陽具，二人皆以此不得另行嫁娶，「雖生猶死」；其所顯示者，無非是亡者因情生妒、因愛生恨的情欲變態表現。在此，男性固然表現出

對其在世配偶的強烈佔有欲，女性同樣不容許配偶的再婚——換言之，發自人內心深處的「情欲」，乃是一超越「生理性別」、「社會性別」、「階級」的原始力量，在它的作用下，一切人文世界中的後設論述都將俯首稱臣。

同樣的，未婚情人間的「還魂」情節，亦可作如是觀。而《搜神記》的〈河間男女〉和《幽明錄》中的〈買粉兒〉，堪稱是最具代表性的對照組。今試看〈河間男女〉條的記載：

> 晉武帝世，河間郡有男女私悅，許相配適。尋而男從軍，積年不歸。女家欲更適之。女不願行，父母逼之，不得已而去，尋病死。其男戍還，問女所在。其家具說之。乃至塚，欲哭之盡哀，而不勝其情。遂發塚開棺，女即蘇活，因負還家。將養數日，平復如初。後夫聞，乃往求之。其人不還，曰：「卿婦已死，天下豈聞死人可復活耶？此天賜我，非卿婦也。」於是相訟，郡縣不能決，以讞廷尉。秘書郎王導奏：「以精誠之至，感於天地，故死而更生。此非常事，不得以常禮斷之。請還開塚者。」朝廷從其議。

〈買粉兒〉的情節亦與此相類，不同處，是男主角為一「寵恣過常」的富家子，女主角則為一賣胡粉的女子。富家子因心儀賣粉女，百般追求後，終於相約以夕。但就在女子出現之際，男子卻因「不勝悅」，「歡踴遂死」。其後男家以女殺子而訴官，女曰：「妾豈復怯死？乞一臨屍盡哀。」縣令許焉。徑往撫之慟哭，曰：「不幸至此，若死魂而靈，復何恨哉？」男豁然更生，具說情狀。遂為夫婦，子孫繁茂。

這兩條記載的共同處，即在於強調男女之間的真情感應，實具有超越生死、禮法和世俗身份地位的至高力量。尤其是〈買粉兒〉中富家子和賣胡粉女子間的情戀，雖然原本存在著階級地位（男富女貧、男尊女卑）上的歧異，但男子既因終獲所愛女子的青睞而「歡踴遂死」，又在其「臨屍盡哀」之際「豁然更生」，其以生以死的內在趨力，全繫於對一身份卑微的賣粉女子的真情，此一敘事，正是以完全出於人性人情的方式，呈顯出可貴的生命真相。

然而，就在我們即將肯定「情欲」是貫串於人鬼、凌駕於性別、階級的至高力量之際，「露水姻緣」中的若干敘事，卻又傳達出完全相反的訊息。

前已述及，「露水姻緣」的特點是男女主角於短暫遇合後即行分手。儘管邂逅之初情深意濃，分袂時亦不勝依依，但終究不復再見之期。其關鍵，豈不正是人/鬼殊途、陽/陰有別？情欲和人/鬼階級區判間的頡頏交鋒，在〈鍾繇〉一篇中，顯現得尤其清楚：

潁川鍾繇，字元常，嘗數月不朝會，意性異常。或問其故，云：「常有好婦來，美麗非凡。」問者曰：「必是鬼物，可殺之。」婦人後往，不即前，止戶外。繇問：「何以？」

曰：「公有相殺意。」繇曰：「無此。」勤勤呼之，乃入。繇意恨，有不忍之，然猶斫之，傷髀。婦人即出，以新綿拭，血竟路。明日，使人尋跡，至一大塚，木中有好婦人，形體如生人。著白練衫，丹繡裲襠。傷左髀，以裲襠中綿拭血。

鍾繇原本迷戀女鬼，「數月不朝會」，但在遭到「必是鬼物」的警告後，即使「意恨，有不忍之」，仍「猶斫之」，所呈示者，正是個人依違掙扎於情欲與人鬼之辨間，卻終究臣服於人鬼之防的歷程；而女鬼原本警覺到鍾繇「有相殺意」，「不即前」，仍因其「勤勤呼之」，以致入室見斫，不也是因情欲作用，才反遭殺身之禍的嗎？

據此，亦得以看出：具現於人鬼姻緣中的兩性互動，既非簡單、僵化的二元論和性別規範所能牢籠，也不是個別的階級、情欲論述所能盡括；生理性別、社會性別、階級、情欲之間，時而相互聯盟，時而頡頏交鋒；似乎，也正由於這些元素的多重排列組合，及彼此不同方式的糾結互動，方得為人鬼姻緣中的兩性關係迴旋、推陳出極其繁複的多元風貌。

然而，若就心理分析觀點看來，如此繁複多元的風貌，充其量仍不過是外現的「表層結構」而已；事實上，它是經過了一連串「凝縮」和「置換」過程後的產物，其所內蘊者，則不外乎潛意識中種種欲望的轉化投射，【一】而這些欲望，又因為語言的轉介、建構，無可避免地與「權力架構」多所關聯。【二】究竟，其間的轇轕如何？對於兩性關係的探析，又可以有何種啟發？以下，便就此予以探討。

四、以心理分析與性別論述觀照人鬼姻緣之兩性關係時的洞見與不見

——兼論話語形構、欲望隱喻與權力架構間的辯證與弔詭

基本上，作為一種文類，「志怪」的勃興既有其特定的時代社會背景，【三】則映現於其中的

【一】有關心理分析的論點，參閱佛洛伊德：《夢的解析》（臺北：志文出版社，一九七二年）、杜聲鋒：《拉康結構主義精神分析學》（臺北：遠流出版公司，一九八八年）、梁濃剛：《回歸佛洛伊德——拉康的精神分析學》（臺北：遠流出版公司，一九八九年）。

【二】泰瑞．伊果頓（Terry Eagleton）曾指出：言說是權力與欲望的形構；各種言說、符號系統都和「現存權力體制的維持和轉化有密切關聯」。說見氏著，吳新發譯：《文學理論導讀》（臺北：書林出版社，一九九四年）。又，言說與權力的關係，亦參見米歇．傅柯（Michel Foucault），王德威譯：《知識的考掘》（臺北：麥田出版公司，一九九三年）、麥克唐納（Diane Macdonell），陳津漳譯：《言說的理論》（臺北：遠流出版公司，一九九〇年）。

【三】有關六朝志怪與其時代背景的關係，可參閱魯迅：《中國小說史略》第五、六篇：〈六朝之鬼神志怪書〉（上）、（下）；吳宏一：〈六朝鬼神怪異小說與時代背景的關係〉，收入《中國古典小說研究叢刊——小說之部》（臺北：巨流出版公司，一九七七年），頁五五—八九。

「兩性關係」，亦不能自外於此。尤其，「街談巷説」、「殘叢小語」的形式，更清楚地表明：這是一出於口耳相傳的集體創作，它所反映的，其實是諸多共同的信念和想望。雖然，纂錄者的身份各異，輯撰的目的不同，【一】故分別觀之，各書在材料的取捨上難免各有所偏；但所述之情事，既得以一「話語」的書寫形式出現，則首先，必得經一具有發言身份或有權運作語言文字的人（通常是知識分子），將其寫定；然而一方面，知識分子在營塑「話語形構」（discursive formation）之際，必無可避免地受到既有的社會權力體系（如宗教思想、禮制倫常、政治現實等）的制約，另一方面，當其寫定之後，不但也建立了發話者（作者及其所受到制約的種種權力體系）和聽眾（一般社會成員）間的關係，並且在其傳遞訊息的過程中，暗含了權力的施加和承受的意義。【二】

其次，此一話語若能收致愉悅人心之效，往往是由於它藉迂迴的形構手段，將我們極深的焦慮與欲望轉化為可被社會接受的意義。【三】換言之，話語可以作為幻想體現的場所、象徵化之因素、禁忌之形式、求取滿足的工具。因而，由此所形成之「權力架構」的特色，便是「由欲望因應話語所可能有的地位所顯現」。【四】

再者，欲望又是內在地與「匱乏」相聯繫在一起的，無關於獨立於主體的現實對象，卻往往與虛幻的對象有關；並且，只能在與他人的關係之中才能產生。【五】這些觀念落實到人鬼姻緣的兩性關係論題之上，便出現了諸多耐人尋味之處。它包括：此類敘事中究竟潛藏了什麼樣的深層欲望？它們如何被凝縮、置換成如此的話語形式？一旦落實為話語形構，並大量流傳之後，是否會形成新的權力架構？而它對於現實中的兩性關係又是否會產生影響？

在既有的論述中，大多認為：志怪小說中所以特多人與異類交歡之情事，乃因古代禮教社會嚴於男女之防，對於兩性間的情愛多所範限，而「志怪中展現的是妖狐鬼怪的生活，按邏輯也就可以不受人間道德的藩籬」。【六】葉師慶炳在論及人鬼情戀時，則指出：1.女鬼的毛遂自薦；2.兩相情好，遂同寢處；3.「分離」是為「女鬼的愛情三部曲」；所以如此，乃因志怪皆

【一】六朝志怪的輯錄者，其身份約有一般文士、佛教徒、道教徒等不同類別。屬佛、道教徒者，其撰錄自不免於佛道思想的宣揚，「自神其教」，而一般文士，則又多因曾具有「著作郎」的身份資歷，受過「必撰名臣傳一人」的史學訓練，而擁有相當的史學背景。參見王國良：〈六朝志怪小說簡論〉，收入在中國古典文學研究會主編：《古典文學》第四集（臺北：學生書局，一九八二年），頁二四四。

【二】說參《知識的考掘》第二部〈話語的規則〉。

【三】此為霍蘭德（Norman N. Holland）之說，轉引自《文學理論導讀》，頁二二六。

【四】參見《知識的考掘》，頁一五九。

【五】參見《拉康結構主義精神分析學》，頁一七二——一七三。

【六】見俞汝捷：《幻想和寄託的國度——志怪傳奇新論》（臺北：淑馨出版社，一九九一年）。另外，葉慶炳《談小說妖》〈後記〉、李豐楙〈六朝精怪傳說與道教法術思想〉皆有此說。引文見俞汝捷前揭書，頁五二。

出於男性文人之手，故其興趣的焦點，自然在於女鬼的自薦枕席。【一】他們的論述皆有所見。但是，現在我們要進一步追問的是：為什麼「男人」的興趣焦點會落在「女鬼」的「自」薦枕席之上？它和欲望的潛藏和轉化間又有什麼樣的關係？顯然，心理分析和性別論述的觀點，仍將是解決這些問題的關鍵。

綜合心理分析和女性主義學者對「性別」問題的論點可知：「社會性別」中的男女之別，乃是一由文化機制所打造出來的差別，後天的教養使男人壓抑其女性化的傾向，使女人壓抑其男性化的傾向，並使男尊女卑、男外女內、男女有別儼然成為顛撲不破的真理。但如此兩性關係的劃分，再配合社會的政治現實，不只壓抑了女性，常使男人也成為另一形式的犧牲者。因為，女性固然以不具父權特徵（phallus，或譯為陽具），成為父權社會中的次級公民，男人亦隨時活在「去勢的恐懼」（fear of castration）之中。尤其，秦漢以來，「君尊臣卑」論與「陽尊陰卑」之說結合下，唯有為「君」者才有資格成為絕對、唯一之「陽」，一切為臣者與未能在政治、社會體系中得遂青雲之志者，都以此而相對成為「陰性」。為了克服恐懼、彌補缺憾，男性便不斷地追尋其他的物象（fetish，如性器官、裹小腳等），以代替父權的特殊地位與權力。【二】

落實到「人鬼姻緣」的兩性關係中，則它最大的意義即在於：女鬼自薦枕席、投懷送抱（如「露水姻緣」之屬），以及非求助於男人始得還陽的情節（如「夫以妻貴」之屬），肯定了身為男性的優越感；不請自來，唾手可得的女性，於是取代了抽象的父權，成為失意男人可堪自慰、可以自我肯定的憑藉。而鬼妻臨別贈金、襄助人夫富貴顯達的故事，更有意無意地流露出：對男人來說，成就一己的功名富貴，乃是畢生最大職志，而女人（鬼），只是讓他能更輕易達到目的的跳板罷了。試看《搜神記》中的〈辛道度〉，只因遊學至雍，偶然（或應說是極其幸運地）為無夫而亡的秦閔王之女延請入墓，便由此開啟其通往顯貴之途的門徑：

……女謂度曰：「我秦閔王女，出聘曹國，不幸無夫而亡。亡來已二十三年，獨居此宅。今日君來，願為夫婦。」經三宿三日後，女即自言曰：「君是生人，我鬼也。共君宿

【一】參見葉慶炳：〈魏晉南北朝的鬼小說與小說鬼〉，《古典小說論評》（臺北：幼獅文化出版公司，一九八五年），頁一〇一——一四一。

【二】有關心理分析和女性主義者對「性別」問題的理論部分，係參考張京媛主編：《當代女性主義文學批評》（北京：北京大學出版社，一九九二年）、克莉絲．維登著，白曉虹譯：《女性主義實踐與後結構主義理論》（臺北：桂冠圖書公司，一九九四年）、格蕾．格林、考比里亞．庫恩主編，陳引馳譯：《女性主義文學批評》（臺北：駱駝出版社，一九九五年）、托里莫伊著，陳潔詩譯：《性別／文本政治》（臺北：駱駝出版社，一九九五年）。至於「性別」對中國傳統士人之影響，相關論文則有張淑麗之〈明末清初才子佳人小說中的性別政治與階級意識——從《玉嬌梨》談起〉、梅家玲之〈漢晉詩歌中「思婦文本」的形成及其相關問題〉，二文俱收錄於《女性主義與中國文學》（臺北：里仁書局，一九九七年）。

契，此會可三宵，不可久居，當有禍矣。然茲信宿，未悉綢繆，既已分飛，將何表信於郎？」即命取床後盒子開之，取金枕一枚，與度為信。乃分袂泣別，即遣青衣送出門外。未逾數步，不見舍宇，唯有一塚。度當時荒忙出走，視其金枕在懷，乃無異變。尋至秦國，以枕於市貨之。恰遇秦妃東遊，親見度賣金枕，疑而索看，詰度何處得來？度具以告。妃聞，悲泣不能自勝，然尚疑耳。乃遣人發塚，啟柩視之，原葬悉在，唯不見枕。解體看之，交情宛若，秦妃始信之。嘆曰：「我女大聖，死經二十三年，猶能與生人交往，此是我真女婿也。」遂封度為駙馬都尉，賜金帛車馬，令還本國。

在此，辛道度在不必背負任何責任、無須付出任何努力（不用助鬼妻還陽）下，就輕易地得到鬼妻所贈之金枕，而金枕既為愛人（妻子）所贈，他卻毫不珍惜，立刻至市上求售，而竟以此得與王妃相認，並得封駙馬，如此情節，豈不更印證了「男人所想要得到的特權就在女人身上」（woman as phallus）嗎？兩性關係之偏頗、不平等處，遂由此可見。也因此，所有正統人鬼姻緣的發生，或許都可以通過此一論點予以瞭解。

但另一方面，由於被物象化的女性分享了父權的優越性，因而成為一「男性化」（其定義為積極、主動）的女性，以致反而對男性形成另一威脅，時刻提醒他男性的特權隨時可被褫奪。由這一點來檢視在世姻緣的延伸部分，則會看到：〈司馬義〉令碧玉不得別嫁，固然是男權心態的展示，〈袁乞婦〉使袁乞「人性永廢」，卻正是男性「去勢」恐懼的具體映現。而未婚情人間的死後還魂，雖仍不妨以「真情感召」視之，但若就拉康（Jacques Lacan）的觀點看來，男人想要得到女人，其實並非為女人本身，而是為了投射在女人身上的、他自己的影子。換言之，完全無我的愛只是文化的神話，所有偉大的愛情神話幾乎都是一個美麗的謊言，一個隱藏了兩性不平等關係的美麗謊言。【一】果如其言，則亡者因情人召喚而再世為人，並以此得締良緣的記述（如〈河間男女〉、〈王道平〉、〈買粉兒〉之類），似乎都可被視為「隱藏了兩性不平等關係的美麗謊言」，而前述一切關乎「生理性別」、「社會性別」、「階級」、「情欲」間的糾結互動，自然也就全數被歸整、收編、集結到「兩性不平等關係」的焦點之上了！

不僅於此，若再聯結到其他對志怪時代背景的相關研究，更會發現：許多以志怪形態出現的敘事，若非為社會某一階層的男人為鞏固其自身利益（信仰）而服務，就是成為其美化自身不當作為的包裝。佛、道教徒的藉志怪以「自神其教」，【二】固屬前者；至於後者，根據大陸學者研究，人鬼姻緣中的墓塚幻遇、鬼妻贈金，或不免於為盛行於當時的「盜墓」風氣開脫之

【一】拉康觀點的應用，亦參見張淑麗：〈明末清初才子佳人小說中的性別政治與階級意識——從《玉嬌梨》談起〉。

【二】有關教徒、方術之士藉以「自神其教」的論述，可參考小南一郎著，孫昌武譯：《中國的神話傳說與古小說》（北京：中華書局，一九九三年）。

嫌。據《三國志．魏志》〈后妃傳〉載：「太和四年，……及孟武母卒，欲厚葬，起祠堂，太后（文帝郭皇后）止之曰：『自喪亂以來，墳墓無不發掘，皆厚葬也。』」由此即可見盜墓風氣之盛。至西晉末年的五胡之亂，更是大規模的發掘塚墓，「取其寶貨」。【一】流風所及，一般民間的貧寒男子迫於生計，企圖以盜墓掘寶維生，亦屬順理成章。只是，「盜墓所得的贓物要出手，必然會有被發現的可能。這時候，逃脫懲罰的唯一希望就是假託鬼神，編造神話，以求一逞。」【二】如此一來，美麗的愛情故事，只不過是盜墓者意圖脫罪的託詞而已（前引〈辛道度〉的敘事，正是此類故事中的典型代表）。它所印證的，似乎正是女性主義學者賽姬薇恪（Eve Kosofsky Sedgwick）早已指陳出的：男女兩性的關係其實只是一種表面現象，其象徵意義則在於男性間的互動；因此，所謂男女兩性關係的深層結構是一種男／女／男的三角關係，其終極目標，全在於鞏固男性的同性社交欲望（homosocial desire）；當然，更是使其擁有合理化之社會身份與作為的手段。【三】

凡此，俱顯示：儘管表面看來，人鬼姻緣中的兩性關係繁複多姿，引人入勝；但若從心理分析和女性主義的性別論述觀點看來，它們實質上只不過是一系列經過種種凝縮和置換作用加工過的、具有政治隱喻的符碼；所承載的，無非是男性對父權特權的深層欲望。這樣的論述，固然有洞燭幽微之處，然而，仔細推敲，仍或不免因「兩性不平等關係」的強調，而忽略、簡化了其他面向的考量，以致落入另一種窠臼之中；因而，在展現洞見的同時，同樣也隱含了若干盲點。

首先，不容否認的是，以「男性對父權特權的深層欲望」，來看待人鬼姻緣中的諸多敘事，確乎一針見血，深入肯綮。尤其是「正統的人鬼姻緣」部分，無論是乍遇即離的「露水姻緣」，抑是具有進一步關係的「夫妻互助」，其中女鬼的夜來相就，為男人所帶來的，不僅絕大多數是飛來豔福，更是諸多「不勞而獲」的富貴榮華。如此情節一而再、再而三地反覆出現，自當有其社會、心理方面的深層因由。而由故事中之男主角多為寒素士子的身份背景看來，說它投映了男性（尤其是不得志的男性）嚮往顯貴，以及藉女性（鬼）以自我肯定、自我滿足、進而緣此攀附高門的潛意識，自堪稱深入有得。

不過，倘若我們再參照「在世姻緣的延伸」中的若干敘事，以圖做整體考量的話，卻又會

【一】詳見《晉書》〈劉聰載記〉、〈劉曜載記〉、〈石季龍載記〉、〈慕容皝載記〉等。另外，《搜神記》卷十五亦有多條發人墓塚的記載。

【二】根據大陸學者王青的研究，此一以「鬼妻贈金」模式出現的敘事，其特色均在書生收到鬼妻的贈物後，無一例外地很快在市場上出售，且就在他們出售之時，皆被原物主發現。其後，事件的進程則是：書生敘述此物由來——重開墓冢——書生得釋。因此，至少在客觀上，書生敘述的美麗愛情故事成了自己免罪的根據，具有使贓物合法化的功能。說參〈人鬼戀故事的現實功能〉，收入《古典文獻研究》（一九九三——一九九四）（南京：南京大學出版社，一九九五年），頁一三五——一四七。

【三】Eve Kosofsky Sedgwick, *Between Men* (New York: Columbia UP, 1985).

發現問題似乎並不那麼單純。由於此類人鬼姻緣的男女主角，本就有夫妻、情人的關係，因此，其於一方亡故後所形成的「人鬼姻緣」，多以原先即已深植的濃情厚愛為聯繫的憑藉。其愛欲之情延展、進行樣態的繁複多變，實難以「所有的偉大的愛情神話幾乎都是一個美麗的謊言，一個隱藏了兩性不平等關係的美麗謊言」，去一以概之。即以前引的〈買粉兒〉為例，若以世俗眼光觀之，其中富家子的身份地位，明顯優於賣粉女子，而從文中的敘述，我們也找不出女子身上有任何買粉男子「投射在女人身上的、他自己的影子」的證據。此外，胡馥之妻的還魂產子，雖可視為女子被物化為生產工具的論證，但從另一角度看來，馥之於妻亡後，

慟哭，云：「竟無遺體遂傷，此酷何深！」婦忽坐起，云：「感君痛悼，我不即朽，君可瞑後見就，依平生時陰陽，當為君生一男」。

此一情節，亦未嘗不可解釋為：馥之所以慟哭，乃以「無子遺傳所愛者的音容笑貌，以致一死竟成永訣，從此將無由想望矣」。【二】而胡妻的還魂產子，實為感其深情之故。如此，則其產子的意義，便不僅止於單純的傳宗接代，而是希冀藉子嗣的出生、成長，延續自己（即胡妻）的音容笑貌和精神氣血，以慰夫君。

再者，未婚情人間的死後還魂，尚有僅為「話別」而至之一型。如《述異記》中之〈崔

基〉，謂基與朱氏女相悅，某日三更中，

（基）忽聞叩門外，崔披衣出迎，女雨淚嗚咽，云：「適得暴疾喪亡，忻愛永奪，悲不自勝。」女於懷中抽兩疋絹與崔曰：「近自織此絹，欲為君作禪衫，未得裁縫，今以贈離。」崔以錦八尺答之；女取錦曰：「從此絕矣！」言畢，豁然而滅。至旦，告其家，女父曰：「女昨夜忽然病，夜亡。」崔曰：「君家絹帛無零失耶？」答云：「此女舊織餘兩疋絹在箱中，女亡之始，婦出絹欲裁為送終衣，轉盼失之。」

在此，朱氏女子雖亡，魂魄猶不忘至所愛處話別，並以自織之絹贈離，這與前引胡妻的為慰夫君而產子，同屬深情至愛的流露。綜觀此類敘事，主角人物多以堅貞情愛，力搏由死亡所造成的憾恨，而所謂的「美麗謊言」之說，對照著這因生／死、情愛／憾恨之掙扎拉鋸而激盪出的悲劇張力，也就益顯微弱無力了。

【一】此說引自吳達芸：〈漢魏六朝中愛情小說的格局〉，收入《文學評論》七集（臺北：巨流圖書公司，一九八三年）。

不僅於此，即使是「正統的人鬼姻緣」部分，其中的「兩性不平等關係」固屬顯而易見；但若就「性別」與「階級」的問題再做檢視，則會發現：由賽姬薇格所提出的「男／女／男」三角關係之説雖極有洞見，但有時卻不免忽略、模糊了此二者相互錯綜糾結的實況。

即再以〈辛道度〉為例，道度最後所以能得封駙馬，躋身顯貴，自是拜鬼妻（秦閔王女）之賜，故純就「性別」角度言，道度（男）藉鬼妻（女）以攀附高門（「男」權社會中的既得利益者），這當然是典型的「男／女／男」三角關係。但若再從「階級」角度著眼，則秦閔王女在世時所擁有的顯貴身份，明顯在階級上高於原為寒素的辛道度——換言之，雖然身為女性，仍可因先天出身背景的優勢，在這個男權社會的高層位階中，擁有一席之地（儘管並不能發揮實質的作用）。也因此，原先三角關係中的後二者（女／男），其實同屬權貴／寒素階級區分中的「權貴」階級，並不能截然區分。但另一方面，秦閔王女畢竟已化為異物，其為「鬼」的身份，遂使其在人／鬼的位階區分中，明顯落居下位，而三角關係中的「二男」（原為寒素的辛道度，與世間的權貴者），反同因在世為「人」，成為一共同聯盟。就此看來，原本清晰明瞭的平面三角關係，內部實則潛藏著諸多的頡頏拉鋸；而其中，女性地位的升沉起落，似乎也還有更多可資探索的空間。

不過，儘管以心理分析和女性主義的性別論述來論析「人鬼姻緣」，有若干猶待斟酌之處，但無可否認的，其敏鋭犀利的視角取向，仍有助於吾人在志怪研究上別開戶牖。尤其，若將它再聯繫到「話語形構」的論題之上，更會浮顯出諸多值得進一步深思的課題。

前已述及，以書寫形式出現的話語形構，若能收愉悅人心之效，「往往是它藉迂迴的形構手段，將我們極深的焦慮與欲望轉化為可被社會接受的意義」。就志怪中的人鬼姻緣故事看來，其顯而易見的是，所謂「極深的焦慮與欲望」，有很大一部分便是「男性對父權特權的深層欲望」；而男人入墓幻遇，鬼妻贈金的諸般情節，正可視為以迂迴的形構手段，將此一焦慮與欲望轉化為可被社會接受的意義；同時，也因為在虛構故事中進行了階級身份的改造（或躋身高門，或藉輕易得到女性而成為男女關係中的優勢者），獲致某種心理上的滿足。

然而，弔詭的是：虛設幻境、書寫故事，本來的作用乃係轉化焦慮、昇華欲望，但一旦落實為話語形構，則無可避免地又形成了另一種無形的規範制約，與另一形式的欲望開發——一方面，女鬼的自薦枕席、投懷送抱，以及須藉助男人始得還陽的情事，強化了男（陽）尊女（陰）卑的刻板性別關係，此一刻板關係，通常會隨著話語形構的廣為流傳，成為作者（說者）施加於讀者（聽眾）身上的權力架構；但另一方面，無論是正統的人鬼姻緣，抑是在世姻緣的延伸，其中浪漫幽渺的愛情，恆常召喚出人們對於虛構情境的想像和渴望，卻又因在現實生活中無緣享有，引發再度的失落與匱乏。這一來，為了彌補這再度的匱乏和失落，豈不又得

衍生、創造出更多其他的話語形構和權力架構，來轉化焦慮、昇華欲望嗎？【二】

如此的弔詭情形，若與志怪的輯纂實況予以聯繫，更可得到進一步的印證。基本上，「志怪」既本為「街談巷説」，其形成自當有其集體性因素；且各書所載多所重出的現象，亦顯示負責輯錄工作的「作者」，其實原先也不過是眾多的「聽眾」和「讀者」之一而已。因此，將所見所聞落實為書寫，同時也意味著從權力承受者轉為施加者的身份改換。只是，由於所有的志怪纂錄者全屬男性，且又多具有史學背景，其纂輯時所抱持的篩選揀擇標準，自不能不受到既有文化機制的影響，更不免受限於傳統性別觀念的牢籠。是以，由廣蒐軼聞到纂輯書寫，正可視為對既有觀念的接受／轉化／再度建構的辯證過程。而所謂的「兩性關係」和「性別觀念」，似乎也就在這由連串話語形構、欲望隱喻和權力架構所形成的辯證與弔詭關係中，既不斷地被建構，也不斷地被消費；既不斷成為轉化欲望的符碼，也不斷成為開發欲望的主導力量——唯獨，對其中所可能蘊涵的「兩性不平等的權力關係」一事，書寫者卻從來不曾、不能、也無意去加以改變。

五、結語

「兩性關係」不僅是現今社會上的熱門話題，也是亙古以來文學傳統中的重要內容。經由兩性間的往還互動，既繁衍了種族，傳承了歷史，也交織、鋪陳出紛繁多變的世間萬象；這一切，再經鬼神靈異之談的浸滲，益增魅人風采。經由前文對志怪小說「人鬼姻緣故事中的兩性關係」的討論，可以看出：既謂「兩性」，必然免不了諸多「二元」質素的對照和衝撞，也很容易引發簡單、素樸的二元對立觀念與性別論述的建構。只是，兩性既分男女，又有陰陽、生死之別，再加上階級、情欲等因素的錯綜轇轕，實無法以簡單的二元論和素樸的性別觀予以牢籠。但不容否認的是，心理分析和女性主義性別論述，卻能藉由「男性對父權特權的深層欲望隱喻」之論點，在看似紛紜錯綜的表層結構中，一針見血地指出潛藏於其深層結構中的「兩性不平等權力關係」，其論述之敏銳犀利，實為志怪小說的研探，開拓出令人一新耳目的觀照角度。只是，既有「洞見」，難免也就有所「不見」。就人鬼姻緣中的兩性關係看來，此一論述在處理「正統的人鬼姻緣」時，大致堪稱順理成章；但以之論述「在世姻緣的延伸」，則不免有其牽強處。其原因，或許正是著眼於強調「兩性不平等關係」的同時，卻忽略了階級、情欲，以及種種愛／恨、生／死之間錯綜糾纏的複雜關係之故。

【一】這些話語形構，一方面以「人鬼乃皆實有，故其敘述異事，與記載人間常事，自視固無誠妄之別」的「記史」形態出現（如干寶在〈進搜神記表〉中即宣稱：其《搜神》之作，乃為「發明神道之不誣」）；另一方面，則又藉由對同一「母題」孳衍、或綜合數個母題再加變化的形式，繁衍出新的敘事話語。如明代湯顯祖的戲劇《牡丹亭》，其「還魂」情節正可視為〈徐元方女〉的遺緒。

不過，正有如我們在肯定心理分析和性別論述之洞見的同時，並不諱言於它的不見；所以，在指出它忽略了階級、情欲和種種愛/恨、生/死的錯綜糾纏之際，同樣也要強調確實潛藏於其間的「兩性不平等權力關係」。尤其，「志怪」既為一「話語形構」，自然涉及「權力架構」的形成和轉換；而它們，既因為「欲望」的居中輻輳，構成多重的辯證和弔詭，又因一再地輾轉傳鈔、反覆演繹，不斷將此一關係複製強化。其間所涉及的問題，實仍有諸多值得進一步深究之處。而本文的論析，正是以多元、開放的立場，針對這些問題進行初步的探討，縱或有未盡，但就志怪小說的研究來說，卻是一個新方向的嘗試；同時，也希望藉由這樣的嘗試，對傳統文學與當代論題的研究，都能提供若干參考。

女性小說的都市想像與文化記憶

——林海音與凌叔華的北京故事

凌叔華是我中學生時代就心儀的作家。她的作品並不多，短篇小說不過是《花之寺》、《小哥兒倆》等數本，卻都印象深刻。我常常想，我寫小說，無意中有沒有多少受了凌叔華作品的影響？民國五十六年編《中國近代作家與作品》時，開始就列入了她的短篇小說〈繡枕〉，並且請蘇雪林先生寫了一篇〈凌叔華其人其事〉，因為她們當年在武漢大學教書時，和另一位女作家袁昌英，被稱為「珞珈山上三劍客」呢！

林海音《剪影話文壇・「凌迷」》

一、前言

林海音（一九一八——二〇〇一）與凌叔華（一九〇〇——一九九〇）分別是戰後臺灣文學與五四新文學的重要女性作家。雖然兩人年齡相差將近二十歲，但巧的是，她們除了先後都以女性小說聞名於世、都曾是重要報刊主編，對當時文壇發揮一定影響力之外，無論書寫關懷、為文風格，都多有相近相通之處。此外，更重要的是，兩人同樣曾在「北京」度過自幼及長的成長歲月，並在離開北京若干年後，分別以自傳體小說《城南舊事》（一九六〇）與《古韻》（*Ancient Melodies*）（一九五三），為自己，也為北京的童年，銘刻下動人的記憶。二十世紀四五十年代，中國大陸正當烽火遍野，政爭未息；臺灣則是枕戈待旦，亟圖反攻。在這段離亂動盪的日子裡，女作家去國離鄉，【一】卻不約而同地要超越政治，不帶激情，只是幽幽訴說自己的童年，以及它與一座城市間的因緣，毋寧是耐人尋味的。這當然也令人好奇：究竟是什麼樣的文化記憶，讓北京深深融入她們的生命歷程，成為書之念之的對象？作為女性小說家，她們的觀照視角，是否／如何別出蹊徑，為這曾是數百年皇城帝都的城市，召喚出不同（於一般男性作家）的都市想像？而北京的城市特質，又是如何浸滲於她們的書寫之中，為其標識出個人的風格特色？再者，儘管林海音從不諱言自己對凌叔華的傾慕之忱，【二】但林海音來自臺灣，凌叔華出身京城；《城南舊事》出版於臺灣，《古韻》卻是以英文寫就，在倫敦問世。兩人背景不同，作為重要自傳體的小說書寫文字有別，其間又是否具有值得探究的異同之處？林、凌二人的文學成就有目共睹，相關研究也十分豐碩，但檢視既有研究成果，能注意及此者，並不多

【一】一九四六年，凌叔華的丈夫陳西瀅受國民政府委派，赴巴黎出任常駐聯合國教科文組織代表。翌年，凌帶著女兒陳小瀅到倫敦與丈夫團聚，從此常駐歐洲。她的 *Ancient Melodies* 於一九五三年在倫敦出版，寫作時間則早自一九四〇年代便已開始。林海音於一九四八年偕同丈夫子女母親等離京返臺，一九五〇年代中開始陸續完成《城南舊事》中的各篇章，一九六〇年在臺正式結集出版。

【二】參見林海音：〈「凌迷」〉，收入《剪影話文壇》（臺北：純文學出版社，一九八四年），頁三二一—三四。

見。【一】而本文，正是試圖以「北京」這座城市作為問題意識的出發點，由林海音的北京書寫入手，兼及凌叔華，就前述問題進行論析。

二、孩童・女性・北京城南——林海音的北京「故」事

無可否認地，「北京」在林海音的文學創作之中，一直具有特殊意義。從一九二三年隨父母赴北京城南定居，到一九四八年偕同丈夫子女母親等回到臺灣；從稚齡小女孩，到為人妻，為人母，林海音在北京住了整整四分之一個世紀。返臺之後，對北京思念無已，發而為文，先後寫出許多與它有關的文章。為此，她曾坦言：

> （我）讀書、做事、結婚都在那兒。度過的金色年代，可以和故宮的琉璃瓦互映，因此我的文章自然離不開北平。有人說我「比北平人還北平」，我覺得頌揚得體，聽了十分舒服。【二】

在大陸版小說集《金鯉魚的百襉裙》一書的〈自序〉中，她也強調：

我寫作的兩個重點，是談女性與「兩地」（北京和臺灣）的生活。【三】

然則，綜觀林海音的寫作歷程，她於一九四八年底返臺後，儘管筆耕不輟，頻頻在《中央日報》的《副刊》、《婦女與家庭》，《新生報》的《新生婦女》等文學園地發表散文及小說，五〇年代裡，即結集出版了《冬青樹》（一九五五）、《綠藻與鹹蛋》（一九五七）、《曉雲》（一九五九）三部作品，但它們的內容，幾乎全都聚焦在臺灣社會的人情世態，以及一般小民的生活點滴之上，並不及於北京種種。文中雖不時瑣記小家庭的柴米悲喜，孩童及女性婚戀主題，卻並不明顯。倒是六〇年代開始，《城南舊事》（一九六〇）、《婚姻的故事》（一九六三）、《燭芯》（一九六五）小說集相繼問世，這一系列文字，不但背景多數回到北京，童年、女性與婚戀的敘事主軸，也隨之凸顯；她在臺灣文壇最為人矚目的書寫特色，更是由此確立。

【一】檢視現今相關研究，能注意到林、凌二人之文學因緣的學者，大約僅有應鳳凰、傅光明、范銘如等少數。分見應鳳凰：〈林海音與臺灣文壇〉；傅光明：〈林海音的文學世界〉，俱收入舒乙、傅光明編：《林海音研究論文集》（北京：臺海出版社，二〇〇一年）。范銘如：〈京派．吳爾芙．臺灣首航〉，「林海音及其同輩女作家學術研討會」論文，二〇〇二年十一月三十至十二月一日，臺北。至於《城南舊事》與《古韻》間的異同，似乎尚無學者論及。

【二】引自林海音：〈《兩地》的自序〉，《兩地》（臺北：三民書局，一九六九年），頁一。

【三】林海音：〈自序：文字生涯半世紀〉，《金鯉魚的百襉裙》（杭州：浙江文藝出版社，一九九七年），頁一——三。

一九六六年，林海音將和臺灣、北平有關的散文輯為《兩地》一書，交由三民書局出版，書前〈自序〉，曾對自己所以兼顧臺灣與北京的書寫取向，做出清楚說明：

「兩地」是指臺灣和北平。臺灣是我的故鄉，北平是我長大的地方。我這一輩子沒離開過這兩個地方。……當年我在北平的時候，常常幻想自小遠離的臺灣是什麼樣子，回到臺灣一十八載，卻又時時懷念北平的一切，不知現在變了多少了？【一】

正是當年「在北平的時候，常常幻想自小遠離的臺灣是什麼樣子」，因此她返臺之初，便「寫了許多臺灣風土人情的小文，都是聽到的，看到的，隨手記了下來」；【二】也正是「回到臺灣一十八載，卻又時時懷念北平的一切」，她「漫寫北平，是為了多麼想念它，寫一寫我對那地方的情感，情感發洩在格子稿紙上，苦思的心情就會好些」。【三】

也因此，儘管臺灣與北京同是林海音關注的寫作重點，卻由於二者在她生命歷程中所佔有的時域位置不同，不只呈現出不同特色，也具有不同的意義。仔細玩味，她的「臺灣」，是眼前的、當下的；她的「北京」，卻是記憶中的、一切再也回不去了的從前。正是如此，林海音與「北京」有關的書寫，遂不只是具童年自敘傳性質的小說《城南舊事》，同時還涵括了一系列以舊社會女性婚姻為主題的「婚姻的故事」（收入《婚姻的故事》、《燭芯》），以及以許多追憶兒時城南生活的散文（收入《兩地》、《家住書坊邊》、《我的京味兒回憶錄》）等。若與國府遷臺之後，同樣也以北京書寫聞名的唐魯孫、夏元瑜、丁秉鐩等人之作相對照，她側重於「兒童」與「女性」的書寫取向，明顯與這些當年同時來臺的同輩作家們並不相侔，【四】反倒是與前輩京派女作家凌叔華多有相似之處。其中，所謂城南「舊」事，流露出的，無非是時移事往，童年難再的惆悵；而婚姻的「故」事，又何嘗不是對一個逝去時代的回眸？特別是，檢視〈婚姻的故事〉一文，除了在內容上，通篇都是以當年自己嫁入傳統大家庭後，許多耳聞目見的「婚姻的故事」組串而成，【五】它的首尾，其實也呼應了林海音從結婚開始，到攜子女離京的歷程。試看它一開篇，便是從結婚前「送嫁奩」一事起筆：

雖然時代已經不是舊的時代了，但是在那個古老的地方，以及我結婚後所要生活的那

【一】林海音：〈《兩地》的自序〉，頁一。

【二】同前註。

【三】引自林海音：〈北平漫筆〉，收入《我的京味兒回憶錄》（臺北：遊目族文化事業公司，二〇〇〇年），頁八八。

【四】前述作家北京書寫的特色及其意義，請參見王德威：〈北京夢華錄：北京人到臺灣〉，《聯合文學》十九卷七期（二〇〇三年五月），頁一〇三——一〇七。

【五】這些故事，此後並且還被據以寫成了其他各篇不同的小說，如〈殉〉、〈燭芯〉兩文的本事，即出自於此。

個家庭，母親多多少少也給我準備了一些嫁奩……

全文最後，則是以這樣的文字作為結束：

我是抱著怎樣茫然的心情離開我的第二故鄉北平啊！二十幾年的時間，我在這裡成長、讀書，結婚，做了三個孩子的母親！

飛機從西苑飛起，穿過古城的上空，我最後瞥見了協和醫院的綠琉璃瓦頂，朝陽射在上面，閃著釉光，那是我結婚的地方，我記得我手持一束白色的馬蹄蓮走在協和禮堂的紅氈子上，臺上幾位音樂家在奏著結婚進行曲……

我們已經飛到雲層上面來了，綠琉璃瓦的北平城早在視線中消失了，她深深的埋在雲層下面，我知道她將給我無限的回憶。【一】

緣於此一背景，林海音所有的北京書寫，注定了都是回憶，都是「故」事。它的「故」，既來自北京與臺灣於地理空間懸絕後的不可復返，也來自個人生命歷程中，成人與童年、現在與過去的永恆斷裂。乍看之下，這或許與當時其他眾多的懷鄉憶舊之作並無區別，然而，北京城南的環境特質、林海音的臺灣人身份、書寫時所獨鍾的「孩童視角」與「女性觀照」，畢竟要為她的「北京故事」鋪陳出與眾不同的視景。

（一）城南舊事：臺灣小女孩在北京

林海音的北京故事由《城南舊事》一書發出先聲。該書自一九六〇年出版迄今，風行海內外不輟，更以英文譯本、童書繪本及電影改編等多種不同形式廣為流傳。它的廣受歡迎，自有多方面因素。但若由「北京書寫」著眼，則它另一方面的意義，應是與林海音其他追憶北京的散文互映互證，共同體現了「既外且內」與「外而復內／內而復外」的遊移轉折；以及，經由多重「邊緣」性視角的交會，超越了一般主流敘事的觀照局限。所以如此，一方面緣於北京城南本身異質而多元的環境特色，另一方面，當然就是敘事者作為「臺灣」、「小女孩」的身份特質。

《城南舊事》記述的是英子五歲到十三歲在北京城南的生活與成長歷程。相對於曾是中國數百年來政治、文化中心的舊日京畿，城南僻處一隅，卻自有天地。天橋、城南遊藝園、虎坊橋、琉璃廠，以及提供外地來京遊子居住的各省縣「會館」，共同構成別具一格的城南文化：五方雜處，喧攘流動，卻又生趣盎然。林立的會館，多樣的遊藝與商業活動，原就容易吸納

【一】引自林海音：《婚姻的故事》（臺北：文星出版社，一九六三年），頁九九—一〇〇。

往來雜沓的各方人馬。英子來自臺灣，五歲隨父母落腳於此，之後在此讀書成長。初來乍到之際，她的「臺灣」身份，理所當然地使她與北京產生「既（生活於城南之）內且（又被劃分於城南人之）外」的關係。試看〈惠安館〉一節中，「瘋子」秀貞的媽媽輕點英子的腦門兒，笑罵「小南蠻子兒！」英子的爸爸常用看不起的口氣對媽說「他們這些北仔鬼」，【一】正披露出城南在地人與外來者之間的隔閡與彼此輕視。

然而光陰荏苒，就如同在語言方面，原本同一個「惠安館」，順義來的宋媽說成「惠難館」，英子媽媽說成「灰娃館」，爸爸說成「飛安館」，英子則終要與胡同裡的孩子一起唸出純正的北京語音「惠安館」。雖說起初「到底哪一個對，我不知道」，【二】但隨著歲月推移，她由原先的外來者而逐漸融入北京，成為城南在地人，畢竟是自然而且必然。時光匆匆，宋媽、蘭姨娘來了又去，爸爸的花兒開了又謝，小說中，生活於城南的十三歲英子小學學業完成，以「爸爸的花兒落了，我也不再是小孩子」，【三】為《城南舊事》全書劃上句點。小說外，離京返臺的林海音，卻是遙隔著千山萬水，在城南之外不斷回望城南，重說舊事。《城南舊事》出版後，她的「京味兒回憶」方興未艾，〈我的京味兒回憶錄〉、〈家住書坊邊〉、〈在胡同裡長大〉、〈北平漫筆〉、〈想念北平市井風貌〉、〈騎毛驢兒逛白雲觀〉、〈天橋上當記〉、〈文華閣剪髮記〉……一篇篇大小文章，多面向地勾繪出北京城南的人情世態，市井風貌，恰恰為英子補充了《城南舊事》中還沒來得及說完的生活點滴。因此，如果說《城南舊事》是以小女孩的眼光，即時捕捉了成長歷程中，許多來去於自己「身邊人物」的悲歡紀事；那麼，這些「京味兒回憶」的散文，則是以成年女性的身份回溯既往，重塑「自己」曾經親歷的生活記憶。前者體現「既內且外」與「外而復內」的生命開展，後者，則是「內而復外」後的回顧與召喚。二者互映互證，彼此對話，交織出的，正是「臺灣小女孩在北京」的生命歷程。

不止於此，英子小「女/孩」的身份，更是促使這一系列「城南舊事」所以別樹一幟的重要關鍵。在過去，論者多已注意到孩童視角的可貴，並以此肯定《城南舊事》的成就。如齊邦媛先生即指出：

> 由於孩子不詮釋，不評判，故事中的人物能以自然、真實的面貌出現，扮演自己喜怒哀樂的一生。……《城南舊事》在英子的歡樂童年和宋媽的悲苦之間達到了一種平衡。掩卷之際，讀者會想：「看哪，這就是人生的最簡樸的寫實，它在暴行、罪惡和污穢佔滿文學篇幅之前，搶救了許多我們必須保存的東西。」【四】

【一】見林海音：《城南舊事》二版五刷（臺北：純文學出版社，一九八八年），頁三五—一二二。
【二】林海音：《城南舊事》，頁三五—一二二。
【三】林海音：《城南舊事》，頁二二九。
【四】齊邦媛：〈超越悲歡的童年〉，收入《城南舊事》，頁一—八。

此一「不詮釋，不評判」的態度，正所以超越成人世界中的貴賤階級之別，在主流之外，轉而關注尋常人家的哀樂人生。試看英子身邊人物，無論是秀貞小桂子，是蘭姨娘宋媽，還是那偷東西的「賊」，無不是當時社會底層裡平凡（甚至不幸）的邊緣人物，卻也正是這樣的人物，體現了另一番自為自在的人間視景。

再者，若進一步追索，同樣是孩子，作為「女」孩的性別身份，卻不僅是主導林海音《城南舊事》一切敘事、造就其所以可貴的另一重大因素，同時也成為在童年記憶外，她的「北京故事」所以還會有後續「婚姻的故事」的關鍵。即以〈惠安館〉一節為例，英子所以能與秀貞與小桂子建立互信，促使二人母女團圓，正是因為她與小桂子同為女孩，秀貞乍見她，便「低下頭來，忽然撩起我的辮子看我的脖子，在找什麼」，【一】並將自己的故事告訴她，託她代為尋找失散的女兒。在〈我們看海去〉中，英子同樣因身為小女孩，無法介入小男孩的踢球活動，為了替他們撿球，誤入草叢，才會發現「賊」及其所偷藏的贓物。於是，在不知情之下所發展出的純真友誼，遂在真相大白後的感傷與失落中戛然而止。【二】而蘭姨娘所以會與德先叔發生感情，相偕離去，【三】不也是出於小「女」孩的敏感與體貼嗎？

正是如此，相對於中國／京畿、成人／男性等一般習見的主流視角，此一由「臺灣小女孩在北京」所召喚出的「城南舊事」，遂因臺灣／城南、孩童與女性視角的交會，體現了地理的、年齡的，與性別上的多重邊緣性。唯其邊緣，故能超越主流視角觀照的局限；也唯其邊緣，始得呈現「一個安定的、正常的、政治不掛帥的社會心態」。【四】其中，隨著英子的成長，作為「女性」的性別特質，自然也就延展為此後對周遭女性婚姻問題的格外關注；而另一系列「婚姻的故事」，遂成為林海音「北京故事」的後續成年版。

（二）婚姻的故事：女性與北京／舊式家族文化

本來，《城南舊事》中關於秀貞、蘭姨娘的故事，已涉及新舊社會交替時的許多婚姻問題。只是，就孩子的童稚眼光而言，她所關注的重點，與其說是成人世界的「婚姻」，不如說是人際間純真情誼的建立與失落。然而，英子終要長大，一系列與北京有關的「婚姻的故事」，遂從雲舅舅為她「送嫁奩」的一刻，揭開序幕。只是，婚姻的故事無處不有，發生在「北京」的，將會有何不同？

回顧林海音的家庭背景，她的父親林煥文是苗栗客家人，原有妻室及女兒，後來北上板橋

【一】林海音：《城南舊事》，頁四三—四四。按，秀貞的女孩小桂子脖子上生有指頭大一塊青記，是為秀貞尋找女兒的依據，見頁七七。
【二】林海音：〈我們看海去〉，《城南舊事》，頁一二三—一六二。
【三】林海音：〈蘭姨娘〉，《城南舊事》，頁一六三—一九四。
【四】齊邦媛：〈超越悲歡的童年〉，收入《城南舊事》，頁一—八。

林本源家的林家花園工作，又再娶了林母黃愛珍女士。此後林煥文將原配留在老家，攜同愛珍遠走日本，再赴北京城南定居，直至病故。林海音雖是庶出，但北京的小家庭生活單純，結構完整，父母感情融洽，生活和樂，成長其間，幾乎不曾感受到任何傳統大家庭中的婚戀問題。《城南舊事》所以不及於此，這當然是原因之一。然而，自從她與出身仕宦之家的夏承楹（何凡）先生相戀成婚，攜手走入夏家的大家庭之後，情況便大為不同。〈婚姻的故事〉一文中，林海音一開始就是這麼說的：

> 媽媽的婚姻生活是多麼的有趣而新穎，在古老的年代，她以一個平凡的女人便有機會隨著丈夫到外國去。
>
> 而我呢？誰會想到二十二年後，媽媽的女兒反倒嫁到一個有著四十多口人的古老的家庭去了呢！【一】

而這個「有著四十多口人的古老的家庭」，恰恰是傳統社會舊式家庭的典型。它有著許多來自於書香世家文化底蘊的老規矩，和離鄉背井、孤兒寡母的林家完全不同。林海音的女兒夏祖麗為母親作傳，甚至特別指出：

她在夏家，在夏承楹身上見到世面，看到了一個深厚開闊的人生。……聰明的臺灣姑娘，在北京落户的夏家見到了真正的京派作風。【二】

成為大家庭的媳婦之後，她首先感受到的，便是公婆姨娘彼此相處互動時的諸多矛盾緊張，以及其他兄弟因婚姻不自由而生的種種痛苦：婆婆對姨娘的鄙夷與醋意、公公處於妻妾之間的尷尬為難，三哥三嫂婚姻中的難言之隱，四哥五哥在家庭壓抑下的獨身不婚……在在是舊式家庭婚戀（悲劇）文化的公式化搬演。本來，隨著社會變遷以及新文化的洗禮，此類舊家庭已在逐漸崩解之中。但恰恰是北平此一都市文化的保守特質，使它變而未變，欲去還留。林海音曾提到：有時回娘家去，向媽媽敘說著婆家的近況，「誰不為這曾經輝煌融洽的大家庭嘆惜呢？」因為——

時代不是那個時代了，北平的保守風氣還算是後的一個城市呢！【三】

【一】林海音：《婚姻的故事》，頁三。
【二】夏祖麗：《從城南走來——林海音傳》（臺北：天下文化，二〇〇〇年），頁八九。
【三】林海音：《婚姻的故事》，頁四二。

誠然，過去數百年間，北京一直是皇城帝都，「帝都多官」，因之而生的，一方面是仕宦文化中的禮儀文明，事事講求倫理規範；另一方面，胡同四合院的生活形態，更有助於傳統家族文化的維護。北京成為「保守風氣」最後的守護者，原是良有以也。婚後的林海音，身處此一大家庭中，耳聞目見，信手拈來，盡是不同的婚姻故事，而它們，正所以成為她寫作的靈感泉源。她說：

因為大家庭的生活，給我帶來許多感觸，成了我一部分的寫作的靈感的泉源。我要透過小說的方式，把上一代的事事物物記錄下來，那個時代是新和舊在拔河，新的雖然勝利了，舊的被拉過來，但手上被繩子搓得出了血，斑漬可見！【二】

此一大家庭的生活模式與人物互動，更以多種變形的方式，投影在她的小說之中。如她曾自述寫過一篇題名為〈殉〉的小說，描寫一個舊式沖喜婚姻的不幸婦人的心理：她自幼訂婚的未婚夫得了肺病，為了沖喜，二人終於在丈夫病重時結了婚。一個月後，丈夫亡故，她便一生留在男家，不曾再嫁，幾同以身相殉。「這篇小說雖然不是我們家的事情，但是我便以我們這大家庭做了背景，而且說實在話，也是三哥的事，給了我靈感，再加上另外曾和我在圖書館的同事怡姐的一部分實情，湊起來的。」不止於此：

在〈殉〉那篇小說裡的公婆的畫像，實在是以我的公婆為畫底的。婆婆吸水煙的姿式，我在硬木桌前為她搓紙煤的情景，寂靜的午後，度過那困乏的夏日，每天老王拉起天棚的那懶洋洋的樣子，都是以我家為背景，在我執筆的時候一一走進我的作品裡來。【二】

至於她的另一著名短篇〈燭〉，描寫一個女人，因丈夫娶了姨太太，每天躺在自己床上，以裝病來引起丈夫注意，同時試圖藉此折磨丈夫與姨太太。不料經年累月，三分病竟成了十分癱瘓，這女人就在一盞燭光下，面牆躺了十幾年，直至老死。它雖是取材於中學同學母親的故事，但所觸及的「姨太太」主題，不僅可與自己婆婆與姨娘的故事相互映照，也是林海音書寫中經常出現的關懷要點。如〈金鯉魚的百襉裙〉、〈難忘的姨娘〉，等等，都與此有關。後來，夏祖麗重讀母親小說，便曾表示：

「姨太太」是中國舊家庭中習見的人物，我發現母親很喜歡寫「姨太太」這型人物，

【一】林海音：《婚姻的故事》，頁一四——一五。

【二】同前註。

大概她在那時代中見得太多了。【一】

然則，儘管「姨太太」是中國舊家庭中習見的人物，卻未必是每位作家都有興趣的主題。前已提及，與林海音同時自京來臺的同輩作家不少，但林的取材文風與他們相侔處不多，反倒是與前輩京派女作家凌叔華多有相近相通之處，其中，因當時北京／舊式家族文化而孕生出的「舊家庭女性」與「姨太太」問題，便同是二人所關注者。這兩位女作家皆與北京淵源頗深，林海音的「北京故事」已如前述，而北京之於凌叔華，又將如何？在體現北京的都市記憶與文化想像方面，二人有何異同？其間是否具有一定的文學因緣，與相應而生的文學史意義？以下，將先略敘林、凌二人的文學因緣，進而取《城南舊事》與《古韻》相對照，以論析相關問題。

三、林海音與凌叔華及「京派」文學傳統

（一）「凌迷」：由林海音看凌叔華

事實上，林海音從不諱言自己對凌叔華的傾慕。早年，她即撰文說自己是「凌迷」，說凌是她「中學生時代就心儀的作家」，並嘗自問：「我

寫小說，無意中有沒有多少受了凌叔華作品的影響？」一九七〇年六月初，當時客居西班牙的徐鍾珮將凌叔華的新劇作《下一代》寄給林海音，林大喜過望，立即將它在她主編的《純文學》月刊上發表，是為凌叔華在臺發表的第一篇作品。同年，凌專程來到臺灣，參加臺北故宮博物院的「中國古畫討論會」，林海音聞訊，與另一當年的「凌迷」張秀亞「相偕直奔中山樓，在一兩百人的茶會中，去尋找凌叔華」，「大夥兒就圍著凌叔華談話」，還拍了許多照片。【二】

由此可見，雖說林海音的寫作廣受五四作家的啟蒙與影響，但凌叔華，無疑是其中最特殊的一位。這兩位女性作家，不僅皆曾在北京度過自幼及長的兒時歲月，小說書寫的取向也多所相近。如凌叔華早年擅寫閨房中的風雲變幻，林海音也以敘寫舊時代女性的婚姻故事見長；凌叔華每每「懷戀著童年的美夢，對於一切兒童的喜樂與悲哀，都感到興味與同情」，她曾說，以孩童為主角的小說集《小哥兒倆》，「書裡的小人兒都是常在我心窩上的安琪兒，有兩三個可以說是我追憶兒時的寫意畫」，【三】而林海音對於北京的童年生活同樣無時或忘，在《城南舊事》的〈後記〉中，她也說：「為了回憶童年，使之永恆，我何不寫些故事，以我的童年為

【一】夏祖麗：〈重讀母親的小說〉，收入林海音《燭芯》二版四刷（臺北：純文學出版社，一九八八年），頁三。
【二】俱見林海音：〈「凌迷」〉，收入《剪影話文壇》，頁三二—三四。
【三】見凌叔華：〈《小哥兒倆》自序〉，收入《凌叔華小說集II》（臺北：洪範書店，一九八六年），頁四五九。

背景呢！」「我只要讀者分享我一點緬懷童年的心情。每個人的童年不都是這樣的愚騃而神聖嗎？」【一】

不僅於此，林海音固然以《城南舊事》，為自己的北京童年留下永恆記憶，凌叔華也以英文寫就的《古韻》（*Ancient Melodies*），自敘其童年生活。所不同的是，林海音這位臺灣姑娘，要直到婚後進入夏家的大家庭之後，才「在北京落戶的夏家見到了真正的京派作風」，也開始真正關注女性「婚姻的故事」。凌叔華卻因為原就出身典型的仕宦之家，從寫作之初，便著眼於大家庭的女性婚戀問題；當年第一篇發表的小說〈女兒身世太淒涼〉，寫的就是世家女兒的婚姻不幸。她的父親凌福彭與康有為同榜中舉，在清末歷任戶部主事兼軍機章京，保定府知府、順天府尹代理、直隸布政使等職。入民國後，並擔任過約法會議議員及參政院參政。凌父先後娶了六房夫人，她則是四夫人所生的四女。出身如此京城大家族，凌叔華對大家庭妻妾子女間的紛繁擾攘，閨閣繡帷中的風雲變幻，以及傳統觀念中的種種性別不平等關係，自小體驗獨深。五四女作家中，她一向以擅寫閨閣人物著稱，代表作〈繡枕〉、及〈中秋晚〉、〈一件喜事〉等，莫不體現出傳統社會的家族文化特質，以及其間女性處境的艱難。再加上，她的文風溫婉秀逸，即或是再強烈的震撼騷動，寫來也是蘊藉婉約，雲淡風輕，不見激情吶喊，卻自有動人深致。因此在魯迅看來，她的小說特色即在於「大抵很謹慎的，適可而止地描寫了舊家庭中的婉順女性」；而這些，正是「世態的一角，高門巨族的精魂」。【二】

就此看來，凌叔華之擅寫舊家庭，一則固然關乎她自幼浸染其中的個人背景；再者，「文人之在京者近官」，保守傳統的文化氛圍，每每又使講究禮法倫理、人情世故，以及追求種種優雅品味，成為京城大家族普遍重視的必需教養。凌叔華自幼即展現繪畫方面的天分，家人特別寄厚望於她未來在畫壇上的成就，因而延請名家教她習畫。她的文字清靈秀逸，每多畫境，亦當與此有關。不過，新式的女子學校教育，五四新文化的洗禮，畢竟要使在舊文化中成長的她，逐漸走出舊家庭，迎向新社會。她在〈繡枕〉、〈酒後〉、〈花之寺〉等一系列小說中塑造了一批形象生動的女性人物，既有傳統家庭中習慣附庸於男性的太太小姐，更有能體現新社會新文化，以慧心巧思與丈夫往來互動的新女性與新妻子。經由她們的愛欲嗔癡，喜怒悲歡，標識了五四女性依違於新舊文化之間的步履躊躇。這就有如連士升〈新加坡版《凌叔華選集》序〉一文所說的：

> 叔華生長於富裕的舊家庭，舊家庭的一切光榮的傳統，或腐敗的習慣，她都看得十分透徹。後來她又做新式小家庭的主婦，所來往的全是中國各大城市最優秀的知識分子。因此，

【一】見林海音：〈後記〉，《城南舊事》，頁二三一—二三八。

【二】趙家璧主編：《新文學大系小說二集》〈導言〉（臺北：業強出版社，一九九〇年），頁一一—一二。

她就把自己所最熟悉的生活片斷，用最經濟的文字，寫成許多短篇小說。雖然每篇各有它的主題，但是力透紙背的一股人情味，卻瀰漫著她的小說裡邊，使人看到不忍釋手。【一】

正是如此，林、淩二人固然同為女性，同樣因為北京的文化特質而擅於體現舊社會、舊式家族中的女性婚戀問題，但家庭背景的異同，畢竟影響到二人對於北京此一城市的文化記憶與想像方式。就淩叔華而言，她的「北京故事」由寫女性婚戀故事為主的小說開始，之後擴及以自己童年生活為藍本的《古韻》。它們奠基於京城世家自幼以來的家庭記憶，體現的是浸染其中的文化陶養。來自臺灣的小女孩林海音，卻是要以邊緣的城南為起點，婚後才逐步體認到京派文化，由「城南舊事」，漸次發展至「婚姻的故事」。而由《城南舊事》與《古韻》的對照，不僅可見出二者的歧異，更可據以檢視孩童／女性／京派文學傳統與北京城市文化間的複雜關係；以及，《古韻》在「文化翻釋」上的另一意義。

（二）由《城南舊事》看《古韻》：孩童／女性／京派文學傳統與北京城市文化

乍看之下，《古韻》與《城南舊事》實有諸多相類之處。首先，二者都是成長於北京的女性作家追憶童年的自傳體小說，關於北京的都市想像與文化記憶，理所當然地浸滲於二書的字裡行間，成為重要的風格標記。其次，「小女孩」的性別身份與年齡特質，決定了它們要以「孩童」及「女性」的視角，去張望世態，體驗人情。此外，在形式上，二書皆由若干可以獨立成篇的章節組構而成，不少情節，或是獨立出來，作為單篇小說發表；或是化入其他散文雜記之中，以不同的文本形式出現，形成記憶與想像、紀實與虛構、自傳與小說雜糅不分的現象。【二】

容或如此，《古韻》與《城南舊事》的歧異處，仍然不少。明顯可見的是，《古韻》就以敘寫大家庭的女性婚戀、人情是非為主。無論是母親如何嫁給父親，成為姨太太；各房「媽媽」及其下人之間如何明爭暗鬥；抑或是年幼的自己如何寂寞地在自家庭院中「畫牆」、在房中從師習畫，在在以封閉的文本空間形式，構築出傳統官宦家族的文化氛圍。最後，雖然主角為因應新式教育，赴外地就學，場景隨之拓展至日本、天津等地，但京城大家族的家居生活，畢竟是全書重點。【三】相對於此，《城南舊事》由英子一家人卜居城南落筆，以英子離家上學及與同

【一】連士升：〈新加坡版《凌叔華選集》序〉，收入《凌叔華小說集》，頁四六四。

【二】《古韻》是一本十三萬言的自傳體小說，全書分十八章節，每一節都可以獨立，當作一短篇小說來讀。凌叔華的小說〈搬家〉、〈一件喜事〉、〈八月節〉，便分別是由《古韻》的第三、四、五節所獨立出來而成篇者；林海音《城南舊事》的許多情節，也在《我的京味兒回憶錄》中，不斷以不同的形式出現。

【三】耐人尋味的是，《古韻》凡十八章，以〈穿紅衣服的人〉作為全書篇首，該章記述的卻是兒時在街上看見死刑犯砍頭示眾，以及父親公堂斷案的情景。它或許未必與「孩童」、「女性」的視角直接相關，卻未嘗不是以「奇觀」展演的方式，為讀者揭開觀覽中國的序幕。說詳後。

伴嬉遊為延展動線，輻輳出的，則是城南街巷中的世情風光，是四合院中，一般平民百姓的哀樂人生。而值得注意的是，恰恰是這些歧異，引導我們進一步觀照孩童／女性／京派文學傳統與北京城市文化的相關問題。

眾所周知，淩叔華是為「京派」的重要代表性作家；【一】京派的審美理想，原是以追求沖淡平和，讚頌原始、純樸的人性美、人情美為尚。而「淳厚、善良、美好的人性除保留在農村以外，還往往本色地體現在天真無邪的兒童身上。因此，京派小說有不少是以兒童生活為題材，表現和謳歌童真美的」。【二】淩叔華每每懷戀童年，擅寫童心童趣，論者甚至以為：

用童心寫出一批温厚而富有暖意的作品，正是淩叔華為京派作出的貢獻。【三】

據此，放在新文學以來的女性書寫譜系中檢視，淩叔華的京派特質，或許正所以促使她開展出與陳衡哲、盧隱、馮沅君等同期女作家不同的面向。

然而，淩叔華筆下所披露的孩童世界，果真是純然的童心童趣嗎？朱光潛讀〈小哥兒倆〉一文早已指出：

在這幾篇寫小孩子的文章裡面，我們隱隱約約的望見舊家庭裡面大人們的憂喜恩怨。

他們的世故反映著孩子們的天真，可是就在這些天真的孩子們身上，我們已經開始見到大人們的影響，他們已經在模做爸爸媽媽哥姐們玩心眼。【四】

檢視凌叔華以孩童為主角的小說，朱氏所說的，大約是〈開瑟琳〉、〈小英〉，以及〈一件喜事〉、〈八月節〉等若干篇章。它們大都藉由小女孩的眼光來張望世情，特別是，舊家庭中的人情是非。而這些舊家庭的種種，其實正得自於她自己的童年記憶。如〈小英〉的種種，隱約是《古韻．兩個婚禮》中「五姐」出嫁情節的投影；〈一件喜事〉、〈八月節〉，則根本原就是《古韻》中自敘童年之章節的移植——鳳兒母親在連生三個女兒之後，發願不再生孩子，為的是算命的說她命中注定有七個女兒，大家庭重男輕女，被傳為笑談。而她的三姨娘，正是因為生下了家中的唯一男孩，趾高氣揚，連房中的丫鬟都因此盛氣凌人。於是，父親迎娶六姨娘

【一】所謂「京派」，主要成員有三：一是二十年代末期語絲社分化後留下的偏重講性靈、趣味的作家；二是與「新月社」有關者；三是清華、北大等校的其他師生。參見嚴家炎：《現代小說流派史》（北京：北京大學出版社，一九八八年），頁二〇五。

【二】同前註，頁二二九。

【三】嚴家炎：《現代小說流派史》，頁二〇五。

【四】朱光潛：〈「小哥兒倆」〉，收入《凌叔華小說集》，頁四六一。

的「一件喜事」，反而成了五姨娘黯然神傷的緣由。八月節裡，作為四姨娘的母親縱然萬般不情願，也得忍氣吞聲，到三姨娘房中去陪著打牌。在這樣一個舊式大家族中，即使原本天性如何真純童稚，即使自幼便是備受呵護的「安琪兒」，又怎能不「望見舊家庭裡面大人們的憂喜恩怨」呢？

以是，當論者將凌叔華納入其實多數不是北京人的「京派作家」之列（如沈從文來自湘西，廢名原籍湖北），並為他們總結出共同的文風，如：讚頌純樸原始的人性人情之美、發揚抒情寫意的寫作手法，以及在總體文風上的平和淡遠雋永，與語言使用的簡約、古樸、活潑、明淨等，凌叔華出生並成長於北京官宦之家的個人背景，以及身為女性的性別身份，畢竟要使她別出於其他京派作者，成就其個人之殊異處。而這一版本的「北京故事」，正所以提示我們：北京作為一座跨越了綿長時空的歷史古城，作為種種傳統家族文化具體而微的集結地，對於出生、成長其間的「女／孩子」而言，所銘記下的文化記憶，是如何不同於成年男性——儘管文字同樣簡約明淨，「原始的人性人情之美」中，卻不免要滲入女性婚戀的辛酸愁怨；「天真無邪的兒童」，望見的卻是「舊家庭裡面大人們的憂喜恩怨」。它體現了孩童／女性／京派文學傳統與北京城市文化的多重交會，也是城市、性別、文學風格互動互涉的實況展演。

（三）古韻：北京小女孩在英國

更有進者，若檢視《古韻》所以成書的始末，則其間尚且因為文化「翻譯」的介入，另有可資細究之處。一方面，在淩叔華的創作歷程中，它屬於後期之作，成書之後，淩的寫作轉以散文與劇本為主，不再致力於小說，而且書寫題材也大多無關於北京，故此書可視為她北京書寫的集大成之作。再者，它原是一本以英文寫就的自傳體小說，一九五三年由倫敦 Hogart 出版社出版，並且於一九六九年再版。Hogart 出版社實際上是英國女作家維吉尼亞·吳爾芙（Virginia Woolf）與她的先生所合辦，而淩叔華正是吳爾芙的仰慕者。一九三八年春，中國對日戰事方殷，淩叔華則於戰爭所帶來的苦悶不安中，與吳爾芙開始書信往來。吳鼓勵她以英文書寫個人傳記，而且，據吳爾芙好友韋斯特（Sackville West）為該書所作的序文，吳在收到該書初稿時，曾去信淩叔華，給予肯定評價：

> 我寫信是要告訴妳，我很喜歡它，它很有魅力。當然對一個英國人來說，開頭讀起來有點困難，有些支離破碎。英國人一定鬧不清那麼多的太太是誰，不過讀一會兒就清楚了，然後就會發現一種不同尋常的魅力，那裡有新奇詩意的比喻，……在形式和意蘊上寫得更貼近中國。生活、房子、家具，凡妳喜歡的，寫得愈細愈好，只當是寫給中國讀者的。然後，就英文文法略加更易，我想一定可以既能保持中國味道，又能使英國人覺得它

新奇好懂。【二】

因此，此書之完成及出版，實與吳爾芙頗有關聯。由於全書是從自己還是一個稚齡小姑娘時的所見所聞說起，在那樣一個清末民初官宦人家的複雜大家庭中，光是「母親們」就有六個，兄弟姐妹有十幾個，遠近親姑媽等等及傭人僕婦無數，如此複雜的家庭關係，顯然一開始把幫她出版寫序的韋斯特女士弄得眼花撩亂，但又深被吸引。她因此在原序中說：

在這部回憶錄中，有些章節敘述了懶散的北京家庭紛繁的日常生活，很有意思。吳爾芙夫人說得明確，英國讀者也許鬧不清那麼多太太，但很快就對大媽、二媽甚至四媽、五媽熟悉起來，更不用說九姐、十弟了。情節富於喜劇色彩，但當三媽拽著六媽的頭髮，尖聲叫罵，連推帶搡拉到院子裡的時候，你不會覺得滑稽；……對我們來說，它比《天方夜譚》更引人，因為它是取自一個同時代人真實的回憶。【三】

從接受心儀的英國女作家吳爾芙建議，以英文寫出「能保持中國味道，又能使英國人覺得它新奇好懂」的故事，到讓英國讀者讀來覺得「它比《天方夜譚》更引人，因為它是取自一個同時代人真實的回憶」，甚且，還在英語世界中再版發行；《古韻》的意義，遂不只是凌叔華個人的成長紀事而已。它同時雜糅了中／西方文化交流中的翻譯、生產與消費等諸多複雜問題。作為古老中國的代言人，凌叔華的此一「北京故事」，成功地為西方讀者勾畫出「一個被人遺忘的世界」，「而且那個古老文明的廣袤之地似乎非常遙遠」。較諸於單純「為了回憶童年，使之永恆」，「我只要讀者分享我一點緬懷童年的心情」的《城南舊事》，《古韻》顯然具有更多東方主義式的迷魅。

故而，相對於在臺灣訴說「臺灣小女孩在北京」的《城南舊事》，英文寫就的《古韻》，反倒以「北京小女孩在英國」的姿態，為西方人形塑，甚至，坐實了對古老中國的想像。正是如此，如果說《城南舊事》是以多重邊緣性視角的交會，超越了主流視角的觀照局限；那麼，很弔詭地，《古韻》在英語世界的風行，卻恰恰是作者以身在中國「主流文化」中的諸般特色，成就了西方對它「邊緣」性的、富於異國情調的閱讀與想像——它以曾是數百年帝都的北京城為背景，讓中國官宦世家中的妻妾紛擾，成為主要的文化記憶；它以〈穿紅衣服的人〉一章作為全書開篇，讓死刑犯的砍頭示眾、父親的公堂斷案，作為開展古老皇城都市想像的基點，【三】

【一】見維塔．塞克維爾．韋斯特著，傅光明譯：〈《古韻》原序〉，《中外文學》（北京發行，一九九一年第三期）。

【二】同前註。

【三】參見《古韻．穿紅衣服的人》，收入《凌叔華文集》（北京：燕山出版社，二〇〇一年），頁二一八—二二三。

凡此，未嘗不是藉由一種「奇觀」展演的形式，將中國社會文化中最具特質、最能吸引西方讀者的種種，「翻譯」至西方世界。而跨文化互動中，中國相對於西方的「邊緣」位置，以及因之產生的神秘氣息，正是它所以深具魅力的關鍵。【一】

四、結語

如前所述，「北京」曾是林海音與凌叔華文學書寫的共同焦點。即或如此，出自於兩人筆下的「北京故事」，卻顯有不同。林海音雖然自稱「凌迷」，私淑於凌叔華，但臺灣人的身份，使她與北京城的關係，終不免總要在內／外之間遊移，在即／離之間擺盪；對於北京所代表的、舊式家族文化的體認，只能從婚後的耳聞目見開始。然而，此一女性與婚戀主題，卻在返臺之後，不斷延展，並擴及至對臺灣女性婚戀問題的關注。她小說的個人特色，更是由此凸顯。凌叔華出身京城大家，自幼即於舊式家族文化中浸染陶養，對其間的性別不平等關係體驗尤深，遂使她雖被視為「京派」，所觀照的視角，畢竟要有別於其他京派男性作家。她中歲以後長居海外，那一份源自於古城北京的童年記憶，更因隨《古韻》，成為西方想像中國的重要來源。離亂動盪的歲月裡，兩位女作家遠離政爭烽火，超越國仇家恨，各自於異國他鄉追憶童年，懷想京華，開展出的視野，固然各有天地，銘記下的「故」事，卻同樣告訴我們：一座具有長久歷史的古城，是如何以自身獨特的都市想像與文化記憶，覆蓋了家國政治的喧囂擾攘；而作為女性，又將可以用何其不同的書寫姿態，為那一個逝去的時代，留下動人的註腳。

【一】*Ancient Melodies* 在倫敦出版後，極為英國文化界關注。英國讀書協會（Book Society）評它為當年最暢銷的名著，《星期日泰晤士報》文學增刊還特別撰文加以介紹，凌叔華也因此馳名於國際文壇。相形之下，它在中國的反應卻十分冷淡，中文本遲至一九九一年才由傅光明譯出，出版後也不見太多迴響。據此，它對西方文學界的意義，實遠超過中國本身。

「她」的故事

——平路小說中的女性・歷史・書寫

放眼現今臺灣文壇，平路無疑是女作家群中十分特殊的一位。她崛起於八〇年代中期，在多數女性作家著力於微觀閨閣情事，張致兩性關係之際，卻以〈玉米田之死〉、〈臺灣奇蹟〉等思辨家國政治的小說，迭獲大獎，別樹一幟於閨秀文學之外。她對人生萬象充滿好奇與存疑，對書寫本身更有著不能自已的執著迷戀，落實在小說創作上，於是形成了題材形式的不斷實驗翻新。無論是小小說還是中長篇，是寫實還是科幻後設，她就題材拓展、形式創新方面的種種努力，固然一直有目共睹，卻由於關懷面駁雜，不主一格，兼以書寫取向重思理，好議論，每使讀者忽略了她女性作家的身份，以及小說中（有別於一般「典型」）的女性特質。不過，近年裡，她不僅在文化評論方面屢就女性議題抒論，《行道天涯》、《百齡箋》、《巫婆的七味湯》等作陸續問世，更凸顯了身為「女」作家的強勢創作姿態。其中，以民國史上傳奇女性——章亞若、宋慶齡、宋美齡——為題材的系列創作，尤在彰顯其個人於女性議題方面的獨特觀照時，為「女性」、「歷史」、「書寫」間的互動糾葛，演繹出多方面的思辨可能。正是如此，十餘年來，她由家國歷史而性別政治的書寫徑路，不僅見證並參與了臺灣政經、社會文學文化發展的曲折進程，也體現出本土女性書寫超越於一般理論之外的活力與潛力，值得重視。因此，以下論析將依循她創作的先後次第，就所關懷的三個不同面向，檢視其遞變之跡，以及彼此間的相互辯證。分別是：

一、女性與鄉土想像及性別化國家主體的糾葛；

二、創造，抑或被創造？書寫，抑或被書寫？

三、微觀歷史：從「她」的故事到「他」的故事。

其中，第一部分係由早先的鄉愁故事，討論她對傳統男性中心的鄉土想像及國家認同問題的反思；二、三部分則探討她如何經由男女兩性於創造／書寫問題上的頡頏交鋒，進而以「她」的故事（her-story）拆解並改寫（意圖定於一尊的）「他」的故事（HIS-story）【二】的思辨進程，及敘事策略。

一、女性與鄉土想像及性別化國家主體的糾葛

無可否認的，家國歷史，一直是平路小說的關懷重點。由於早年身在海外，心繫臺灣，故土鄉愁，遂成為彼時小說中縈迴不去的主旋律。在《五印封緘》一書所收的專訪中，她曾坦言：

【二】與「他」的故事相對，所謂「她」的故事，當不限於以女性為主體人物的記述，而是從女性觀點出發的歷史觀照。後文將論及的「殘缺瑣屑」、「周流不息」，以及種種偏重個人身體欲望愛情死亡的論述，皆當涵括於內。

我的作品中由於都有一部分的自我，因此可能有相通的基調。人類與土地家國、歷史傳統的纏綿糾葛，是我從事創作的主要題材。【一】

饒是如此，她的鄉愁故事，怕不早已暗蘊了耐人尋味的女性主義層面？無獨有偶地，〈十二月八日槍響時〉、〈玉米田之死〉和〈在巨星的年代裡〉中的男性人物，一皆身在海外，心繫故園。他們家有（西化的）悍妻，琴瑟不諧，兼以事業不盡如意，在追尋個人生存意義時，其處境與處於認同危機中的（男性）家國，原本若合符節。在此，女性一方面是現實生活中頻頻挫折為夫者男性雄風的妻，是代表了異國文化社會的壓力來源；但另一方面，其所蘊含的母性特質，卻又同時是故園鄉土的隱喻，是海外遊子思之念之的愛欲對象。從男主角們（對女性與鄉土想像、性別化國家主體）或屈從、或頡頏的依違掙扎之中，正可見出國家意識、男性主體與男性雄風之間交互作用的關係：它們互為饋補，卻也互相耗損。這種政治與欲力的循環消耗，所見證的，正是性別化國家主體的命運：傳統以男性為中心的個人認同追尋與家國意識，終不免於幻滅與死亡。【二】其間的辯證進程，正可由這三篇小說循序見之。

〈十二月八日槍響時〉是平路初試啼聲之作，處理上猶嫌淺露，向來論者不多，但它對此一議題的素樸思考，卻頗堪注意。小說主角莫阿坪，是一華裔越南人，越南淪陷後，他隻身非法入境，流亡來美，與異文化格格不入之際，故園風情總也伴隨著他的前妻阿湄，不時在心頭閃現：

風永遠軟軟的拂過，像是阿湄的手，樹叢底下，他愛把阿湄的手揣在懷裡細細搓揉……那軟軟的風繼續拂過湖水……岸上的廟宇傳來風鈴的響聲，掉進水裡：晃啷晃啷、晃啷晃啷……那時候，他是一個倜儻的青年，身材在自己同胞間不高不矮，臉上也沒有疙疙瘩瘩的皺皮……【三】

但與此同時，由於天生矮小猥瑣，懦弱無能，「可憐在西方人的標準裡只是一個孩子，一個發育不全、口齒不清、在童裝部裡買衣服的孩子」，迫於生活現實，他為了需要合法身份，「需要一個喘口氣的床位，一塊避風雪的地方」，娶了為前夫所遺棄的、已有三個孩子的南歐裔美籍女人蒂娜——雖然他「剛開始就沒有當蒂娜是女人，更別說是自己的女人」，但「好像

【一】見林慧峰：〈訪平路札記詹宏志的評論〉，收入平路：《五印封緘》（臺北：圓神出版社，一九八八年），頁九一一六。

【二】這一點，王德威在〈一九八〇年代初期的臺灣小說〉中曾約略提及，但未詳論。見《如何現代，怎樣文學？——十九、二十世紀中文小說新論》（臺北：麥田出版社，一九九八年），頁四一一。

【三】〈十二月八日槍響時〉，《玉米田之死》（臺北：聯經出版公司，一九八五年），頁一三八。

只要殷勤地挽住那個白種女人，他便與一群一群街上遊走的越南人劃清了界線」。【一】因此，縱使齊「大」非偶，床笫間每每供需失衡，力難從心，【二】他還是「寧願蒂娜是一個母系社會的大頭頭，自己便可以永遠棲息在她柔軟的膝蓋上，不必付出什麼，便過那最容易的日子」。而且，他「一定要告訴別人，他有一個白人老婆，儘管她胖得不成形狀，但她的血統是對的」【三】。

關於這一心態，他自己其實也很清楚：

他對女人豈不就是他對美國態度的一種反映：他需要美國（他也需要女人），美國是他的衣食父母（女人當初也是），但他心裡又實在恨美國對他家鄉的始亂終棄（女人雖然始終跟他在一起，但那也許比一走了之更糟糕）！【四】

顯而易見地，對處於國家認同危機中的莫阿坪而言，那溫柔婉約的前妻，已成為鄉土想像中替代性的「戀物」對象，是僵固凝止的、召喚愛欲想望的、幀幀心頭舊照；現實中強悍的異國後妻，則在不斷挑釁他男性意識與國家認同的同時，成為引發一切被虐自憐情緒的焦慮源頭。經由她的逼視，男性的國家身份，遂無可避免地落入了（被「始亂終棄」的）女性位置；生活上的多方仰恃倚賴，卻又使他自甘成為女人的「孩子」。以致於，每當他跌入溫情與苦痛兼具的昔日舊夢之中，不可自拔時，搖醒他的，都是一隻肥腴的手臂，貼過來還有濃濃的體臭。在那腥腥膻膻的騷味底下，阿坪倏地覺得安全。他總是狠命抓住那厚實的肩膀，將額頭靠過去，眼眶裡湧出感激的淚……【五】

此一互動關係，正所以迫使他在男性／女性／嬰兒的位置中不斷遊竄轉換，流離失所。依違其間，棄絕、否認（disavow）己身所從出的生父（祖國越南），逕自走上「漫長曲折，不准回頭的逃亡路」，自是其不得不然的選擇；而意欲與反核戰人士抗衡，期待十二月八日槍響時在華盛頓紀念碑前壯烈成仁，讓「自己能與這偉大的歷史事件連在一起，那麼他就不再矮小、不再懦弱、也不再無能」，成為「勇敢的美國公民」，【六】終究也只能是現實生活中可笑可

【一】引文分見《玉米田之死》，頁一五六、一四六、一五三。
【二】「當他在她肥碩胸部頻頻喘氣的時候，她便撫著他那搐動的肩，打氣地說：『再一次吧！再一次就好了！孩子，我的乖孩子！』」見《玉米田之死》，頁一四一。
【三】《玉米田之死》，頁一三七。
【四】同前註。
【五】同前註。
【六】分見《玉米田之死》，頁一五六、一六一。

鄙的幻夢一場。

莫阿坪的悲喜故事，已初步展演了女性在傳統男性中心的「鄉土想像」與「性別化國家主體」議題中的複雜性格，以及顛覆、瓦解男性（家國）主體意識的潛能。歷經徒然的狂想與掙扎，阿坪終以苟且屈從，無言地宣告男性主體意識的幻滅。然而，海外遊子心之所繫的臺灣，畢竟不同於已淪亡的越南——越南是回不去了，但臺灣呢？她隨時等待遊子回歸的土地，她的女性，或母性特質，又將怎樣左右男性（家國）主體的形塑？

如前所述，〈玉米田之死〉與〈在巨星的年代裡〉的男主角，同樣是婚姻及事業生活中的雙重受挫者。他們個個在工作上有志難伸，卻都娶了能幹強勢、擅於主控生活中大小事務的華籍妻子。相對於妻子們對臺灣毫無感情，只想留在美國落地生根，丈夫們對臺灣土地的苦戀之情，遂每每成為左右夫妻勃谿，甚且是個人生死存亡的關鍵：陳溪山因教孩子認方塊字、講臺灣話而備受妻子奚落；一意追尋記憶中的臺灣甘蔗田，卻不免離奇死亡於美國的玉米田中。在陳身上看到自己影子的「我」，因選擇內調返臺，與妻子美雲宣告仳離。至於那個在〈在巨星的年代裡〉，受囑要為「巨星」寫傳記的敘事者，更是因情牽鄉土，在妻子面前雄風盡失：

「來啊！你上來；有種，就爬過來！」妻挑釁著，她斜睇的眼睛微微上挑，眼裡也有鬱鬱的恨。

——鄉土——什麼是鄉土呢？

我漠然看著她，漠然看著她柔膩的肌膚，看著那半個晃動的、或許意在挑逗的屁股，我遠遠地像看一臺戲！

叼上根煙從床鋪站起，我便接著妻那怨毒的目光……

去，回去，妻說，你可以回去。她跳下床，回身猛力地帶上房門。

於是，我只能對著馬桶，站出最後一個兀然的姿勢！【一】

正是這些情節，使得它在凸顯為夫者「愛臺灣」之心的表象下，隱藏了另一重愛欲的置換機制：愛美國的強勢妻子與無所施展的異國事業，成為挫折男性雄風與男性（家國）意識的一體兩面；在異國被壓抑的、被迫落入女性位置的男性（家國）主體意識，於是轉往想像中的故園鄉土去尋求重建的可能；然而鄉土可望而不可即，自必反過來深化了焦慮，並加速男性主體意識的崩解失落。甚且，即或是歸鄉夢償，也必得以犧牲婚姻為代價；此時，無所施展的男性雄風與男性意識，又將如何尋找出路？臺灣，抑是美國？所關涉的，遂不只是個人婚姻事業抉擇的兩難，也是性別化國家主體建構／解構過程中的進退維谷，是政治與欲力相互消耗／饋補

【一】〈在巨星的年代裡〉，《禁書啟示錄》（臺北：麥田出版社，一九九七年），頁八六—八七。

的循環。陳溪山魂斷異鄉，促成了「我」的毅然返臺，男性主體，看似死而後生，但返臺後的生活，果然盡如人意麼？且不說若干年後，「我」或又將再度返美，為美國的「臺灣奇蹟」作出見證，即或是身在臺北，死亡幻滅的陰影，依然常相左右。試看〈玉米田之死〉一開始，「我」在臺北雨天裡的所見所感：

電視天線架成的十字架，一根根在灰色的水泥臺上嶙峋交錯，像是一處廢棄的墳場……屋內空氣裡澎湃著的，仍是單身漢房間特有的齷齪與凌亂……一剎時，我不禁回憶起當年那棟綠蔭裡的向陽洋房，以及房裡有女主人的日子（啊！那是一種多單純的秩序！）於是，年前那由於拋棄婚姻、事業而引起的罪惡感，又像夢魘一樣，對我兜頭兜臉籠罩下來……【一】

「我」是真正回歸了，但原先魂縈夢繫的故鄉，為什麼只落得猶如「墳場」一般，引發的反是拋棄婚姻與事業的「罪惡」與「夢魘」？而對「綠蔭裡的向陽洋房」及其中「女主人」的憶念，豈不正是政治與愛欲交互作用下，循環不已的另一輪迴起點？

更有進者，如果說，前述文本中的「悍妻們」，皆是透過己身的「在場」，頻頻剝解傳統以男性為中心的（家國）主體意識的虛妄；那麼，〈在巨星的年代裡〉的劉瓊月，則是以她自始至終的「缺席」，嘲諷了男性假女性以虛構「鄉土想像」、「國家形象」的一廂情願。經由「我」與海外名醫赫醫師的對談，我們得知劉原為一本土臺語片小演員，由於有赫為她做顧問、有計劃地打知名度及提升形象，星運遂扶搖直上，成為臺灣票房、演技均受肯定的當紅女星。然而赫意猶未盡，他還打算藉由「我」的捉刀，為劉寫出動人傳記，塑造「巨星」形象，激厲民氣。赫的理由是：

「我想，我們國家需要的是温和與理性，一種温和的形象、一名懇切的巨星，象徵我們國家從幾乎不可能的困境裡站立起來。反敗為勝，正是近年來我們國家的走向……」

「巨星的年代來臨了，同時，又因為這位巨星這麼質樸、這麼善良、這麼富於親和性，所以她象徵的，正是我們社會漸漸進入民主的氣質……」

「事實上，她象徵的是一個奇蹟，我們國家的奇蹟……」

「我們阿月代表的是民氣、是社會的希望，一位樸實的巨星、一份平凡中的偉大，在我眼中，民主就是這樣，法治也是這樣，我們奇蹟式的經濟成果更是這樣。寫出來，感動

【一】《玉米田之死》，頁三—四。

的是參與其中的社會大眾……」【一】

可是事實上，「劉巨星」從來就不是個有親和力的人，赫也曾承認：她對人不假辭色，「從來不諂媚、不討好」，「對誰都是冷冷的」；「她真的就是一個冷漠的人，我不曾見過的冷」。對於這樣一個女人，赫醫師何以要煞費苦心地找人為她撰寫傳記，塑造親和形象？

——是因為他的戀母情結麼？（身為名醫的赫，在夢見自己身罹絕症後，驚惶不已，醒來第一件事，便是「從床上爬起來，趕快撥越洋電話找阿月」，「聽見阿月的聲音，我就放心了」）

——是因為他的愛國情操麼？（赫說：「我有興趣的是為國家做些事，平實的、理性的、漸進的、溫和的……」；「利用？說起利用，我是利用她的，利用她聚集民氣、利用她讓社會充滿愛心、利用她誘導大家更愛鄉土……」）【二】

還是，意欲「創造（虛構？）」鄉土想像，投射男性主體虛幻的自戀情懷？試看他最後對「我」的告白：

「其實我這一生，只配在體制內做一點小小的改革。嘿嘿，就像我跟你說過，我這一輩子，永遠是鬧不起家庭革命的人，但體制底下，我不甘心。……」

「也許，就因為不甘心吧！我相信形象是創造出來的，而親和力也是。」

「把最沒有親和力的人，塑造成親和力的象徵。換句話說，我可以創造形象，我可以重新創造一個女人！」

「我可以創造一份鄉土的感情！」【三】

創造形象、創造女人、創造鄉土感情——就在赫醫師喋喋不休的「創造」聲中，「真正」的女人劉瓊月，早已在女人／鄉土／國家形象連串的置換位移中，被吞噬不存。取而代之的，卻是符碼化的空洞能指，是男性虛構想像中的鄉土感情與國家形象——而這些，又都不過是「鬧不起家庭革命」的、被壓抑了的男性欲望魘影。

不僅於此，赫醫師亟亟欲以「傳記」為巨星「創造」形象一事，實已觸及到性別議題中的另一重點：男性的「創造」與「書寫」神話。女性主義學者們早已指出：我們的文化深深根植於各種男性本位的創造神話裡；如基督教就建立在上帝—父親的權力基礎之上，「是祂從『無』中創造出自然萬物」。而女性作為文化的產物，「她」是一個藝術品，「但從來不曾是一個雕塑

【一】引自《禁書啟示錄》，頁七五、八一。

【二】本段引文分見《禁書啟示錄》，頁九六、九二、六八、九三。

【三】《禁書啟示錄》，頁九六—九七。

師」【一】。落實到書寫方面，則

> 陰莖之筆在處女膜之紙上書寫的模式參與了源遠流長的傳統的創造。這個傳統規定了男性作為作家在創作中是主體，是基本的一方；而女性作為他的被動的創造物——一種缺乏自主能力的次等客體，常常被強加以相互矛盾的含義，卻從來沒有意義。【二】

〈在巨星的年代裡〉固已揭露出此一神話的虛妄，但翻轉改寫長久以來女性「被創造」的宿命，又將如何成為可能？緣於早先海外遊子身份使然，在〈十二月八日槍響時〉以降的系列創作中，平路已對傳統以男性為中心的鄉土想像及國家認同問題提出深刻質疑，這當是她以女性立場思辨性別議題的暖身之作。此後，〈人工智慧紀事〉、《捕諜人》、《行道天涯》、〈百齡箋〉等小說，更是循由不同徑路，不斷對「創造」、「書寫」等相關議題作出辯證。

二、創造，抑或被創造？書寫，抑或被書寫？

〈人工智慧紀事〉是一標準科幻小說，內容敘述男科學家創造女機器人，賦予她種種「人」的特質，而後相互愛戀，不可自拔。不料女機器人的情性智慧與日俱增，反覺得創造她的男人可有可無，並自行幻想創造另一愛人，終至將愛戀她、糾纏她的男人殺死，身陷囹圄。兩性交鋒之餘，也質詰了自上帝以降的男性本位創造神話。《捕諜人》則為平路與男作家張系國接力合寫的後設小說，表面上寫的是追查中共間諜金無怠死因的經過，實際上，平路所關切的毋寧是：「（女作家）怎樣才能從派定的角色中顛覆出來，創造一個勢均力敵的局面？」【三】兩作的策略固然有所出入，但經由男女兩性的頡頏，讓女性自原先「被派定」的角色中顛覆翻轉，從而辯證創造／被創造、書寫／被書寫間的糾葛，卻是在各有千秋之餘，具有一定的內在聯繫。

本來，從「性別」與「欲望」觀點著眼，由「女性」與「機器人」兩種不同質性所結合成的「女機器人」，其實已蘊含著不少弔詭。往往，學者們感興趣的是：究竟，「她」僅是一般的戀物客體？抑是已經被戀物化了的女人？「她」被創造後，會因為「非生物性」而得以免除男性（面對真正女性時）的閹割焦慮？抑或正因女性被完全科技／機器化，反而「菲勒斯」特質

【一】參見蘇珊．格巴（Susan Gubar），〈「空白之頁」與女性創造力問題〉，收入張京媛編：《當代女性主義文學批評》（北京：北京大學出版社，一九九二年），頁一六一——一八七。

【二】蘇珊．格巴：〈「空白之頁」與女性創造力問題〉，頁一六五。

【三】《捕諜人》（臺北：洪範書店，一九九二年），頁六〇。

(phallic qualities)益增，以致更深化了男性的焦慮?【一】在〈人工智慧紀事〉中，平路安排女機器人對男科學家指控歷歷(「你對我的愛情，有不少程度上是在——自瀆」;「你只愛自己，愛戀那酷似你自己的部分」)【二】。讓「他」面對「她」時既愛戀又焦慮，最後竟死於女機器人之手，似乎亦是由心理分析中的愛欲機制著眼，演義其具有顛覆性的、大快(女)人心的「性別政治」。然而不宜忽略的是，在此之外，女機器人另被賦予了演出「人類集體進化史」的使命，因此別有天地。小說一開始，作者即明白表示：

歷史真相如何，請參閱這一卷最高機密檔案。【三】

而後，女機器人「認知一號」在讀取男科學家H為她設計的「童年」時，更是如此自白：

對往事，我從無知到有知：或許在我身上，正上演一遭人類的集體進化史。潛意識裡，我曾經沒有感覺，沒有形狀，也沒有性別……後來經歷了從草履蟲到哺乳動物的演變過程，再由人類的胚胎發展至混沌初開的嬰兒，然後漸漸意識到自我，甚至意識到自己的性別。以H準備要一鳴驚人的理論來解釋，人的「存在」不過是一種意識，這祛除神秘化的過程，其實是H最自傲的發明。按照H的理論建構「人工智慧」(不用說，建構出來的

結果就是在下——「我」!),H認為更有助解答人類的智慧之謎。【四】

以是,男科學家創造女機器人的歷程,未嘗不是喻託著自上帝以來的創造神話傳統:

「所以,你孜孜於創造,想要藉著我人工的智慧,馳騁你無垠的想像力。就像在〈創世紀〉裡,亞當與夏娃所實現的,無非是上帝的夢境……」【五】

在女機器人的解讀下,H(Human?)所以要創造女機器人,其肇因,乃在於「知覺到無以跨越的鴻溝,惋嘆著無以滿足的愛欲」,意識到自己「是被造物主遺棄了的『人』」。【六】目

【一】對於「機器人」與欲望論述的相關討論,參見 Thomas Foster, "The Sex Appeal of the Inorganic," in Robert Newman ed., *Centuries' Ends, Narrative Means* (California: Stanford University Press, 1996), pp.276–301。

【二】《禁書啟示錄》,頁一九六。

【三】同前註,頁一七五。

【四】同前註,頁一八五。

【五】同前註,頁一九一。

【六】同前註,頁一九一。

的，原在於「為了脫出無以逃遁的命運」。也正是在這一層面上，當女機器人一方面睿智地指出H的盲點，另一方面，又自行幻想創造一理想戀人L，並將H殺死，這情節，其實已將性別議題帶入人文世界中創造與模擬、背叛與屈從的系列論辯之中；而它最大的弔詭便是：

如果說，H對女機器人的「創造」，是為了「擁有一個夢境」，是「對真實人生的背叛」，而「人的智慧也是對上帝的褻瀆」【一】；那麼，當女機器人「逐日感到H可有可無，我很清楚這場戀愛彷彿一個人在談似的，不過是我本身的投射罷了」；當「她」幻想自己是L的造物主，意識到「我的快慰已經大半來自於創造」，「我變造了千萬個童年，重寫千萬種智慧，而我自己，在不同的排列組合中，也幻作千萬人的面貌」【二】；最後卻終於明白：「我所驗證的，不過是H的夢想成真；對人類的模擬中，我終於無望地也成為人類的一員」【三】，她的所思所為，便也同樣複製了H的「造人」工程。據此，則「創造」的根源，豈不正是始自於「模擬」？而「背叛」的本身，又何嘗不隱藏著另一形式的「屈從」？就此看來，自上帝以降，男女兩性於創造/被創造的主導權爭奪戰，似乎已陷入一延宕無解的封閉循環之中。而它引發的質疑，往往是：「女人造的男人，會比男人造的女人更理想麼？」【四】

正是如此，「L」，這個被女機器人所「創造」的戀人角色，便成為是否能讓女性掙脫複製男性創造神話困境的關鍵——L會是什麼樣的「人」呢？一定非得是「男」人嗎？倘若「H」可以是「Human」的縮寫，那麼，「L」是否就是「Literature」——一切文學的簡稱？女性能擁有自己的文學麼？箇中曲折，或可由小說結尾處的文字，略窺一二：

「梔子花的芬芳中，我記起葉慈的詩句：MIRE and BLOOD, ALL were complexities....」【五】

「塵泥與血淚，『人』是一個複合物……」，女機器人經由文學而認識人、成為人，及其對文學的癡迷，在這從容就義前的最後自白中，宛然可見。那攀升的欲望，下沉的泥沼；那人生中不可跨越的鴻溝、無能滿足的情愛，以及注定是擦肩而過的緣會，是否也將會因文學而昇華，而超越？葉慈的詩，浸潤了女機器人的生命歷程，然而，那畢竟仍是出自於男性作家之手。如是，則在男性的文學世界之外，女性又將如何書寫自己的「人」生？革命尚未成功，（女）同志仍須努力。女機器人的「L」容或胎死腹中，但「她」的故事完而未完，若干年後，未盡的（文學）志業，卻要由《捕諜人》中的「女作家」繼續實踐。

【一】《禁書啟示錄》，頁一九八。
【二】同前註，頁一九四——一九五。
【三】同前註，頁二〇〇。
【四】見王德威：〈想像臺灣的方法——平路的小說實驗〉，收入平路：《禁書啟示錄》，頁二三。
【五】《禁書啟示錄》，頁二〇〇。

很顯然地，〈人工智慧紀事〉關乎兩性創造權爭奪戰的科幻想像，在《捕諜人》裡已一一落實為男女作家書寫往來中的頡頏交鋒。而當「造人」的實驗轉化為「造文」的操演後，原先「女人造的男人，會比男人造的女人更理想麼？」的疑問，或許也將改為：「女人所書寫的人生，或歷史，會與男人的不同麼？」從這一角度切入，此一文本遂於後設、書信等顯而易見的形式特色之外，【二】彰顯出性別政治方面的意義。

女性主義學者西蘇（Helene Cixous）曾指出：「整個寫作史幾乎都同理性歷史混淆不清，它既是其結果，同時又是其支持者和特殊的託詞之一。它是菲勒斯中心主義傳統的歷史：自我愛慕、自我刺激、自鳴得意。」因此，女性

> 必須寫她自己，因為這是開創一種新的反叛的寫作，當她的解放之時到來時，這寫作將使她實現她歷史上必不可少的決裂與變革。【二】

這對《捕諜人》中的「女作家（平路？）」而言，顯然體驗獨深吧？自從她同意與「男作家（張系國？）」採一人輪流寫一章的方式，接力合寫中共間諜金無怠離奇死亡的終始本末後，男作家即派定：「我就從金無怠的角度寫，妳從金妻的角度寫。男自寫男，女自寫女。」【三】但事實上，男女兩作家一路寫來，「陰」錯「陽」差，由平路所主導的女作家，在在顛覆了由

男作家所指派的角色定位，最後，不僅剝解了男性歷史書寫的虛妄，更使一直自以為主動選擇題材與操控遊戲規則的男作家，焦慮地懷疑自己活在女作家用文字所創造的世界之中。【四】箇中曲折，一方面見諸二人對真實與虛構、瑣屑與完整的辯難過程；另一方面，也呈顯於其對時間／敘述的不同態度。於是，無論是書信、傳真的往來對話，抑是整體的敘述策略，在在充溢著男女作家於性別政治上的針鋒相對。

【一】學者對於該書的討論，多偏重於就其後設手法、書信形式方面著眼。如楊照：〈「後設」的道德教訓——評平路、張系國的《捕諜人》〉，即專論其後設特色，收入氏著《文學的原像》（臺北：聯合文學出版社，一九九五年），頁一一二——一一七。胡錦媛：〈多層折疊反轉的書信——《捕諜人》〉，則重在演述其書信契約理論，兼及真實與虛構、男性與女性、讀者與作者間相互辯證等問題。收入鍾慧玲編：《女性主義與中國文學》（臺北：里仁書局，一九九七年），頁四二一——四三七。

【二】參見西蘇：〈美杜莎的笑聲〉，收入《當代女性主義文學批評》，頁一八八——二一一。

【三】《捕諜人》，頁六。

【四】第十章〈男作家致女作家的信〉中，曾如此寫道：「如果竟是你先看到那充斥虛空而又空無所有的波，那麼我就是生活在——你所創造的世界裡！這個念頭令我不寒而慄，我突然想起你不經意在電話裡說過的一句話：『是我選擇了你合作，不是你選擇了我合作。』太可怕了！我一直以為是我選擇小說題材，然後邀請你提供線索，所以遊戲必然會依照我的規則進行。但仔細回想起來，是你邀請我寫小說，我才欣然同意。那麼，有沒有可能是你計誘我進入你創造的世界裡？……這竟會是你的世界嗎？我竟會是另外一位作者所創造的世界裡的人物？我同意合寫這本小說，難道也在你算計之中？」（《捕諜人》，頁二〇四）。

首先，在真實與虛構的辯難方面，小說一開始，男作家即藉由個人信件表明欲採訪金妻，以追查金無怠死因真相，並「根據金無怠的遭遇寫部小說」。女作家則認為「沒有什麼是真實的，一步步追尋下去，到了遊戲的極致，只是建造一個自己的世界，在裡面欲罷不能」。然而隨著小說寫作的開展，男作家竟完全捨金無怠的遭遇而不顧，只是逕自杜撰了另一個「董世傑」的故事。真正鍥而不捨地查閱資料，拼湊線索，試圖逼近真相的，反倒是那原來沉浸於文學世界，一意想像「死亡幽光裡的複葉玫瑰」的女作家。【二】為此，在第四章裡，女作家即曾對男作家明白表示：

你曾經立志追索一個真實的故事，現在你於虛設的情節中左右逢源。而我，從來對真實沒有興趣，甚至並不相信有真實的存在；如今，當我在燈下拼湊可能的線索，許多時候，我都覺得正在一步步接近真相……而我，自然是彼時唯一捕捉到真相的那個人！【二】

究竟，造成如此結果的原因何在呢？書信往還獨具的「折疊反轉」現象，及其間自然產生的相互辯證，固是原因之一，【三】但男作家意欲藉虛構的故事以「創造歷史」、建構「愛國者神話」，更是癥結所在。在男性邏輯裡，非但「虛構的故事，自有其真實的存在意義」，努力創造完整的結構，「高大豐滿的英雄形象」，更是其重要目標（「即使卡繆、沙特、葛萊姆葛林，不也依舊寫著形形色色的英雄人物？並沒有人指責他們浪漫啊！」男作家如是說）。【四】面對女作家的質難，男作家遂以此理所當然地辯解：

> 歷史就是偏見……董世傑是我的偏見，我認為他才是真正的金無怠，但我並不在乎讀者知道這是我的偏見。我創造了他的歷史。
>
> 我並不是不同情金無怠，但我同情的層次不一樣，是屬於你認為虛幻的層次，你所謂的「愛國者神話」。其實這並不是神話。對你也許是神話，對金無怠和董世傑，卻是再真實不過的信念。【五】

【一】分見《捕諜人》，頁一、二五、二九。
【二】《捕諜人》，頁五八—五九。
【三】意即「寄信人以反轉的方式自收信人那兒接收自己的訊息」，而訊息經過折疊反轉後，遂以差異的變貌回到原寄件人處。參見胡錦媛：〈多層摺疊反轉的書信——《捕諜人》〉。
【四】分見《捕諜人》，頁八八、一八四。
【五】分見《捕諜人》，頁一三六、頁一三七—一三八。

然而，曾深入追索真相，探訪金妻的女作家卻認為：與其一味誇大虛幻浪漫的歷史想像，毋寧著重小人物——尤其是小人物身邊的女人——瑣屑卻平實的生命歷程。在她看來，不論男作家「把各種空戰海戰間諜大戰寫得多麼精彩，那畢竟是小說家的魔術，這片刻，我眼前卻是這個女人一步一個腳印走過來的人生」【一】。而英雄嚮往，正是「男性中心」的自戀表現，循此寫就的「歷史」，更是「罪惡的總和」：

你這麼做，不免讓我記起中國傳統書生的虛矯。各種為天地立心、為生民立命的想像，對應於真實的人生，這一類的幻覺不過是投射本身自戀的情懷。

前面的章節裡，你已經多少顯露出這種男性中心的 hypocrisy（「偽善」）！……以致小人物一點也不浪漫的生涯，竟然成為你贋造歷史的腳本。因此，你小說中的故事，就像我們讀過在各種威權下編纂的歷史，比起小人物在冥想中騙騙自己的「陰謀」，這份 HIS-story，才是所謂罪惡的總和吧！【二】

那麼，面對此一虛矯而罪惡的男性歷史（觀），女作家該如何應對？除卻書信傳真中可見的唇槍舌劍外，女作家以「殘缺瑣屑」解構「完整自足」，以「周流不息」取代「僵固終結」

的敘述策略，其實更值得注意。

仔細檢視，《捕諜人》一開始，由男作家負責撰寫的單數章次，便與女作家撰寫的雙數章次大有差異。在單數章次中，書信傳真的分量，明顯少於「本事」——亦即其孜孜「創造」的董世傑故事。此故事始於第一章董世傑與安伯樂的間諜業務，歷經起伏轉折，至第九章董安二人先後亡故而告終，結構完整自足。相對地，雙數章次則除了二、四兩章尚有標以「紀錄」、「場景」的段落，算是聊備一格地「正式」書寫了原先約定的間諜故事，其餘章次，根本完全由書信和傳真所構成。所謂的間諜小說，便隨著女作家的多方明查暗訪，瑣屑地插敘在各封或抒情、或論辯的書信傳真之中，零散而曖昧。箇中差異，正可由女作家致男作家的最後一封信中見之：

> 我寧可繼續玩拼圖遊戲，也不企盼由我的目光造就一片新天新地。換句話說，我從來不妄想當創造者，我甚至不認為小說家是創造者……至於你，始終未脫自己是創造者的影像，也只有自以為是萬能的造物主，才會有是誰創造了誰或者造物主天外有天的疑慮。我

【一】《捕諜人》，頁七四。

【二】分見《捕諜人》，頁一〇八、一一一。

呈現的至多是殘缺不全的問題，你企圖提供的則是圓滿自足的答案……我們的宇宙已經分岔成不同的世界！【二】

印證於二人對小說結局的處理，明顯可見的是：男作家在〈結語〉中依然堅持：

在不同的世界裡，我創造了你，你創造了我。在不同的世界裡，董世傑和金無忌各自以不同的方式辯明他們的存在。但在平行線的窮盡處，所有的世界均將合而為一。

所有的文章渾成一體……「年壽有時而盡，榮樂止乎其身，二者必至之常期，未若文章之無窮。」我親愛的朋友，這將是我們唯一的救贖。

【全文完】【二】

然而女作家隨即在〈尾聲〉——也就是《捕諜人》真正最後的結尾處，嚴正指出：

不，SK，最後一頁你又錯了。在你貿然寫下【全文完】的字樣之前，我們始終沒有找出真正的答案。正好像我倆充滿齟齬與扞格的世界已經乖違開來，生者與死者也不可能擁抱，因為其中相隔的原是幽冥，那是無明的永夜。……

「終點又是我的起點。」

這是艾略特的詩句。漫漫長夜裡，我自己將努力地、不懈地寫下去！

【待續】【三】

讓穿插於書信傳真中的、零散瑣細的、「女人一步一腳印走過來的人生」，對照「本事」中體系完整的、虛幻浪漫的、蓄意「創造」出來的男性間諜故事，正是以「殘缺瑣屑」解構「完整自足」；在男作家自作主張的「全文完」之後，猶得以「待續」開啟無盡的發展可能，所體現的，亦無非是在時間／敘事策略的運用上，以（女性的）「周流不息」取代（男性的）「僵固終結」。不僅於此，對照小說情節看來，其中所有的男性間諜皆不免一死，反倒是「我們的女主角倒好端端地活了下來」，而且還「打起了精神，替男性中心的社會在一樁一件地料理後事呢」【四】，這，豈不也是以「待續」取代「全文完」的另一形式？

更耐人尋味的是，如果《捕諜人》男女作家接力寫作的分工，確實是依循「男先女後（男

【一】《捕諜人》，頁二〇七。

【二】同前註，頁二一〇。

【三】同前註，頁二一一—二一二。

【四】同前註，頁一〇八、一一〇。

主女從？）」，「男單女雙」的原則，那麼，作為全書結尾的第十章，便必然出自女作家之手。如是，則該章題為〈男作家致女作家的信〉及〈男作家的結語〉的部分，實際上就並非真正男作家的表白，反是來自女作家的代言。此一現象，莫不是意味女性在長久「被書寫」之後，終於開發出「書寫」自己，以及男性的潛力與實力？

從〈人工智慧紀事〉男女兩性為爭奪「創造」權而陷入封閉循環，到《捕諜人》「從來不妄想當創造者」，只是「努力地、不懈地寫下去」；從女機器人「對人類的模擬中，終於無望地也成為人類的一員」，到女作家捨（男性提供的）「圓滿自足」而取（女性呈現的）「殘缺不全」，終至與男性中心的社會分道揚鑣，一路行來，平路所展現的，正是女性思辨創造／書寫問題的曲折歷程。——「怎樣才能從派定的角色中顛覆出來，創造一個勢均力敵的局面？」作為後設小說的作者，平路堪稱已成功地在男性世界之外另闢蹊徑，別顯洞天。但作為一個堅持「待續」精神的女作家，她的企圖心自然不止於此。基於對家國歷史的一貫關懷，如何在現實世界的男性大歷史之外，別顯出女性的歷史觀照，遂成為她「待續」的內容。也因此，我們看到了《行道天涯》和〈百齡箋〉。

三、微觀歷史：從「他」的故事到「她」的故事

以民國史上的傳奇姐妹宋慶齡、宋美齡姐妹為觀點人物，施施然切入官方版歷史論述，《行道天涯》和〈百齡箋〉擺明了正是要凸顯女性的歷史觀照。依違於歷史／小說／虛構之間，該怎樣才能從「他」的故事走向「她」的故事？承續《捕諜人》以「殘缺瑣屑」解構「完整自足」，以「待續」取代「全文完」的敘事策略，平路這回不僅要從「他」所依恃的文字紀錄照片影像下手，實際拆解「各種威權下編纂的歷史」，更要著眼於以女性為主體的欲望論述，讓男性政治神話中種種「高大豐滿的英雄形象」，在女性的情愛欲望與敘述欲望中，銷蝕瓦解。以是，縱使睽隔兩岸，政治立場迥異，宋氏姐妹於書寫「她」的故事時，卻是殊途同歸，並呈現了極其微妙的對話關係。

首先看《行道天涯》。該書宣稱是「孫中山與宋慶齡的革命與愛情故事」，然其整體敘事架構，實以《捕諜人》為藍本而另有開拓。承續《捕諜人》女作家終能分身為男作家代言的書寫策略，平路於是再度仿演了先前男女分章接力的敘述模式：全書六十二節中，五十節以前，一皆以單數節次記述中山先生自粵北上——生命中最後的一段死亡之旅，多數文詞密實，段落綿長，順時線性的敘述中頻頻佐以新聞電訊，照片史料；雙數節次則描繪孫夫人宋慶齡一生的大小事跡，分段錯落，一任片斷飄忽的回憶躍動流盪，而個人身體情欲的顯隱輾轉，尤為敘述

重點。其「秩序」與「無秩序」及「完整自足」與「瑣屑殘缺」間的映照，依稀可見。然而隨著敘事開展，原先的分野已漸次模糊，五十一節以後，單雙數節次的敘述次第更不似先前涇渭分明。孫中山、宋慶齡，還有那夫人收養的情人女兒珍珍，不同的敘事聲音，錯雜於全書結束前的十二小節之中，交響出革命／愛情／死亡的多音複奏。最後，當孫、宋二人終歸老死，年輕的珍珍卻正要披上婚紗，嫁為人婦——「終點又是起點」，這會是另一段愛情／死亡故事的開始麼？

基本上，此一時間／敘述模式，實接近於法國女性主義學者克莉絲蒂娃（Julia Kristeva）所說的「象徵態」（陽性、後伊底帕斯期、象徵秩序）與「符號態」（陰性、前伊底帕斯期、混亂無秩序）二者由對立進而交錯互動的歷程，女性敘述的優遊自得，已暗蘊其中。【一】然而「歷史」原是一歷時性的論述形式。所涉及者，不僅是浸滲於敘述中的時間觀念，更包括記憶的形塑模式，論述觀點與材料的斟酌取捨。民國初成，國事如麻，各路人馬雜遝，每一事件現象或派系爭鬥，都可能被誇張、扭曲為建構國家歷史論述的「歧始點」（bifurcation），也都可能被湮沒於紛紜倥傯的各類報導與記憶形式之中。【二】當時資料記錄之各說各話，真相與敘述間之撲朔迷離，實與官方造神版歷史論述的定於一尊，大相逕庭。「女作家」經由對間諜金無怠死因調查過程的一番歷練，自是深諳箇中玄機。於是，雜陳各不同記述版本以拆解大歷史迷思，演示文字／影像／想像間的多重曖昧，以質疑照片史料的寫真存證功能，遂成為《行道天涯》

以「殘缺瑣屑」解構「完整自足」的另一實踐形式。

綜觀整部《行道天涯》，其敘事幾乎自始至終皆與昔日報紙新聞史料相片相表裡。弔詭的是，一切原為紀實寫真的憑證，竟也成為瓦解（大）歷史真相的利器。且不說全書正是「從一張甲板上的照片開始上溯」【三】，史料見證與文學想像的辯證，已盡在其中。對孫文的描述，

【一】根據克莉絲蒂娃（Julia Kristeva）的說法：前伊底帕斯期的時間是循環往復式的、是不朽的、永恆的，而象徵秩序時間則是歷史時間——直挺挺向一目標而去、線性的、序列式的時間。此一時間同時也是語言時間，它往往止於自身的阻礙——死亡。因此，線性、理性、客觀且具備一般性文法的寫作乃是受到局限、壓抑了的一種寫作方式，而強調節奏、聲音、色彩且准許文詞構成方式及文法「出格」的寫作，則基本上是一種不受局限、壓抑的寫作方式。唯有能體察「符號態（the "semiotic"）」及「象徵態（the "Symbolic"）」間交錯互動關係，掌握「混亂無秩序」及「秩序」間不斷交互攪盪，來往衝激之現象者，才能真正解放並優遊自得。參見 Julia Kristeva, "Women's Time," Alice Jardine and Harry Blake, trans., *Signs: Journal of Women in Culture and Society* 7, no. 1 (1981): pp. 13–35; "The Novel as Polylogue," in *Desire in Language*, pp.159–209，以及 Rosemarie Tong 原著，刁筱華譯：《女性主義思潮》（臺北：時報出版，一九九六年），頁四〇五—四一二。

【二】有關清末民初國家歷史論述建構中的種種分歧現象，及對其間「分歧的線性歷史」（bifurcating linear history）相關問題的討論，請參見 Prasenjit Duara, *Rescuing History from the Nation : Question Narratives of Modern China* (Chicago: University of Chicago Press, 1995)。

【三】《行道天涯》（臺北：聯合文學出版社，一九九五年），頁三。

也是藉由當時〈文匯報〉、天津報紙上的文字發端。【一】頻頻出入於種種中外報刊電訊宣言及不同個人的回憶紀錄之間，女作家要告訴我們的，無非是歷史的隨機偶然、真相的曖昧閃爍——「國父」的尊榮，何曾是理所當然？【二】臨終遺言，究竟是「和平奮鬥救中國」，抑或是「同志們，繼續我的主義，以俄為師」？【三】孫文逝世後的報紙報導，尤其驗證了「歷史正以某種即興的方式在進行」：

當時北方報紙上，除了國民黨的訃告外，有關先生逝世的消息其實不多。主要的理由是先生並不受北方輿論重視，人們把他看成不肯服輸的黃昏老人，最多興起一陣失敗英雄的惆悵。先生斷氣同一日報紙上，除了照例有小兒迷路、小偷被偷、車夫納妾、少婦忤逆、妓館減價、犬竟產豬……的各種軼聞，倒詳細刊登了班禪抵京第一天的大菜單，早茶就有麥皮粥、火腿炸魚、牛肉扒等等。……直到先生逝世第三日，報上總算出現了段執政以中山首創共和、有功民國，決定頒給治喪費六萬元的報導。……至於同一版的報紙有關先生的篇幅中，最大的廣告是「仁丹」總行刊登的悼詞，……那一顆顆小小銀白色口服錠當年能治百病，甚至包括性病。盒子的商標上是先生親書的「博愛」二字，細字則印著「仁丹」是淋病梅毒的斷根新藥。【四】

至於照片，除卻它悼亡召魂的美學意義外，【五】蘇珊．宋妲（Susan Sontag）也曾指出：照片中的現實是被重新界定的——做一種展覽的項目，做為供作審察的記錄。因此，照片給我們一種欺騙形式的擁有——關於「過去」、「現在」以及「未來」。尤其在中國，「拍照永遠是一種儀式，永遠涉及『姿勢』以及必要的『允許』」【六】。從小說中，我們看到的，正是照片如何召喚著各種不同方式的記憶與想像，以及影像姿勢背後的虛枉：珍珍看著「媽太太」與鄧演達的照片，想像關於她傳聞中的韻事；孫文「不忘在黨證上放置自己的照片——成為鐵證如山」；老去的宋慶齡看著孫文的照片，「覺得恍如隔世——當年她愛這個人嗎？」；當然還有，為了拍

【一】「當地〈文匯報〉的記者寫道：『孫氏近來老境愈增，與民國十年見彼時判若兩人，髮更灰白，容貌亦不若往日煥發。』」《行道天涯》，頁三。

【二】「外國報紙上叫這些軍閥 "Warlords"，割據的藩鎮，與日本歷史上的幕府將軍沒有什麼不同，而他最痛心的就是愈來愈多的人把他看成這些人中的一個！上海《申報》還客氣地稱他們為孫中山夫婦，至於其他地方的報紙，稱他為孫氏、叫他粵孫，『粵孫』最多與東北的『奉張』並列，只是一個地方政府的領袖」。（《行道天涯》，頁四一）。

【三】《行道天涯》，頁二三一。

【四】同前註，頁二三二。

【五】參見羅蘭．巴特（Roland Barthes）著，許綺玲譯：《明室：攝影札記》（臺北：臺灣攝影出版社，一九九七年）；蘇珊．宋妲（Susan Sontag）著，黃翰荻譯：《論攝影》（臺北：唐山書店，一九九七年）。

【六】見蘇珊．宋妲：〈影像世界〉，《論攝影》，頁二〇一——二三二。

宣傳照片，一直認為自己不是一般人的她，卻硬要作為「佯裝的農婦」；甚至葬禮中，要讓「一班不相干的小學生圍著她，行舉手禮。鎂光燈一閃一閃，小學生還要擠出兩行眼淚，跟媽太太道別」。【一】

文字資料既不可憑，影像照片亦不可恃，那麼，「歷史」還能剩下些什麼呢？透過宋慶齡的凝視，「婚禮那晚，換上和式睡衣的孫文頓時比白天矮了半截，突然顯老的多。領口肌膚鬆垮垮的，臉面上，黑疣與肝斑都更清楚了」【二】；鴛鴦枕套上的硬稠顆粒，竟是來自丈夫的鼻孔；死亡前臭臭的口涎，死魚般的眼睛，一碰就要碎成灰屑的男人身體，……在在披露著與常人一無二致的衰朽垂死、病弱凡庸。在宋美齡有意作弄下，盛裝出席開羅會議的蔣介石，也不過是個不通英文的老粗，難掩侷促不安。管他國父還是總統，孫中山還是蔣介石，官方造神版中種種「高大豐滿的英雄形象」，至此一一走下神壇，沒入庸碌眾生。各種威權下編纂的「他」的故事，終告分崩離析；然而與此同時，「她」的故事，則早已一逕伴隨著身體感官的震顫、情愛欲望的流淌、敘述聲音的釋放，翩然登場。

對女性身體情欲的大量鋪敘，是《行道天涯》顯而易見的特色。全書一開始，與孫文死亡之旅相對應的，就是珍珍臆想中「媽太太」泡在澡缸裡的軀體：垂在胸前的奶子，像一對滴溜下來的瓠瓜，即使年紀已經八十歲，她依然有十分女性的身體，肩膀柔軟地下垂，從脖頸到腰間，畫出一個優美的弧形。【三】……爾後，她在浴缸中凝視自己逐漸老去身體的鏡頭，亦隨著飄忽的回憶片斷，不時閃現。【四】一生之中，她年輕時面對的是孫文老病羸弱的身體，中年以後，耽戀的是與小情人S身體的相互碰觸。【五】即或是面臨死亡，憶起的也是「一生中唯一的妊娠，接著就失去了未成形的胎兒，那樣的痛彷佛源自身體裡面最深的一點，然後放射狀地散播開來」，以及，「S的手指觸摸到她身體帶來的快感」。【六】

正是這身體的震顫，感官的悸動，訴說著情愛欲望的流淌，見證著孫文後半生的顛躓流

【一】本段引文分見《行道天涯》，頁四九、一二一、一五四、九九、五七。

【二】《行道天涯》，頁一四八。

【三】同前註，頁三七。

【四】如：有一次做夢，「她的浴室便浮動著一種不尋常的旖旎：盆裡是溫暖的水，S為她搓背，她全身放鬆地臥在盆裡」（《行道天涯》，頁一二六）。王府的夏日炎炎，電風扇運作不過來，她只好又泡進搪瓷的浴缸裡——水紋中，她望望自己恥骨的下方，泛著那種激不起任何欲望的鴿灰，她說不出地嫌惡自己這一具漲大的身體。（《行道天涯》，頁一三一）。

【五】文中與此相關的文字頗多，如：S為她洗頭髮，她喜歡S彈性的指頭觸摸她的頭皮，S的手，強壯有力，那是一雙年輕男人動作後微微滲出汗味的手。她也喜愛梳頭的感覺，她的頭髮長到腰際，髮絲細而且軟，很容易打結。S拿一把玳瑁殼的篦子，徐徐滑過她鬆散開的頭髮。一早一晚，那是如同儀式一般慎重的事。（《行道天涯》，頁六二）她愈來愈貪戀的是S的那雙手，S的順服，S的卑屈，愈來愈黯淡的光線下，她不肯睡下，她不捨地望著她生命中最後的男人。（《行道天涯》，頁九〇）。

【六】《行道天涯》，頁一一〇—一一一。

徙、陳炯明的叛變，和那企盼與所愛長相廝守卻不可得，終要屈服於政權體制的艱難心事。「政治是虛擲了精力的迷航」，即或如此，宋慶齡還是得「身」不由己地，「年年被四個大漢抬下樓，一路抬進禮堂，在行禮如儀的紀念會裡唸講稿」。【一】

也就是在這一層面，《行道天涯》和〈百齡箋〉才真正顯現出「姐妹篇」的對話意義，並衍生更進一步的相互辯證：同屬男性民國史上的「未亡人」【二】，同樣輾轉於家國人生公私領域，也同樣柔情似水，滿懷愛欲心事，做姐姐的有口難言，每每絕望地甘於「不可能留下任何文字」，也「從來沒擔心過歷史會怎麼樣寫她」。唯一能做的，只是以身體感官的震顫，幽微地「體」現被長久壓抑的女性情欲，艱難地見證國父的死亡之旅，共產社會的人世浮沉。然而，做妹妹的，卻要讓敘述欲望化作千言萬語，一筆一畫銘記女性為家國時代發言作證的始末，向自由世界不斷昭告那迴盪於宗教愛情政治社會各場域中的女性聲音。百齡華誕前夕，宋美齡猶自幽幽伏案寫信如故，只因為她深信：「信的意義尤其在留下記錄，證明她曾經說過」；「許多信都是要留作研究民國史的檔案」，「她以為自己在對歷史負責，她可是要對得起歷史」。【三】

是的，為了要對得起「歷史」，宋美齡不停地給不同的對象寫信，不停地到各個地方演說。「不說，但我們偏偏要說」，她在無遠弗屆的信裡作丈夫的代言人，在媒體大眾前替丈夫亟亟辯護。她的勇氣讓丈夫在西安蒙難時想起「女子護衛男子」的經句，【四】甚至於，丈夫病勢垂危之際，為了能夠給全國軍民一張安定民心士氣的「照片」（！），她奮力搬演出如下情節：

她指揮侍衛替丈夫穿上長袍馬褂，再抱到椅子上扶正，但是那隻肌肉萎縮的右手很容易露出破綻，一不小心就從沙發扶手上向下滑。有人七嘴八舌出主意，索性用透明膠帶將手腕固定在扶手上，大概就掉不下來了。

侍衛拿膠帶來，幾番猶豫不敢下手，倒是她急不過，自己動手紮起來，紮得很緊，深怕瘦得皮包骨的手腕還會滑動。

老先生翻翻眼皮，她看見泡在淚水中的眼眸，好像苦苦地告饒，那必然是世界上最哀傷的一對眼睛。那瞬間，對於一個久病臥床的老人，她知道是顧不得那麼多了，她也頗為

【一】《行道天涯》，頁一三一、二〇五。
【二】「未亡人」同樣是《捕諜人》中男女作家爭辯交鋒的話題。女作家以為此一稱謂乃是男性中心的思維表現（死了丈夫的女人，大概只應該氣息奄奄，忍辱偷生偷活下去），但「事實上卻正好相反，通常都是女性打起了精神，替男性中心的社會在一樁一件地料理後事呢！」（《捕諜人》，頁一一〇）。
【三】本段引文分見《百齡箋》（臺北：聯合文學出版社，一九九八年），頁二〇〇、二〇六、一五六—一五七、一八七。
【四】分見《百齡箋》，頁一八四—一八五、一九一。

詫異，怎麼會這樣地狠心（自己究竟用了多大的力量？），但她某種生命的強度，總讓她在最緊要的時刻冷酷起來。那時候已經機不可失，即使最短暫的一瞥，足以使人們相信他還在那裡，「你說我是王，我為此而生」，全國人民沒有比現在更需要一張照片，一張照片就能夠支撐人民度過難關……【一】

至此，我們驚異地發現：曾在《行道天涯》中被一再解構的史料與照片，竟然在〈百齡箋〉中借（女）屍而還魂，再度成為建構家國歷史的依據。只是，這樣的「歷史」，真會是「她」的故事麼？汲汲於書寫家國歷史的同時，「她」會不會重蹈了女機器人的覆轍——「從對人類（HIS-story）的模擬中，我終於無望地也成為人類（HIS-story）的一員」？

平路小說的思辨性格，由此可見。而這也促使我們注意同樣貫串於《行道天涯》與〈百齡箋〉中的另一主題：愛情與死亡。《行道天涯》裡的孫文，病危時回憶中閃現的每每是平生辜負的眾女子，終於明白的是「唯一能拯救自己的只有愛情，然而辛酸的是，他卻不曾愛上任何女人」，「覺悟到夫妻間的恩義還是牽扯他的力量，想著年輕的妻子他破天荒感到了不忍以及不捨」；【二】浮沉於情天欲海，宋慶齡從來不信永生，因為她相信「有可能超越死亡的只有愛情」【三】。〈百齡箋〉中，百齡老夫人滿懷死亡將臨的孤寂感，看著枯乾的、寫過千百封書信的手，不禁好笑起來。因為，居然要花一百年的時間，她才終於體悟到：

在這個冰冷的人世間，除了丈夫的恩寵，任何人對她的生活原來毫無裨益！【四】

對激進的女性主義者而言，這樣的結論恐怕是令人大失所望的：怎麼繞了一大圈，又回到老掉牙的愛情與死亡神話裡去了？但對以文學志業，將寫作當作一生要走的路的平路來説，這卻未嘗不是以迴旋迂曲的方式，與先前一再思辨的議題對話，並藉由自己女性、自由聲音的釋放，為「她」的故事尋找另一出路【五】——歷史當然不只是「他」的故事，當歲月流逝，記憶漫漶；當「他」歷經挫敗，走向死亡，唯「她」能以優遊旁觀的位置，洞見愛情、生命與死亡的本質。是這樣的觀照，銷蝕了「高大豐滿的英雄形象」，迴避了男女兩性因競相爭鋒而陷於封閉循環；也是這樣的觀照，「她」的故事一樣可以閱讀天下，書寫家國，並終因不忘微觀內

【一】《百齡箋》，頁一八九——一九〇。

【二】《行道天涯》，頁一六一。

【三】同前註，頁一七六。

【四】《百齡箋》，頁一九五。

【五】平路曾在接受李瑞騰專訪時表示：「在《行道天涯》裡我聽到較多自己女性、自由的聲音，我的下一部小説，是非常自我，有很多女性，也是我自己的聲音。」見楊光記錄：〈在時代的脈動裡開創人文的空間——李瑞騰專訪平路〉，《文訊雜誌》一三〇期（一九九六年八月），頁八一——八六。

省，任情適性，別出於「他」的故事之外。

從對女性與鄉土想像、性別化國家主體糾葛的反思，到男女兩性於創造／書寫議題的論辨，以迄於如何由「他」的故事走向「她」的故事，女性／歷史／書寫議題在平路的經營下，已展現出多方嘗試與深度思辨的可觀成果。她的書寫觀點與策略雖未必人人同意，不過，「終點又是起點」，「待續」猶有無限可能，其創作中所蘊含的活力潛力與熱忱，正是當代臺灣女性書寫極為可貴的資產。

女性意識、現代主義與故事新編

——李渝的小說美學觀及其〈和平時光〉

一、前言

即使生活在現代，古老的故事與文學經典仍然是我們生活中的重要精神資產。它展示著人文世界中不曾遺忘的過去，卻也因為被不斷地改寫衍生，投射出書寫者的特定關懷與時代風貌。此一文學現象古已有之，源遠流長；自魯迅《故事新編》以短篇小說系列結集出版之後，更隱然成為現代文學中的一個次文類，不斷召喚有心者耕耘灌溉，琢之磨之。【一】

另一方面，「現代主義文學」素來追求創新與「陌異化」，「女性主義」則以批判父權、解構大敘述是尚。面對具有強大傳統元素的「故」事，身為女性的現代主義文學家，將會如何進行「新」編？放置在文學史的發展脈絡中，此一「新編」又將具有怎樣的意義？在此，已故女性小說家李渝取材於先秦刺客復仇故事的〈和平時光〉，恰與魯迅的《故事新編》中的〈鑄劍〉形成饒有興味的對話，正是一個值得注意的切入點；而她的小說美學理念，適所以成為研探其「故」事新編之作的關鍵。

二、李渝的小說美學觀：從女性意識到（現代主義）女性書寫

李渝是臺灣最重要的現代主義小說家之一。早在六〇年代就讀臺大外文系時期開始，她就

在白先勇等人創辦的《現代文學》上發表文學創作，深受業師聶華苓激賞。【二】大學畢業之後，她與丈夫郭松棻共同赴美深造，攻讀美術史。其後，曾因投身保釣運動而中輟寫作多年，八〇年代才又重新回到文學，此後筆耕不輟。先後出版《溫州街的故事》、《應答的鄉岸》、《金絲猿的故事》、《夏日踟躇》、《賢明時代》、《九重葛與美少年》等小說集；藝術史論文著作與紅樓夢評論《拾花入夢記》，以及文集《那朵迷路的雲》。在她重回文學的八〇年代，臺灣女性主義思潮方興未艾，自中學時期起即立志未來要成為「女」作家的李渝，【三】同樣就此發表不少論述。所觸及的論題，從畫作中的女性形象，到女明星女演員；從談女動物學家和猩猩的故事，到娜拉的選擇；多元豐富，不一而足。欲梳理她的美學觀，不妨先從她的女性意識開始。

（一）女性的故事

有別於其他激進的女性主義作家，李渝談女性問題，首先從西蒙．波娃《第二性》出發，

【一】繼魯迅《故事新編》之後，此一書寫模式在現代文學中不絕如縷，相關研究可參見祝宇紅：《「故」事如何「新」編——論中國現代「重寫型」小說》（北京：北京大學出版社，二〇一〇年）。

【二】當年聶華苓受邀在臺大開授小說習作課程，李渝曾是修課學生，其習作深受聶華苓賞識。

【三】李渝在寫於中學時的〈我的志願〉一文曾表示：「一個人既生存世上，就不能不有一個對於將來的希望，以發揚生命的光輝，充實生命的意義。我的希望是將來成為一個女作家。」《中國一週》「青年園地」（一九五八年九月八日）。

強調「女性意識」必得奠基於「存在意識」。她念茲在茲的，不是性別之間的對抗，而是超越昇華。她期許女性「不但要從卑屬奴從於男人的處境裡脫身，達到兩性平等的地位，更要把自己當做一個『人』，由自由的意志從而建立自己成為一種更好的個人」。也因此，「更有效的婦運的命題，也許要從男女平等升進到女性的自由選擇權利——不是以男性，而是以更好的人，更好的生活，更好的遠景為指標，為自己的存在做出自由選擇的權利。」【一】

正是如此，落實在對於各女性人物的具體評論上，她認為大家讚揚法國女演員珍・蒙若，「不僅只是認可她的藝術成就而已；這讚揚裡還包涵了她作一個個人，作一個上進的女性的敬意。她以行動改變了自己的命運，成就了今日的地位。在她從演而導的過程中，我們看到了一個女性的努力。」【二】因此，談到女作家，她便以獲得諾貝爾獎的南非作家葛蒂瑪為例，強調她雖然寫政治小說，卻不讓政治干涉小說，脫離了政治小說；雖然寫南非，她不黑白二分情況，超越了本土觀和地域性，達到了評論家們所讚揚的「人類的幅度」。因此，在身為女作家方面，她也走出了「女」作家的局限，表現了她反抗意識的另一面成就。【三】

但更饒有興味的，應是她對於《伊甸思絮——我在婆羅洲與橙色猿生活的年月》（*Reflections of Eden: My years with the Orangutans of Borneo*）一書的評論。該書作者比魯特・葛爾荻卡斯（Birut Galdikas），是一位祖籍為立陶宛的女性類人猿學家（Primatology）。她在一九七一年獲得原始人類學名學者路易・李奇（Louis Leakey）的贊助，來到印尼的原始森林，就此和猿群以及原住民生活下來，不只調查研究，還「成為猿群們的一分子，作孤兒猿的代理媽媽，受傷和受危害者的看護，把牠們養育成長後再放回森林裡去」。她以謙卑的態度對待猿群，與牠們建立「熟悉而親昵」的友誼，後來成為類人猿學上的著名的三位女性學者之一。這本書視原始森林為伊甸園，它寫橙色猿，也寫自己的生平。橙色猿（Orangutan），是生長在南亞洲的婆羅洲和蘇門答臘的長臂猿，毛為棕紅色，中國大陸譯為「印度尼西亞猩猩」，或「橙色長臂猿」。姑不論此一「橙色猿」是否即是《金絲猿的故事》「金絲猿」之所本，通過這部被李渝視為「女性主義書籍」的作品，她其實想說的是：傳統科學向來由白種男性主持，穿上雪白冰涼的白色研究衣，冷靜又嚴峻。男性科學家注重客觀歸納思考分析，有具體的假設和先論，規則的過程，數據決定結論，指數、籌碼、電腦化一切，高高在上。他們懷著強勢者的態度和征服目的，要自然就範，御為人類的隸屬。然而「女性科學」卻不是這樣的，女性在人類史上本來就是受欺壓的弱勢者，「從自己的經歷而知道同情和愛護，用弱者的謙卑親和來呵護，用自己的身體去接觸、撫摸和擁抱」。正是此一具有女性氣質的科學研究，「宇宙和生命才能和睦綿延悠

【一】〈娜拉的選擇〉，《中國時報．人間副刊》（一九八六年五月十一日）。

【二】〈女明星．女演員〉，《中國時報．人間副刊》（一九八三年三月八日）。

【三】〈葛蒂瑪的《朱利的族人》和她對「女作家」的看法〉，《中國時報．人間副刊》（一九九一年十一月二十八日）。又，同樣的觀點，也出現在她的〈夢歸呼蘭——談蕭紅的敘述風格〉一文中，可參看。

長」，因為，它的特質是：

介入的，親身感受的、移情的、給予的、承受的、人化的、和自然共處共分同享的、抒情的。【一】

事實上，對於李漁而言，「親身感受的」、「人化的、和自然共處共分同享的、抒情的」態度，遠不止於女性科學研究而已，它同時是李漁文學書寫的夫子自道。以此為起點，我們乃得以進一步深入她的小說美學觀與文學實踐。

（二）敘述的方式

李漁關於小說美學的論述，以「多重渡引觀點」之說，最常為人引述。所謂「小說家佈置多重機關，設下幾道渡口，拉長視的距離，讀者的我們要由他帶領進入人物，再由人物經過構圖框格般的門或窗，看進如同進行在鏡頭內或舞臺上的活動，這長距離的，有意的『觀看』過去，普通的變得不普通，寫實的變得不寫實，遙遠又奇異的氣氛出現了」。【三】事實上，構成此一「渡引」觀點最重要的元素，乃是「視角」與「語言」：

一篇小説吸引人的地方，通常在它的敘述觀點或視角。視角能決定文字的口吻和氣質，這方面一旦拿穩了，經營對了，就容易生出新穎的景象。【三】

然而，怎樣的「視角」才能吸引人？又是怎樣的「文字」，才容易生出新穎的景象？這就不得不回到具有女性特質的，「親身感受的」、「人化的、和自然共處共分同享的、抒情的」態度。而此一態度，又與中國早期「現代（主義）派」小説的生成息息相關。李渝曾明白表示：

二十世紀中文小説的現代派，主要是由二〇、三〇年代的女作家啟引了以後的脈絡發展的。【四】

【一】〈來自伊甸園的消息——女動物學家和猩猩的故事〉，《中國時報·人間副刊》（一九九五年五月八—九日）。

【二】〈無岸之河〉，《應答的鄉岸》（臺北：洪範書店，一九九九年），頁八。王德威教授即曾就此結合了李渝關於繪畫藝術的論述，就其小説之「渡引」美學，做過極為精彩的論析。參見王德威：〈無岸之河的渡引者——李渝的小説美學〉，收入李渝：《夏日踟躕》（臺北：麥田出版社，二〇〇二年），頁一九—二五。

【三】〈無岸之河〉，《應答的鄉岸》，頁七。

【四】〈呼喚美麗言語〉，《聯合報·聯合副刊》（一九九七年五月二十—二十二日）。

其原因，即在於她們富於女性特質的語言，不僅塑造出嶄新的語法形式，並且突破了過去「說書人」的敘述成規，為中國現代文學開顯新貌。一九八九年，李渝在《女性人》創刊號上發表〈夢歸呼蘭——談蕭紅的敘述風格〉。即由蕭紅小說〈手〉的敘事者「我」談起，所著眼的，便是敘事視角之運用：

「我」在語法上屬第一人稱，在敘述功能上既然是位旁觀者也就屬於第三人稱，同時具備了介入者和局外人雙重身份。用這樣的「我」來說故事，「我」和情況之間存在著微妙的關係。……「我」與情況之間取哪種空間或距離常能決定敘述的語調或口氣。【二】

所謂「微妙的關係」，指的是：如果「我」的個性強過（所敘述的）情況，常要站出來干涉指導情況，藉情節或人物的口表露自己的立場，文章的批判性就會勝過一切，三〇年代社會寫實以及後來的左翼文學的問題，往往就在於此。在李渝看來：這類敘述方式中，作者功能其實類似於過去傳統白話小說的「說書人」，致力的是介紹背景，訴說事件原委；敘事重在經由情節與時間上連貫出前因後果。然而蕭紅小說敘事的最大特色，卻是在作者與題材之間拉出「觀」的距離，使讀者—作者—題材之間的關係發生了移位。她平淡的語氣來自遙遠的視點，讓敘事者由「說書人」變成了「視者」。視者「擺脫了交待故事的職責，卻能目擊情況，直接受感於象，用一種呈現性遠多於解釋詮釋交待性的文體來進行敘述」。經由〈手〉與茅盾〈春蠶〉兩篇小說的開頭處對比，李渝指出：〈春蠶〉一開始，就把人物（老通寶）、地點（塘路）、時間（清明）交待得十分清楚，敘述過程井然有序。但〈手〉的開頭卻十分突兀：

> 在我們的同學中，從來沒有見過這樣的手：藍的、黑的、又好像紫的；從指甲一直變色到手腕以上。

它的敘事橫空而出，沒有事件的前因後果，卻充滿了視覺性感象。相對於傳統「說書人」的工作是把事件情況總攬在手，以邏輯秩序重組後再現給讀者，「視者」的世界往往是片面的、落單的、散陳的、倏忽而偶然的。它沒有成竹在胸，全局在眼，沒有一條明確緊湊向前邁進的故事主線或者道德意識可遵循。依賴的是大量自然物象的描寫，而這些物象上又總是寄寓了視者自身的情感而成為「感象」。一旦化為句構，每每便突破傳統文法，為漢語書寫帶來新變。

一九九七年，李渝寫下〈呼喚美麗言語〉一文，指出：傳統中國社會製造了女性的無聲和

【一】〈夢歸呼蘭——談蕭紅的敘述風格〉，《女性人》創刊號（一九八九年二月），頁九〇—一一二。

無語，但文學，卻促成了新聲新語。二十世紀初期的女作家如馮沅君、凌叔華、蕭紅、丁玲等，莫不是文學史上的「娜拉」，她們試圖從男性的語言牢籠中出走，各自尋找自己的世界，而女性的身體感官和生活特質，便是促成其得以開創新聲新語的關鍵要素。不同於男作家的泰半外求，女作家的寫作每每是「跟著感覺走」。「她們不注意文法規則、小說形式和結構，常常由情感或情緒帶領敘述，感覺到哪裡算哪裡，句子常常寫得很長，文字速度閒緩，語聲日常，語言私自，……」【二】

敘事既然以感覺為尚，於是，無論是敘述視角，抑或文字語言，自然也就無須謹守章法邏輯，呈現出跳躍、閃爍的特質。李渝舉蕭紅〈呼蘭河傳〉、〈曠野的呼喊〉、〈小城三月〉等文字為例，提醒我們注意：

傳統小說常用的線狀結構不見了，沒有一個向前引進的明確故事脈絡，沒有固定而統一的觀點，視界不明。敘述者和題材之間的距離曖昧起來，作為媒介的說書人似有又沒有，不知在哪個立足點發聲。但是作者讀者之間的距離卻拉近了，近到兩者的身份和關係開始不清楚，時時有彼此混淆、互換、合一的情形。只是無論各別的身份定義是甚麼，兩者都親臨現場、親身參與。

回到「視角」與「文字」的問題。如果說，「視角能決定文字的口吻和氣質」，那麼，當視點、距離、時態一旦曖昧，故事本身也就形狀恍惚，不具明確的情節或架構。由它所決定的文字，遂於「大量使用逗點和句點以後，句形排列出，與其說是再現的情景，不如說是心情、心緒的狀態，類近意識流」。因此，「句子可以隨時叫停，互換，觸引了停擱，踟躕，失神的效果，生出恍惚，倏忽，疏離，曖昧，虛無空靈的氣氛，更重要地，製造了文字的空間、速度，和節奏。」就此而言，這已接近於「現代主義」式的寫作了。

另一方面，正是由於回歸到個人的身體、感官與心理情感，讓敘述者以自身之聞見與情緒反應引領讀者進入小說人物的世界，所有小說中的情景，遂都不只是再現事件的現實場景，同時也是「視者」心情與心緒流動的體現。它不只邀請讀者親臨現場，更要在情景的交融流變之中，邀請讀者進入作者的意識與心緒深處，共感共通，相與進退。所謂「物色盡而情有餘」，就形式言，它固然已可歸諸「意識流」的現代主義文學技法，但此一「意識」，卻是源自於（女性）作者的敏感與深情。參照李渝的小說，從最早的〈水靈〉開始，舉凡《溫州街的故事》系列、《應答的鄉岸》、《金絲猿的故事》、《賢明時代》，以迄於最後的小說集《九重葛與美少

【一】〈呼喚美麗言語〉，《聯合報．聯合副刊》（一九九七年五月二十—二十二日）。

年》，幾乎都可看到此一特質的一以貫之。【一】她以論述向蕭紅致意，卻不啻現身說法，從女性角度為我們揭示其個人「現代主義小說」之「抒情」性格的根源。而取材於先秦刺客復仇故事的中篇小說〈和平時光〉，正是她綰合了女性意識、現代主義文學理念，與現代文學大師魯迅對話，並為「故」事開顯新貌的最具代表性作品。

三、〈和平時光〉的「故」事與「新」編

二〇〇五年，李渝出版中篇小說集《賢明時代》，收錄三篇「故事新編」之作，〈和平時光〉即為其中之一。【二】小說由兩段復仇故事構成：一是韓公子舞陽密令劍匠聶亮鑄劍，刺殺季父，為父復仇；二是聶亮鑄劍完成後為舞陽所戮，其女聶政矢志為父復仇，苦練劍術琴藝，甚至為圖接近韓王，不惜毀容毀音。儘管歷經萬難，卻在入宮奏琴時與識曲擅琴的韓王成為知音，放棄行刺。而後，韓王識才用能，寬和行政，「在華夏即將全面陷入暴亂的時期，締造了一段難得的和平時光。」【三】全文凡三節：〈鑄劍〉、〈復仇〉、〈猗蘭操〉。從前兩節題名，很容易令人聯想到魯迅《故事新編》中的〈鑄劍〉：【四】該小說敘述鑄劍師干將為王鑄劍之後見戮，其子力圖報仇的經過，【五】相對於魯迅其他「新編」，它應是較為「認真」的一篇，歷來論者大都給予高度評價，所論或集中於魯迅對人物性格的深入刻畫、細節之增補；或是復仇「以後」情節的

添加，以及因之而生的、對於復仇之正義與正當性的消解、嘲謔與批判等。

李渝曾多次提及年輕時深受魯迅影響，〈和平時光〉敘述劍匠之女為父復仇的故事，雖然主角人物不同，然而以小說向魯迅致意、與魯迅對話的意圖宛然可見。耐人尋味的是，李渝並未為《賢明時代》全書撰寫任何序記，卻獨獨在這篇小說之後附上了一篇〈後記——關於「聶政刺韓王」〉，說明其本事之所從出，以及它與古代音樂美術的關聯。很顯然地，儘管此一本事最早出現於《戰國策．韓策二》「韓傀相韓」，其後《史記．刺客列傳》亦有記載，然而蔡邕《琴操》所敘的〈聶政刺韓王〉，才是李渝真正的「故」事之所本。不同於《韓策》之側重

【一】以上論述亦可參見梅家玲：〈呼喚美麗言語——李渝的文學教室〉，《印刻文學生活誌》一四八期（二〇一五年十二月），頁七八—八一；〈無限山川——李渝的文學視界〉，收入梅家玲、鍾秩維、楊富閔編：《那朵迷路的雲——李渝文集》（臺北：臺大出版中心，二〇一六年），頁一—二〇。

【二】《賢明時代》共收錄〈賢明時代〉、〈和平時光〉、〈提夢〉三篇小說，其中〈和平時光〉原刊於《印刻文學生活誌》二期（二〇〇三年十月）。

【三】李渝：《賢明時代》（臺北：麥田出版社，二〇〇五年），頁一六六。

【四】一九二七年，魯迅在《莽原》半月刊發表短篇小說〈眉間尺〉，一九三二年編入《自選集》時改名為〈鑄劍〉，之後並與其他取材自神話傳說的新編之作共同結集為《故事新編》。

【五】該本事當是取《吳越春秋》、《列異傳》與《搜神記》所述故事雜糅而成；其中《太平御覽》所錄存之《吳越春秋．逸文》敘寫鑊中三頭相咬的場面，為其他文獻記載所無，更是〈鑄劍〉之所本。參見周楠本：〈關於眉間尺故事的出點及文本〉，《魯迅研究月刊》五期（二〇〇三年），頁六一。

政治鬥爭，《史記》彰顯聶政的「士為知己者死」，《琴操》一則將故事中的仇刺緣由轉向了劍匠之子的為父復仇，再則，更凸顯「琴」在此一故事中的關鍵作用：聶政先前為報父仇而習劍，入宮行刺未成；繼而習得精湛琴藝，漆身毀音，落齒變相，入宮為王奏琴，終得於韓王醉癡於琴音之際，抽出琴中預藏的匕刃刺殺韓王，最後自刎身亡。

在此，「琴」無疑是繼「劍」之後，完成「復仇」行動的重要關目。〈和平時光〉承此衍發，因此不僅以同樣出自於《琴操》收錄的古曲〈猗蘭操〉作為最後一節題名，並且著力經營二者間的辯證關係，凸顯「新」編之用心；但另一方面，李渝將主角聶政的性別由男性轉換為女性，將原本是刺殺對象的仇敵改寫為識曲的知音者，因而放棄行刺，化血腥暴力為藝術與和平，毋寧更值得注意，而這正是其「女性意識」與「現代主義文學」的具體美學實踐。她以此向魯迅致意，卻終究是要自出機杼，別開洞天。

（一）「劍」與「琴」、「暴力」與「藝術」的辯證

無論是魯迅〈鑄劍〉抑是李渝〈和平時光〉，其故事起因皆緣於劍匠為王鑄劍後為王戮殺；子女為報父仇，同樣以劍（匕刃）作為行刺之具；「劍」作為奪人性命的「兇器」，其暴力血腥性格，不言可喻。相對於此，「琴」之所作，原本即為調理情性之用，[二] 其後更成為君子雅士修身養性的寄託，向來被賦予高度美學與藝術性的想像。然而，「劍」是否同樣可以開展出

「藝術」的面向?而「琴」,又是否可能在有心者的運用之下,走向「暴力血腥」之途?《琴操·聶政刺韓王》記述聶政憑藉精湛琴藝而入宮行刺韓王一事,正體現出「琴」實為啟動復仇事件的重要憑藉。〈和平時光〉推而進之,更就「琴」與「劍」演繹「暴力」與「藝術」的辯證。如開篇不久,敘寫公子舞陽有刺殺季父季姜之意,奏琴時「弦聲挑釁,音色剛愎,怨恨撻伐之心都在表面」;然而行刺前於花園練劍,所體現出的,卻是「俊拔的神氣,醉人的姿勢,讓陪伴在身旁的人兒心恍神迷」;【二】這便預示了「劍」與「琴」在一般被視為「兇器」與「修身之具」的同時,其實還內蘊著另一悖反的能量。不止於此,無論是聶政父親燃爐鑄劍,「重複又重複,鍛打又鍛打」,抑是聶政從師習劍,「什麼都看不見」,都於用心琢磨技藝的同時,遙指超越現實殺戮的美感境界。相對地,聶政父親指導女兒琴藝,卻是將「練琴」與「復仇」相提並論,【三】因此,「琴裡一樣是戰域」,務必要「反覆的摸索和摸索,鍛煉又鍛煉,學習在變化中知己知彼」:

【一】如蔡邕《琴操·序首》即明言:「昔伏羲氏作琴,所以禦邪僻,防心淫,以脩身理性,反其天真也。」

【二】《賢明時代》,頁一一〇、一一一。

【三】父親說:「聶政,妳要是在琴術上用下和復仇同等的苦心和精神,讓琴術達到使聽者忘神失我的地步,那時候,妳就能完成為我復仇的誓願。」《賢明時代》,頁一四八。

於是學生晝夜奏彈如同執行攻擊，擊得一屋子都激揚著貫徹著聲音，擊得弦斷了指甲折了，從折了的底下滲出血，染紅了指頭。【一】

最後，刺客夜暮入宮彈奏，琴曲由華美歡快而益趨悲涼，琤琮聲中，所幻生出的，遂是兩軍對壘的戰爭場面：

崢崢嶸嶸開指，驅策出英勇的戰士，全體進入戰場，擺下無聲的陣勢。

旌旗蕭蕭的聳立，盔鎧靜靜的閃爍，座馬默默的等候。親自帶領麾下各軍大夫、輔佐和司馬，相擊所得勇士護衛在左右，肅立在隊伍的最前頭。

沙塵撲打在臉上，勁風吹颳在耳邊，飛揚起塵土，飆激起水石，張開千萬把弓，兩軍無聲的逼近。旗幟遮暗了日頭，矛戈掩蔽了眼睫，敵人比烏雲還洶湧。

……

人眾漸漸減少，行列漸漸稀疏，箭盡了弩折了，刃鈍了戟斷了。士卒們都倒了，將軍們都犧牲了，三軍覆沒，人體填塞著溝渠，鮮血沁紅了土地，英魂和鬼神聚會，曠野充滿了幽靈。

然而微妙的是，隨著琴曲音聲裊裊，彈奏的刺客，原先「手指緊握五指凹槽刺匕」，到後來卻是「掌中的刺匕不見了」。「月光靜照，弦音越發輕盈，釋放了一路攬來的幽靈，現在只想牽引鳥聲和獸聲，風聲林聲和水聲，於是各聲聚會，相互釐定，聲聲相應，扶持援引，在循環又循環的餘音裡，走向靜杳。」長夜漸盡，黎明將來，就在「音止的這時」，人間瑣屑的一天開始，

日光進入庭殿，在柱和柱間如同在弦和弦間尋找位置，各就各位，等待著。君和臣，敵和我，聽者和奏者，復仇和被復仇的雙邊全體，都在水金色的光裡融解。

聶政漆身毀音，矢志復仇，她苦練琴藝多年，念茲在茲的終極目標，便是攜琴帶劍，刺殺韓王。但是什麼緣故，讓她面對韓王之後放棄復仇，選擇了和解？又是什麼原因，使得原本滿溢悲涼殺戮之氣的琴音得以轉為輕盈，止於靜杳？琴與劍，暴力與藝術的辯證融和，固然是重要原因，但更關鍵的，毋寧是：

【一】《賢明時代》，頁一四九——一五〇。

畢竟是面對面，相互傾訴了身世，聆聽了相互的故事，一同走過了過去。【一】

而這便涉及了小說的另一重要關懷：易「男性」為「女性」、化「復仇」為「知音」。

（二）易「男性」為「女性」，化「復仇」為「知音」

李渝曾在一項訪談中表示：女性的情質較男性溫潤且更具包容性，關注的是私人的歷史與記憶，因此，

> 如果她作為一個小說的文本，那麼從她可以讀到的東西就比較多。到了〈和平時光〉，我最後乾脆就用女的作為主角，因為女性才會發展人間關係。【二】

顯然，正史中的男性刺客聶政，在〈和平時光〉中轉變為女性，其實是李渝的有意為之。除此而外，另一不可忽略的情節，乃是小說對於韓王舞陽身世及其「復仇」事件的新編。

究諸正史，戰國諸韓王並未有以「舞陽」為名者。《戰國策》、《史記》、《琴操》等本事記敘聶政行刺，也未曾提及韓王曾經歷為父復仇之情事。〈和平時光〉敘述舞陽以季父季姜毒殺父親惠王，為報父仇而聘請劍匠鑄劍，之後戮劍匠、殺季父、弒生母，繼位為召王，應是取干

將莫邪之子之為父報仇，以及呂不韋與秦始皇嬴政之間的糾葛傳説雜糅而成。李渝移花接木，巧為鎔裁，一方面提示舞陽與聶政二人看似各別的「復仇」之舉，其實既是環環相扣，也是冤冤相報；另一方面，它為二人營造若相彷彿的身世遭遇，聲氣相通的心緒情懷，最後讓「君和臣，敵和我，聽者和奏者，復仇和被復仇的雙邊全體都在水金色的光裡融解」，原因就不僅止於二人都是識曲擅琴之士而已，而是更多了一重彼此身世上的相互理解；她要告訴我們：原來，真正的「知音」，是要同時兼括了音樂律曲與情懷心靈的相感相惜；其間的千迴百轉，只有女性人物才能深刻地感知體悟。

回到李渝的美學觀與個人生命經歷，此一易「男性」為「女性」，化「復仇」為「知音」的故事新編絕非偶然。如前所述，她的女性意識原就是強調「親身感受的、移情的、給予的、承受的」；女性能夠「從自己的經歷而知道同情和愛護」；而她所堅信的「現代主義」，則是「從悲劇中找力量」。【三】她親歷保釣運動的政治風雲，沉潛多年後再度回到文學，所見所思，遂是悲劇中的力量、暴力之後的和平，是文學藝術中的超越與永恆。〈和平時光〉於《印刻文學誌》

【一】以上引文，俱見《賢明時代》，頁一六一——一六五。

【二】鄭穎：〈在夏日，長長一街的木棉花：記一次訪談的內容〉，收入鄭穎：《鬱的容顏：李渝小説研究》（臺北：印刻文學生活雜誌出版有限公司，二〇〇八年），頁一九〇——一九一。

【三】同前註。

發表後不久，她為香港《明報月刊》撰寫「民國細訴」系列，藉若干民國人物細訴生活日常中的人情人性，朝華夕拾，正是由此著眼。其中對於瞿秋白就刑前獄中生活的一段敘寫，尤其具有代表性意義：

等候判決的日子，瞿秋白讀書、練字、寫詩，寫「山城細雨作春寒，料峭孤衾舊夢殘」的句子、寫「夕陽明滅亂山中，落葉寒泉聽不窮；已忍伶俜十年事，心持半偈萬緣空。」最後一首詩。據説獄中他刻出四百多個印章，寫了許多字聯，送給身邊的人。鐵窗前一刀一刀專心鏤刻著印章、一筆一筆勤練著書法的藝術家，在生命的最後一程，畢竟是脱離了政治，回歸了藝文的鄉園，回到了「家」。【一】

如果復仇的結果只是冤冤相報，如果暴力的正義不過是以暴易暴，那麼，以能夠「發展人間關係」的女性取代執意於報仇雪恨的男性，以恒久綿長的藝術追求轉化血腥的滅絕殺戮，是否能為宇宙人生開啟不同風景？瞿秋白生命最後的藝文回歸，正是面對無情政治之腥風血雨的超然回應。參照〈和平時光〉引《樂人傳》為全文作結，〈後記〉所敘多圍繞「聶政刺韓王」於後世音樂美術方面所受到的注意，李渝的用心，顯而易見。

（三）「視者」的世界：現代主義小說的女性抒情美學

現代主義作家向來相信語言會構成意義：只要找到精確的語言符號——如意象、象徵，便可使作品充滿意義。從作家立場看，現代主義傳統是一種自覺成分濃厚的傳統，不論詩人或小說家，都相信自己應該為現代生命找到精神上的出路，作家對於自身的角色有著高度的自覺與自我期許。這種自覺反映於小說的敘述技巧與敘事觀點或視角的斟酌，奠定了現代主義在小說的形式實驗方面最大的成就。【二】

如前所述，李渝的小說美學觀強調「視者」——這便是有別於傳統「說書人」、具有主觀抒情特質並且富於現代主義文學精神的敘事者。視者「目擊情況，直接受感於象，用一種呈現性遠多於解釋詮釋交待性的文體來進行敘述」，因此敘述視角經常飄忽閃爍，文字語言則充滿視覺性或聽覺性的「感象」。〈和平時光〉雖然側重敷衍故事，而且並非以最適合觀景受感的「我」作為敘事者，但無論「視角」抑或「語言」，所體現的，仍然是「跟著感覺走」的「視者世界」。而這也是在「故」事的情節內容之外，由書寫體式所形構的「新」編。

整體而言，〈和平時光〉以看似一般定義下的全知視角展開敘事，然而用李渝自己的話來

【一】〈在莽林裡搭建烏托邦——中國才子瞿秋白〉，《明報月刊》三九卷七期，總號四六五（二〇〇四年九月）。

【二】參見蔡源煌：《從浪漫主義到後現代主義》（臺北：雅典出版社，一九八七年）。

說，小說卻有不少段落，「作為媒介的說書人似有又沒有，不知在哪個立足點發聲」。如聶亮鑄劍完成，即將入宮獻劍，母女一路送行的敘述，即是一例：

> 天漸舒白，行裝早已準備妥當，聶亮將劍匣仔細放上背脊，由夫人糾正了衣物。檐角螺花沾露，地霜一層晶瑩，天邊斜掛著不願去的月亮，淡淡的一彎水印。一前一後三人踽踽行走，後面留出了彳亍的三串鞋痕。
>
> 依依送出了巷口，送出了路頭，送出了郊邑。「回去吧，」聶亮說。一程又一程，望見了城池，望見了城郭。「回去吧，」聶亮說，「回去吧。」【二】

在此，敘事者既像是交待紀事，又像是喃喃自語，「不知在哪個立足點發聲」。螺花沾露，地霜晶瑩，月亮遲遲不願離去，既是外在物象，也是內心感象，隱含著此去將成永訣的傷悲。而「送出了巷口，送出了路頭」、「望見了城池，望見了城郭」，「回去吧，」「回去吧，」「回去吧。」反覆迭宕，又何嘗不是以複沓縈迴的言語節奏，投射出心緒的依依難捨，情感的宛轉牽延。

不止於此，小說中以跳躍恍惚的文字、倏忽曖昧的時態進行敘事抒情的部分所在多有，以下這段敘述尤其具有代表性：

父親擱在板車上送回來的時辰是正午，陽光白晃晃的沒有一點暖意，被戮殺而失血的臉是青白的顏色；母親從樑上解下的時辰是午夜，沒有月亮的夜裡，被懸掛而失血的臉是青黑的顏色。二臉輪番出現在荒久的夜裡，手指揮甩，擊打在臉上，擊打在弦上，宮商角徵鵲起，揚起激昂的音符齊鳴，盤旋扯纏搏鬥，一室的喧譁和淬桀，刀鋒錚響玉石俱焚，從煉爐重新流出鮮紅的鐵漿，熔液和火焰燃燒又蔓延。【二】

這原是聶政苦練琴藝的時刻，然而傷慟回憶不時閃現心頭：父親見戮，母親懸樑，她手指揮甩，奮力擊打的琴弦上疊映著父母親亡故失血的臉龐；琴聲鵲起，有如鑄劍時的刀鋒錚響，玉石俱焚。回憶與現時，練琴與鑄劍，殺戮仇恨與琴藝追求，是如此這般地交相錯雜，倏忽流轉。正午的陽光毫無暖意，午夜時分漆黑沒有月亮，這是外在實景，更是內在心情。效果確乎如李渝所言：傳統小說常用的線狀結構不見了，敘事因隨情感流變而迂迴宛轉；它以鮮明的意象召喚讀者親臨現場，與主人公同情共感，相與進退；也以其間的女性情感與抒情特質，為「故事新編」開展出現代主義小說書寫的嶄新風貌。

【一】《賢明時代》，頁一一八。
【二】同前註，頁一五〇。

四、結語

綜觀文學史發展，取材於古代故事而予以重新改寫的文學現象總是奕代迭出，不絕如縷。二〇、三〇年代，魯迅以《故事新編》為現代文學此類書寫開啟先河，無論他的態度是油滑還是認真，用心是批判還是嘲謔，他的男性觀點與「寫實主義」文學模式，始終是後繼者的書寫主流。然而，作為女性的「現代主義」作家，李渝卻就此開展出完全不同的視野、關懷與敘事方式。她的女性意識奠基於存在主義，強調的不是性別之間的競爭對抗，而是期待女性要「以更好的人，更好的生活，更好的遠景為指標，為自己的存在做出自由選擇的權利」。她體察到女性情質中的溫潤包容、抒情易感，形諸書寫，遂能夠既著重於「發展人間關係」，又在書寫上體現出跳躍、流動、注重「感象」的特質，從而牽動小說敘事視角與語言文體的新變。她所堅信的現代主義原就崇尚「為藝術而藝術」，強調語言建構意義、創造秩序的功能，而海外保釣的政治風雲，更使她從中體悟到「從悲劇中找力量」的一面。也因此，與魯迅〈鑄劍〉取材相近的〈和平時光〉，遂在傳統「復仇」事件之外，開展出「暴力」與「藝術」的辯證、化仇敵為「知音」的可能，以及歷經殺戮之後，「和平時光」的彌足珍貴。

李渝的用心，使我們體認到「故事新編」的前瞻性意義：它不止是重述過去，反映時代，更重要的是投射了對於未來的想像並且寄託理想。對映於當下的政治與社會現實，讀者或許不免要問：她的理想與想像是否過於一廂情願，不切實際？文學與藝術，是否真能超越一時一地的現實局限，走向永恆？無論答案如何，李渝的美學信念與她的〈和平時光〉，都見證了當代女性作家有別於過去男性觀點的關懷思辨與文學實踐，以及因此而完成的，文學傳統的創造性轉化。

閱讀〈安卓珍尼〉

——雌雄同體／女同志／語言建構

一、引言

董啟章的〈安卓珍尼——一個不存在的物種的進化史〉，是《聯合文學》第八屆「小說新人獎」中篇小說的首獎作品。由於內蘊繁複、結構巧妙，不僅在評審過程中備受肯定，甚且還被評審委員譽為該年度最優秀的小說。【一】它的引人矚目，除了確乎洞燭幽微，以及在書寫策略上，讓「生物誌」與「羅曼史」交纏錯綜、迴映互涉，是以別出蹊徑之外，最大的特色，當係將現今方興未艾的女性主義理論，鋪陳幻化為動人的故事情節，使小說文本既成為理論的搬演，又不局限於理論框架，因而展現出當代思潮與作者及小說文本間的精彩對話。而本文，即一方面參考女性主義中「雌雄同體」和「女同志」的理論，以觀照該文本之小說美學與性別意識；另一方面，亦將由「語言建構」角度，論析其省思「存在」問題之用心。

「安卓珍尼」本是英語中"Androgyny"一字的譯詞，意為「雌雄同體」，以此為小說篇名，其旨趣固然意在言外。然文本中的「安卓珍尼」，既是「單性，全雌性品種」的斑尾毛蜥，也是女主角「我」的虛擬與暗喻；再者，經由「我」對「安卓珍尼」的著迷與追尋、「我」與丈夫妹妹安文間的相親相契，卻又透顯出若有似無的「女同志」情懷。因此，解讀之際，女性主義中「雌雄同體」和「女同志」的理論，遂成為觀照該文本之小說美學與性別意識的重要準據；另一方面，它對「語言建構」與「存在」問題的反思，實又多有與老莊思想暗合之處。故而，對它的解讀，乃可循由以下三方面進行：

1.從文本結構、人物互動看「雌雄同體」的建構與解構

2.從〈不存在的物種的進化史〉看「女同志」與文本／論述／作者身份間的曖昧與弔詭

3.關於語言／存在、追尋／回歸問題的反思

二、是「陰陽合德」，還是「陰陽解體」？——從文本結構、人物互動看「雌雄同體」的建構與解構

「雌雄同體」的本意乃是男女二性同體存在，進而可引申為相反之兩極的同時並存（Coincidentia Oppositorum）。無論中西，它都是一極重要的文化母題，並各有其源遠流長、不絕於縷的傳統。從柏拉圖到吳爾芙，從《老子》、《周易》到《紅樓夢》，類似的「陰陽合德」觀念和不同程度的「雙性人」，一再於中外的神話、傳說、宗教、哲學以及文學藝術作品中穿

【一】有關評審紀錄、評審感言，請參見《聯合文學》一二一期（一九九四年十一月），頁四五—五九。其中，評審委員之一的東年先生曾指出，自己於該年度計參與了《時報》百萬小說、《聯合報》中篇小說及《聯合文學》新人獎三項評審，〈安卓珍尼〉是其中最好的作品（頁五四）。至於本文引文所標示之頁碼數字，則以董啟章後來的小說集《安卓珍尼》（臺北：聯合文學出版社，一九九五年）為據。

梭出入，為「雙性兼美、萬物共存」的生命理想，織陳出千姿萬態的風情面貌。【一】其中，傳統文化中「陰陽合德而剛柔有體」、「柔來而文剛」、「分剛上而文柔」的天文觀，實已為天地萬物因剛柔相推、相生相變而致和諧一統的現象，建立了形上的理論基礎。【二】法國比較宗教學家米西亞・艾里亞德（Mircea Eliade）更指出：許多隱涵「雌雄同體」或「兩極共存」之信仰的母題，都流露出一種對「失樂園」的追懷；此失樂園乃是一似是而非的弔詭境界，在此境界中，一切對立的事物並存不悖，且萬物皆歸於一神秘的統一體。【三】也因此，「雌雄同體」觀雖起始於男女二性的同體並存，但卻不妨衍申至一切具有「陰」、「陽」性質之事物與觀念的兼美共蓄。不過，隨著解構批評的興起，此一原本傾向以「分裂—整合」方式標示理想境界的觀點，已受到相當的質疑。尤其在晚近女性主義性別政治的論述中，其講求性別二元對立之解構，所關注的，遂不再只是男女特質的兼美，而是要掙脫二性刻板的固定角色形式，將男女性別不斷反轉，不斷遊離於兩性之間而不定於一。於此，「雌雄同體」所意味的，不僅已是從性別兩極的正反合指向擺盪，更由擺盪指向解構，從而揭示性別的無從確定、無法框限以及各種可能性別位置間的欲望流動。【四】

這篇名為〈安卓珍尼〉的小說，正是試圖將「雌雄同體」觀在不同域界、不同人事（自然）現象中進行演出。其間的往復擺盪，實以女主角——「我」對「安卓珍尼」（斑尾毛蜥）鍥而不捨的追尋，作為貫串全文的主線；而「生物誌」和「羅曼史」的交錯互映，以及隨之而來的

「人物互動」，便成為鋪織此一不斷建構、也不斷自我解構之追尋歷程的基本構成。由於「兩極」是「雌雄同體」所以成形的前提，故在作者精心安排下，無論是結構、抑是人物，幾乎一開始都是以兩極對照的方式參差呈現。然而，隨著故事的進展，這些看似涇渭判然的對比與區辨，最後卻都在彼此一再的遊離反轉、流動交錯之中，呈現出種種的曖昧矛盾與多重轉換，以致質疑、甚且瓦解了原先「陰陽合德」的和諧理想。其間的曲折，又可略分為以下幾個層面：

（一）「生物誌」與「羅曼史」之間

（二）「我」與「安卓珍尼」之間

（三）「我」、「安文」、「男人」、「丈夫」之間

【一】參見廖咸浩：〈「雙性同體」之夢：《紅樓夢》與《荒野之狼》中「雙性同體」象徵的運用〉，《中外文學》一五卷四期（一九八六年九月），頁一二〇—一四八。

【二】有關傳統「陰陽合德」的相關論述，可參閱李澤厚：《中國美學史》第六章及第八章（臺北：里仁書局，一九八六年）；劉綱紀：《周易美學》（湖南：湖南教育出版社，一九九二年）。

【三】Mircea Eliade, *The Two and the One* (Chicago: The University of Chicago Press, 1965), Trans. by J. M. Cohen, p.122.

【四】參見張小虹：〈兩種《歐蘭朵》——文字／影像互動與性別／文本政治〉，收入《性別越界》（臺北：聯合文學，一九九五年），頁一〇—三九。

（一）「生物誌」與「羅曼史」之間

「生物誌」與「羅曼史」的交錯互映，乃是這篇小說最為顯著的特色。前者以類似科學報導的方式，記述斑尾毛蜥的生物質性、曖昧類屬、進化過程，以及男女生物學家因對其進化史之詮解不同而引發的論戰。後者，則以第一人稱的敘事口吻，娓娓道出女主角出走追尋的諸般際遇和心路歷程。表面看來，這是截然不同的兩種文類——「生物誌」是科學性、實證性的客觀報導；「羅曼史」則為浪漫、抒情、主觀色彩濃厚的文學書寫。以屬性分，前者固應屬「陽性」文類；而後者的「陰性」特質，則係顯而易見。可是，仔細尋索，卻不免發現：「陽性」的科學報導，記述的乃是「雌性」毛蜥的自然進化，其陽中有陰的意味，實依稀可見；「陰性」的女子自述，更因充斥了「我」與「男人」、「丈夫」間的種種矛盾、衝突和妥協，透顯出陰陽糾結的複雜面向。再者，一般對於科學性的生物進化論述，要求的是實事求是，「真實」是最重要的考量；文學性的書寫，則可揣擬想像，「虛構」現實。但是，在作者的鋪陳下，以「生物誌」形式出現的科學論述，終不免摻雜了相當程度的「虛構」（如男女生物學家對毛蜥演化論述的爭辯）；在「羅曼史」中構築的女子際遇，卻又以其對性別關係、權力架構的反思，呈現出一定的「真實」性。如此，「真實／虛構」間的二元對立，似乎也就在這兩種文類的迴映中消解於無形。

（二）「我」與「安卓珍尼」之間

然則，這兩種文類所以能以迴映互涉、交相錯綜的形態呈現，主要關鍵，當在作者有意為「我」和「安卓珍尼」之間，建立起內在聯繫之故。大體上說，「我」是羅曼史的女主角，「安卓珍尼」則為生物誌的記述焦點；「我」是「人」，「安卓珍尼」是「毛蜥」，二者的分際，本屬不言自明。但是在文本中，作者卻經由同一生命體中不同質性的「兩極共存」，以及生物誌和羅曼史因錯綜穿插而隱涵的迴映互涉，為二者間的內在聯繫，羅織出一定的網絡。

在不同質性的「兩極共存」方面，「安卓珍尼」明明是「陸棲品種」，但卻「喜愛接近水源或潮濕地區」（頁一一）；「多作夜出，但間中亦於日間活動」；「擁有鬣蜥科的頭身，但卻擁有石龍子科的尾部」（頁二二）。至於「我」呢？試看下面的自述：

在行為和思想間存在著一個斷層，常常教我在行為上徑直往一個方向走，在思想上卻又裹足不前，而當思想傾向於某種做法，卻又往往沒法做出相應的行動。（頁一六）

我好像分裂為兩個人，一個活在文字的思維中，一個活在感應的世界內，兩個世界在我的體內交戰，使我痛苦異常。我真的希望其中任何一方可以獲勝，那我便可以安心了，我會服從命運的安排，但命運卻不替我作決定，它要我自相矛盾，自相鬥爭，不容許我有一刻喘息的機會。（頁六七——六八）

在此，「我」十分自覺地意識到自己在言行、感知方面的「兩極共存」，以及緣此而生的矛盾與掙扎。但這一切的矛盾掙扎，及與毛蜥間的分際判然，最後似都在錯綜迴映的文類組構中被統合、匯歸為一——毛蜥進化過程的論述，一步步呼應著「我」的追尋歷程和心靈變化。於是，毛蜥於習性上的曖昧和科屬種間的歸類困難，儼然是「我」在言行感知方面自相矛盾的投影；生物的進化過程，近似於「我」由城市（文明）遊移至山野（野蠻）中之諸般際遇的平行對比；至於進化問題及以此而導致的論戰，更不免成為「我」和「丈夫」、「男人」間因生殖問題而引發抗爭的暗喻。也因此，不僅在文本中，「我」曾明白宣示：「在安卓珍尼身上，我看到了自己的命運」；「安卓珍尼沒有跑掉，我就是安卓珍尼」；甚且，在最後一段中，作者更以第三人稱旁敘的筆法，將二者匯融為一：

在現在裡面，她遇見了她，她跟她說話，她想尋找她的語言，她想說她的故事、敘述她的歷史。她滾動的眼珠子中有她的影子，但她沒有真的看見她，她只是感到她的存在。但這已經足夠了，她無須看見她，因為她從來也沒有看見過什麼。她的形象清晰而精確地投映於她的眼膜上，她的眼膜神經告訴她不用逃跑。她不用逃跑，因為她不過是看見自己，看見自己在水面上的倒影，在輕風吹過的時候，她融化於自己的目光之中。……（頁七六——七七）

可是，如此的匯融，果真能造就「分裂—整合」後的「陰陽合德」嗎？其間是否還隱藏了其他不為人知的問題？由羅曼史中連串人物互動所透露的訊息，無疑是相當值得玩味的。

（三）「我」、「安文」、「男人」、「丈夫」之間

綜觀全文，「雌雄同體」最精彩的演出，無寧是落實在「我」、「安文」、「男人」、「丈夫」彼此間的對照和互動之上。其間，「生理性別」（sex）、「社會性別」（gender）、「性傾向」（sexuality）間的多重遊移反轉，乃是最被關注的焦點。

在一般觀念中，「生理性別」（男、女）與「社會性別」（陽性、陰性）是緊密纏結，卻不盡相同的兩組概念。基本上，前者指涉生物性、器官性的男女分野；後者，則是社會文化的分工，是由歷史性、文化性、集體性因素組構成的社會預期、社會規範。而「性傾向」，則為在同性戀、異性戀，雙性戀之間的依違取捨。儘管，後現代的女性主義學者對「性」與「性別」截然二分的說法大不以為然，【一】但就多數人而言，仍不免因先天生理上的差異，決定了對男女性別的預期和想像。更何況，在結構主義學說建構的二元世界中，男／女、陽／陰、外／內、性別／性、文明／自然、話語／沉默……等等一切，非但均以二元對立的型態呈現，且彼

【一】參閱周華山：《同志論》（香港：香港同志研究社，一九九五年），頁一五八—一六四。

此間尚有一定的平行對應方式。也因此，在約定俗成的社會預期之下，「男性」一向被視為陽剛、主動的主體，同時也是文明的創建者、話語的掌控者。相對的，「女性」則在作為陰柔、被動之客體的同時，被賦予了自然、沉默的象徵意義。【一】但這些僵化的對立，卻經由小說人物彼此一再地對照、互動，錯綜出無數「雌雄同體」（雌雄「解」體？）的繽紛體貌。箇中關鍵，實因在固定了的生理性別之下，進行社會性別的多重置換與解構，而此一過程，又由於「性傾向」的加入，益增其複雜性。

從「生物性」的檢驗來看，「我」和「安文」為「女」；「男人」和「丈夫」是「男」，這是毫無疑問的。可是由「社會性」的預期和監督著眼，這些人物在「性」與「性別」間的悖謬處卻俯拾皆是。首先，「我」和「安文」雖同為女人，在「性別」的取向上卻有極大的差異性：「我」是學生物的，「安文」則是念語言和文學的；二人所以成為朋友，乃因「我」幫安文處理掉了一隻令她恐懼的蟑螂。但是，她「至今還不理解為什麼一個女孩子能夠像我一樣唸生物，終日與白老鼠為伍」；而「我」對安卓珍尼及「雌雄同體」觀的著迷，「甚至令她對我暗生害怕的感覺」，因為她認為：

> 只有對自己的性別身份認同有問題的人，才會被這些怪異的觀念迷住。她又深信，一個女孩子絕對不應該也不可能對外貌如此令人噁心的蜥類產生興趣。（頁一八）

乍看，安文的言行觀念，正是傳統性別觀念中的「女性」典型：溫柔嫻靜，恐懼令人噁心的事物，唸的又是「陰性」氣質濃厚的語言和文學。但「我」則不然，不但學生物、打蟑螂，還對女孩子絕不應該有興趣的蜥類著迷不已。因此，雖同為女人，顯然「我」要比安文多出不少「陽剛」氣息。可是，當這個「陰中帶陽」的「我」，為了找尋安卓珍尼而遠走山林、深入自然，並棄絕城市文明（如：電話），一意朝「陰性」的本質追尋（回歸）時，安文卻「對這個地方實在沒有好感」，因為對像她這樣的城市人來說，「山野只是偶然去度假的地方，而絕對不是久留的居所」（頁一三）。所以，她要求給「我」打電話，甚至帶來了傳真機，不斷透過文字來滲入「我」的自然生活。這一來，原本陰性特質明顯的安文，遂以其對城市文明的依戀、對文字話語的操控，展現出「陽性」的一面，這當是「人物互動」中首先可見的特色。

其次，再看「丈夫」和「男人」的對照。在生物屬性上，他們固然同為男子，然而一者駐居於文明城市，一者盤桓於自然山林；一者以溫柔理性的話語照顧、指導他的妻子；一者則以無語的沉默、原始的暴力對付侵入其生活領域的女人，其間的歧異性，本不可以道里計。只是，不同的生活習慣、相異的文化陶染，所結集出的，依舊是以女性為生殖工具的共同欲望。而丈夫溫柔（陰柔）卻佔有發言位置（具陽性特質），男人粗暴（陽剛）卻不具發言權（具陰

【一】參見托里莫伊著，陳詩潔譯：《性別／文本政治》（臺北：駱駝出版社，一九九五年），頁九五—九六。

性特質），不也同樣是陽／陰之間反覆置換的呈現嗎？這也難怪最後「我」會論斷說：

男人和丈夫將會在某個地方相遇。（頁七三）

不僅於此，「我」和丈夫、男人之間的依違周旋，更是「雌雄同體」觀中「不斷遊離反轉、不定於一」之理念的具體實踐。在「我」的自述中，我們清楚地看到：當「我」和丈夫在一起的時候，丈夫是話語、聲音和威權的唯一來源：

丈夫說我有病，要在家中休養，……這就是病癥啊！丈夫說。是精神緊張吧！我丈夫不是醫生，但他說話的時候總像一個醫生一樣，能夠分析你的病因、判斷你的病況，然後給你設定療程。他不單是一個醫生，而且是一個好醫生，他把一切解釋得那麼清楚、透切和詳盡，教人沒法質疑他的權威。（頁六〇——六一）

而「我」所能做的，只是一再順從地、無語地、「絕望地微笑」，「然後在床上躺下來，讓他把他的遺傳因子和我的遺傳因子結合，繁衍他家族的後代」（頁六一）。而這，也正是傳統男／女、夫／妻關係的體現。

可是，這樣的關係，卻在「我」離開丈夫、走入山林、遇見「男人」時，起了一百八十度的大轉變。在山林中，「從來也不說話」的「男人」，是負責灑掃庭除的「專人」（在傳統性別觀念中，這絕對都該是女人的特徵、女人的職責），而「我」和男人之間，除了表面可見的主／從關係外，尚且在對他心生恐懼，被他強暴的時刻，以「說話」做為攻擊的武器：

他一邊蹂躪我的身體，我一邊絮絮不休地折磨他的精神。……很奇妙地，我變成了話語和聲音，近乎忘了肉體的感覺；當他把精液貫進我的體內，我便把說話貫進他的耳朵。我冷酷地剖析他的行為，強行為他編造各種歷史……一有空我便反擊，以理性的語言的噪音令他精神錯亂、委靡不振。我知道自己卑鄙不堪，在丈夫那裡抗拒的東西，卻拿來對付男人，但無論對丈夫抑或對男人，這從來便只是一場文明對原始、思維與本能的衝突，只不過在不同的處境，我被迫落入了不同的位置。（頁七〇）

是的，「在不同的處境，我被迫落入了不同的位置」。因此，儘管是同一個女人，在城市中作為丈夫的妻，「我」是文明、話語的接受者，性別是陰性的；在山林中作為男人的僱主，「我」卻成為文明理性的發言人，且用話語作為攻擊的武器，性別頓時轉換為陽性。這無疑是又一重的「遊離反轉」。再聯繫到前面「我」與「安文」、「丈夫」與「男人」間的對照，我們發現：以〈安卓珍尼〉為題的這篇小說，就是如此這般地讓他的人物不斷「移位」，同時，也就在由連續反轉、錯置、移位所形成的對照中，將原本存在於陽／陰之「間」的分別和對立，包蘊、席捲為個別主體之「內」多元差異的呈現。也因此，「雌雄同體」的追尋與建構過程，其實卻反而形成了另一形式的失落與解構。

不過，從另一角度著眼，「被迫」成為男人洩欲的對象、生殖的工具，是不是身為女人無可逃避的最終宿命？縱使「我」能夠用話語作為攻擊的武器，但能不能「使女性的卵子產生抵抗男性精子的能力？或是使陰道分泌能夠殲滅精子的物質」？縱使「我」能夠在「性別」的角色扮演中遊離反轉、不定於一，但能不能自外於原本由男、女兩「性」共同組構成的生殖傳承，「漸漸能獨立於雄性而生存，並且傳宗接代」？再加上最後「我」捨丈夫、男人而就安文的行為（性傾向），顯然，這些都不再是單純的「雌雄同（解）體」理念所能涵括的問題。因此，以下的討論，便將轉向由「小說美學」所衍生出的、關乎性別／文本政治的論題上去。

三、打著紅旗反紅旗？
——從〈一個不存在的物種的進化史〉看「女同志」與文本／論述／作者身份間的曖昧與弔詭

事實上，“Androgyny”雖意為「雌雄同體」，但小說中被命名為「安卓珍尼」的斑尾毛蜥，卻是以「單性，全雌性品種」的樣態存在著。從女主角對它鍥而不捨的追尋、到最後希望安文陪她去一個地方，「一個屬於我的地方，那裡有我可以生存下去的環境」；「在那裡我可以把女兒生下來；她是我的女兒，如果妳願意的話，她也是妳的女兒」；這些字裡行間，似乎又隱隱閃爍著一分對於「女同志」情懷的嚮往與企盼——那麼，作者所欲表彰的，究竟是承認多元差異存在的「雌雄同（解）體」？抑是僅止於一個純粹是由女性同盟所創建的烏托邦？再扣應到小說的副標題：〈一個不存在的物種的進化史〉，則「雌雄同體」、「女同志」和文本／論述間所形成的重重曖昧與弔詭，毋寧是十分令人玩味的。對它的討論，則可分成以下兩部分：

（一）文本／論述對「女同志」理想的建構與顛覆

（二）〈一個不存在的物種的進化史〉中所涵攝的曖昧與弔詭

（一）文本／論述對「女同志」理想的建構與顛覆

據周華山《同志論》所述，所謂「女同志」，其實也就是女同性愛者（lesbian）。女性之間相親相愛的感情故事，古往今來所在多有。但作為一種獨立性身份，「女同志」卻是十九世紀（西方）資本主義工業化之後，性學家所創造出來的性標籤。至於作為一種性（別）政治宣言及政治運動的「女同志主義」（Lesbianism），則到六〇、七〇年代才誕生。起初，它與激進派的女性主義同步，認為男性本位的異性愛霸權，已無孔不入地滲透、並徹底支配既有世界的經濟、政治、社會、文化、宗教以至私人情愛等不同範疇，而女性（主義者）唯一的出路，就是撇棄壓迫者（即男人），建立純女性同盟的女同志國度（Lesbian Nation）。在一份題為〈女人認同女人〉的政治宣言中，就曾開宗明義地表示：

> 女同志是女人所有憤怒的爆發點。她自幼已根據內在動力發展自己，成為完整和自由的人，超乎社會所容許的界限……她拒絕接受社會因著她作為社會基本角色——女人——而強加的限制和壓迫……我們必須創造一個只有透過女性互相建立才能實現的自我觀。此身份只能由自我建立，不可依靠男人……我們的精力能量必須流向姐妹，不可倒轉流給我們的壓迫者……女人彼此連繫並創造女人新意識，這是解放女人的關鍵，也是文化革命的基礎。【一】

不過，八〇年代開始，此一著重「分離主義」與「本質二元論」的激進論述，已因「差異政治」（politics of difference）的開始被關注，而遭致相當抨擊。九〇年代的女同志論述，更因吸納了後結構主義和後現代主義的反主體、反本質論述，一方面強調「需要不斷強調女性（women）的多元具體性，而不是單一化的女性（woman）素質」；【二】另一方面，女同志理論家茱蒂絲．芭特勒（Judith Butler）更指出：所謂「真正」／「原本」的女性主體／本質，只是特定社會政治論述建構出來的神話。我們生來就有男女之別，但「女」、「男」的意義、內涵、取向，以至陰性／女性特質與陽性／男性特質的理解和定義，卻完全是一種社會政治論述。而「性別」其實是一個竭力偽裝出來的表演過程。「男性」與「女性」是經過多重錯認和錯置才建立起來的「性欲位置」。【三】

由此看來，近期「女同志」論述中承認男女有生理之別，並且對男女之間在意義、內涵、取向上多元流動特質的強調，實與前述「雌雄同（解）體論」有其類同之處。而且，「女同志」既然肯定情欲流轉的駁雜多元，自然也就反對將「同性愛」和「異性愛」截然劃分，並認為情

【一】參閱周華山：《同志論》，頁一〇七——一〇八。
【二】有關七〇至九〇年代女同志理論的發展，請參見《同志論》四、五、六章。
【三】有關性別的「表演説」，參見 Judith Butler, *Gender Trouble: Feminism and the Subversion of Identity* (London: Routledge, 1990)。

欲（取向）將隨不同階段及處境，而產生流動性的變易、矛盾及辯證。其中，性欲望、性意識、性取向、性行為、性身份間的錯綜交融，更是難以化約框限的繁複歷程。

落實到〈安卓珍尼〉一文中，如此的理念亦是有跡可循的——「我」之所以執意要安文「陪我去一個地方」，「一個屬於我的地方」，似乎正是緣於不甘於成為丈夫／男人壓迫對象的反抗；而身為一個女人，「我」既與丈夫／男人分別具有實質的性行為，又在性別（陰陽）角色的扮演中遊移往復；雖未曾與安文有具體的性關係，卻在性傾向上與其相親相契。另外，「我」與丈夫初次性關係的發生，不僅是出於自己主動的導引，抑且是以進行生物學中交配實驗的心態，意圖將教科書上的解釋和描述，與當下的感受結合為一，並且「為著未能捕捉當中的精髓而沮喪不堪，於是要求反覆的試驗，再三的求證」。可是，當時還未成為「丈夫」的「男人」，卻「以為這是熱情的傾瀉、性愛的飢渴」，驚訝之餘，「但也深深為我著迷」。在這類敘述中，呈現出的，正是「性」在欲望、意識、取向、行為、身份間流轉不居的各種實況，同時，也說明了諸多傳統僵化的「應然」觀念，是如何在「實然」的境況中遭到質疑與瓦解。

但矛盾的是，文本中既然如此不憚其煩地突顯「社會性別」與「性傾向」在各方面的差異多元，卻又為什麼要在結尾時以近乎「定於一」的方式，讓「我」與「安卓珍尼」匯同為一，而且可以「擺脫了受雄性支配的生育模式，撇下她的雄性同伴」，甚至「已經忘記在她悠長的生命中，曾有過雄性的存在」？這是不是又回到了原先著重「分離主義」、「本質二元論」的激進路線，意圖建立純女性同盟的女同志國度？而從「物種進化」的角度著眼，是否又有實現的可能？

整體看來，這篇小說既同時涵括「生物誌」與「羅曼史」二者，則由生物誌所建構的物種進化問題，自然不宜忽略。況且，著眼於「本質論」的「性／別」論述，有很大一部分原就與「生物決定論」互為表裡。在此，為了使「物種進化」和「性別／文本政治」間的關係得以更清楚地呈現，我們將一方面就生物學方面的相關問題略作了解，另一方面，亦將就「我」和「安卓珍尼」間的即離關係，以及由此而呈現於文本／論述中關乎存在／不存在間的辯證，加上其與作者身份間所形成的弔詭，再作釐析。

綜觀生物史的記載，此一具「雌性之實」、「雌雄同體之貌」的斑尾毛蜥，乃是確有其物的存在（只不過外貌與文本所描繪的「安卓珍尼」不盡相同罷了），而且，此類毛蜥在假性交配過程中，不僅同樣須由兩隻毛蜥共同完成，且其間尚須有「雌」、「雄」角色的模擬：亦即一者扮演「雄性」，釋出類似精子的物質（僅作催化之用，不發生實質的受精作用），另一者扮演「雌性」，在對方的「催化」下，讓自身體內的單倍體卵子與類似雄性精子的單倍體結合，成為新生的雙倍體，隨之產下雌性的後代。不僅於此，更有趣的是，就個別毛蜥的存在樣態而言，此一角色模擬，乃是一持續的交錯轉換歷程——前次為雄，下次即為雌；前次形成卵胎，下次才能釋出類似精子的催化物質。（這豈不也是「遊離反轉，不定於一」的另一種存在形式？）

一般而言，由單性生殖所形成的物種傳承，乃是生存競爭中的弱勢族群；不過，雖然牠的數量稀少，極其罕見，但確切存在的事實，卻也不容否認。【二】由此看來，它對「女同志」國度的想像建構，似乎是提供了正面、樂觀的可能期盼。

可是，若由「我」和「安卓珍尼」間的即離關係來看，雖說「我就是安卓珍尼」，然而二者之間的疊合，卻並非一朝一夕、一蹴而躋、獨力完成的，而是「我」踏破鐵鞋都遍尋不著，最後遂不得不透過「男人」的幫助，甚且在「房子」（「女體」的暗喻？）中和「他」發生性關係，才得以和「她」共處一室。於是，「丈夫」和「我」的分手，以及「男人」拾起斧頭，「大踏步向著來路走去」的記述，無非是「安卓珍尼跑掉了」的徵驗。再者，山中的房子，原是安文的「祖父」所建，而且，陪伴「我」展開追尋歷程的最重要物件，亦是祖父所遺留下的遠足日記，其中記載著「老人家與斑尾毛蜥相遇的紀錄」，以及他憑記憶所畫的兩張草圖，「一張展示斑尾毛蜥的形貌，另一張標出與她相遇的位置」。綜合這些線索，似乎又暗示著：此一「單性，全雌性品種」的安卓珍尼，從來就只能在男性的導引、協助之下，才得以現身，並被賦予存在的意義。反過來說，這是否也意味著：女性一旦離開了男性，也就根本無所謂「自我」的追尋和存在？如是，則「女同志」國度的建構，豈不成了遙不可及的水月鏡花？而如此結果，不也正是對「生物誌」之論述的質疑與顛覆嗎？

由此以觀，由「生物誌」和「羅曼史」共同組構成的小說文本，看似相輔相成，其實卻又在可見的迴映互涉中，隱涵著連串的矛盾與自我顛覆。再扣合小說的副標題：〈一個不存在的物種的進化史〉，以及作者的「男」性身份，其弔詭之處，更所在多有。

(二)〈一個不存在的物種的進化史〉中所涵攝的曖昧與弔詭

〈一個不存在的物種的進化史〉乃是〈安卓珍尼〉的副標題，很顯然地，它將對整個小說文本的意旨，具有絕對的詮釋主導權。在這樣一個看似簡單的論述之中，其實卻涵攝了相當繁複的問題——至少，表面看來，它們已可以析分為「物種」、「進化」、「史」，以及「存在／不存在」等幾個不同層面的討論；而合併以觀，則其彼此相互間的糾結與辯證，實多有耐人深思之處。

首先，我們要問：所謂「不存在的物種」，究竟指涉的是什麼？是生物誌中的「安卓珍尼」嗎？還是羅曼史中的「我」？雖然，在作者的安排下，這二者最後乃是以「合一」的樣態呈現的，但考諸生物史的記載，類似「安卓珍尼」的斑尾毛蜥，的確是真實可見的「存在」；爬梳羅曼史的陳述，則「我」對安卓珍尼的追尋，卻自始至終均無法自外於男性社會的牢籠。以

【一】此處關於斑尾毛蜥生物特質的論述，係參考 Neil A. Campbell, *Biology* (California: University of California Riverside, 1992), p.933。

是，原以為「不存在」的物種——「單性，全雌性品種」的斑尾毛蜥，其實是現世中的客觀存在；原認為是或可實現的、純粹「女同志」國度的建構，卻反成為無從企及的海市蜃樓。而二者的合一，遂以此而充溢著「存在」和「不存在」的激辯與交鋒。

其次，再看「進化」和「史」之間的問題。基本上，「進化」是生物生存延續的實際過程，就性質言，牠乃是一種「越界」的嘗試——亦即跨出原有的生活畛域，改變既定的存在樣態，以爭取更有利的生存條件。小說中，雌性斑尾毛蜥「擺脫了受雄性支配的生育模式，撇下她的雄性同伴，通過自己的女兒和女兒的女兒穿越時光的迢迢長路，忍受了大大小小的冰河時期，在陸地最後一次沉到海底之前沿著東南亞的東岸來到中國南部」（頁七五），以及「我」由都市走向山林，再由山林而走向「一個我屬於的地方，那裡有我可以生存下去的環境」，皆可視為是經由「越界」而致的「進化」過程。而「史」，則是一特定語言文字的論述，具有肯定人文世界中所謂「存在」的意義與作用。小說中，「我」一意想為安卓珍尼編寫故事一事，正是繫因於此：

在山上的一段日子，我嘗試把我所知道關於安卓珍尼的一切寫下來，這不單是因為我希望為最後的安卓珍尼在文獻中佔上一個位置、留下一點痕跡，也是出於賦予她一種存在的欲望。（頁一一二）

只是，「進化」的可能性及其結局的或成或敗，其實是一訴諸自然的具體事件，牠的存在與否，本不必，也無須文字的建構。甚至於，文字的建構反而會妨礙、破壞了事物本然的真實。從中國道家思想對言語害道的論述，到後結構學說中對語言的懷疑不信，無不是對於語言無法呈顯真實的提醒。【二】因而，我們遂不難了解：為什麼當「我」親眼目睹安卓珍尼的出現，並與她共處了好一段時光之後，卻「把我這些日子以來關於安卓珍尼的文稿丟進火爐中統統燒掉了」；為什麼「我」會開始覺得：「為她撰寫一個故事是多麼可笑的行為」了。而整篇小說最後一段中所充溢著的「正言若反」的弔詭言辭，似乎也正是如此理念的反映：

她誕下女兒，和不誕下女兒，事實上又有什麼分別？她的女兒不是早就存在於她內，正如她早就存在於她母親內嗎？她不是老早就活在六千萬年前，正如她老早便死在六千萬年後嗎？……

她知道，要理解她，到了最終，便是沒有什麼可以理解；要跟她說話，便是沒有什麼話可以說。到了最終，這是唯一的理解，唯一的說話。她，和她。（頁七七）

【二】參見奚密：〈解結構之道：德希達與莊子比較研究〉，《中外文學》一一卷六期（一九八二年一月），頁四—三一。

然而，弔詭的是：如果說理解的最終是沒有什麼可以理解，說話的最終是沒有什麼話可以說；那麼，是不是「存在」的最後就是「沒有什麼存在」，而「不存在」的最後，反而是「唯一的存在」？落實在〈一個不存在的物種的進化史〉的論述上，這個被論斷為「不存在」的物種，同樣也就因為文字的建構，而得到了「存在」的肯定？

此外，在文本之中，「我」對「女同志」的追尋，固然始終須借助於「男」性；而跳出文本之外，讀者能夠看到此一充滿了「女性的敘事聲音」、「女性中心的思想」的「女性主義小說」，也一樣是由於「男作者」的書寫所致——這又不免使人好奇：身為一個男作者，他寫「女性書寫」時，到底是一種具嘲諷意味的仿擬？還是表示男人的確具有被轉化的可能？至此，則作者的男性身份與發言立場，是否無可避免地影響到文中的敘事效果與終極意旨？而〈安卓珍尼〉中對「女同志」情懷的鋪衍，究竟是正面的期盼？抑是反面的嘲諷？再據此推衍，則流盪於其中的「性／別」意識，自然也就因為「現實／虛構」、「存在／不存在」間的曖昧糾結，以及「文本／論述／作者身份」間的重重弔詭，具現出多層面的辯證轉折。由此看來，該小說對於「性／別意識」的呈顯，與其說是「定於一」式的期盼（或嘲諷），還不如說是在種種不確定中，提供讀者對相關問題的一分扣問與省思吧！

四、一切都是語言惹的禍

——關於語言/存在、追尋/回歸問題的反思

無疑地，以〈安卓珍尼〉為題的這篇小說，乃是將女性主義中「雌雄同體」和「女同志」的相關理論，做了十分精彩、生動的戲劇性搬演。只是，「雌雄同體」呈現的是九〇年代的解構論述，「女同志」部分卻似乎偏重於七〇年代的分離主義。二者的不同步，再加上有意識地摻入了真實/虛構、存在/不存在，以及作者之轉化/譃仿間的反覆辯證，以至於產生了文本/論述中的多重不確定性。或許，正是不同步的「雌雄同體」和「女同志」理論的錯綜為用，才營塑了二者既糾結，又離析的駁雜面貌。

不過，倘若我們仔細玩味故事結局的安排，則又會發現：若僅將它視為女性主義理論的小說化演出，似乎又忽略了它潛藏於敘事中的，意圖就語言/存在、追尋/回歸問題進行更深層反思的用心。現在，讓我們再看看故事結束前的兩段文字：

> 她並不知道自己正在等待這一天的來臨，她不知道等待是什麼的一回事，因為在她的意識中並沒有時間這種東西；沒有這種觀念，也沒有這種感應。她彷佛沒有死過，也沒有生過，她彷佛就是那樣一直存活了下來，自六千萬年前，甚至更久。她的母親以及母親的

母親存活於她的意識中，她存活於她的女兒和女兒的女兒的意識中；她就是母親，也就是女兒。……

她開始覺得，為她撰寫一個故事是多麼可笑的行為，這並不因為故事本身純屬幻想，而是因為故事正是她不需要的東西，正是她逃避的東西，她拒絕的東西。她知道她不能在故事中理解她，她知道她永遠逸遁於聲音與言辭之外，她知道如果要追上她、理解她，她只有跟隨著她逃出故事之外，到那沉默永恆而充滿幻彩的夢境世界中。（頁七七）

前一段文詞，似乎閃爍著的是「太初有無，無有無名」（《莊子．天地》）、「在混芒之中，與一世而得澹漠焉」（《莊子．繕性》）的自然存在觀；後一段文詞，則是在對「聲音與言辭」的棄絕中，隱隱流露出「道未始有封，言未始有常，為是而有畛也」（《莊子．齊物論》）的語言害道論。合併以觀，則所引發的問題便包括了：「我」對安卓珍尼的尋找，究竟是一種「烏托邦」式的前瞻性追尋，抑是一種「桃花源」式的原鄉性回歸？【二】而無論是「追尋」，抑是「回歸」，其「存在」和「語言」之間，又具有什麼樣的關係？

很顯然地，從「羅曼史」的敘述看來，「我」由城市而山林，而到「一個我屬於的地方」，正是藉對安卓珍尼的尋找，以喻示對一理想的，「我可以生存下去的環境」的追尋。但由「生物誌」的敘述，卻會發現：此一名為安卓珍尼的斑尾毛蜥，乃是一個「從進化成哺乳類動物的道路上退下來」的物種，牠的先祖「在進化的道路上停住了腳步，甚至往回走」，以致於：

> 牠不單放棄了毛髮和乳房，也放棄了發達的大腦皮層、思維的能力、時間的感知、聲音的發聽、敘說的本領。牠放棄了清醒的意識和間歇的夢境，讓自己完全浸沐於造夢般的意識狀態中，讓五光十色的世界在眼前流過而無須通過大腦分析，在沉默無聲的存在中遺忘世代的過去。不，不是遺忘，因為牠從來不曾記起過，從來不曾知道先與後，生與死。（頁四〇）

不知先後，無論生死，這與前面所摘錄的兩段文字，豈不同樣指向了道家所倡言的混沌之境？羅曼史中前瞻性的追尋所得，竟是生物誌中的原鄉式回歸，此一現象，不僅與《老子》所謂「大曰逝，逝曰遠，遠曰反」（二十五章）的「圓形天道觀」若合符節，亦且和前述艾里亞德對「雌雄同體」之信仰的說解遙相唱和。進而言之，則「我」與安卓珍尼的合而為一，遂亦不妨視為「天地與我並生，萬物與我為一」之「齊物」思想的發揮了。

【一】有關樂園神與烏托邦的問題，參見張惠娟：〈樂園神話與烏托邦——兼論中國烏托邦文學的認定問題〉，《中外文學》一五卷三期（一九八六年八月），頁七八—一〇〇。

也因此，「我」對安卓珍尼的尋覓歷程，既是追尋，也是回歸；既是眺望烏托邦，也是懷想桃花源。其原因，一方面或許是因為「周行而不殆」乃是一切事物運行流轉的法則，繁華落盡，自當歸真返璞；另一方面，更是因為所有人文世界中的區判和分辨，莫不是因「語言」的作用所致。《莊子．齊物論》中早已指出：

> 道隱於小成，言隱於榮華。故有儒墨之是非，以是其所非而非其所是。欲是其所非而非其所是，則莫若以明。……天地與我並生，而萬物與我為一。既已為一矣，且得有言乎？既已謂之一矣，且得無言乎？一與言為二，二與一為三。自此以往，巧歷不能得，而況其凡乎？【一】

「一與言為二，二與一為三」，正是具體地標示出語言與道體的割裂，以及在表意作用時的治絲益棼。

至於當代女性主義的後結構理論，則在論證「語言」與「主體性」的關係時，特別強調「話語構成了作為一個主體的方式，也就是主體性的模式」，因而，所謂的「性別」觀念，其實非但都是語言的特殊建構，而且，還和現存的權力體制息息相關。克莉絲．維登（Chris Weedon）便曾指出：

正是在（由語言所建構的）常識中，以及在任何特定時刻流通的其他話語中，主體位置被提供給我們。這些主體位置假定了一名身為女性或男性所具有的規範，並且它們依據這些規範來試圖構成我們的女性及男性性質。它們提供給我們存在與行為的方式，以及心理與情感的滿足模式。【二】

而在父權社會結構中，如此的性別言語建構，又不免以生物學理論為其主要依據，以行其對女性的宰制之實。維登說：

性差異的生物學理論試圖將女性及男性性質的本質與功能的社會定義歸諸於一個固定的、不會改變的自然秩序。此秩序由女性或男性身體所保證，獨立於社會與文化因素之外。這些生物學理論……訴諸女性與男性之間可觀察的或可想像的生物差異，以解釋我們不同的社會地位和功能的自然性與必然性，尤其是在女性爭取改變的時候。【三】

【一】見《莊子集釋》（臺北：河洛圖書出版社，一九七四年），頁七九。

【二】克莉絲．維登著，白曉虹譯：《女性主義實踐與後結構主義理論》（臺北：桂冠圖書股份有限公司，一九九四年），頁一一六。

【三】同前註，頁一五〇。

落實到〈安卓珍尼〉一文中，我們可以很清楚地看到：在羅曼史中，「丈夫」對於「我」的絮絮叨叨，及「我」不斷將話語貫入「男人」的耳中，正是藉著對於「發言權」的掌控，一方面確定自我的主體身份，另一方面，亦藉此以行「宰制」之實。而在生物誌中，費文與莫娃的爭議，表面上似乎只是生物學上的學術之爭，實則卻隱涵著父權社會結構中關乎「性別」論述的權力爭鬥——而實際上，無論是費文所論斷的「單性物種乃不正常和次等的雜交種」，抑是莫娃所倡議的「雄性滅絕論」，其孰是孰非，全都無礙，也無關於毛蜥的存在實況。這就有如生物學中習於以「界門綱目科屬種」的層級以界分自然界的各類物種，卻無法解釋「為何斑尾毛蜥會擁有鬣蜥科的頭身但卻擁有石龍子科的尾部」；以及牠「背上的毛鬣超出了蜥蜴亞目甚至是整個爬行綱的分類條件」。

所以如此，或因人文世界中的言語論述，莫不皆屬於以「人」(「男」人?)為本位的，「後設」式的推演與規範。「人」以自我為中心，意圖為自身及天地萬物建立合理的存在秩序，乃藉由所謂的「科學」、「實證」，演繹出諸般自以為具有學理依據的論述，以解釋或建構人文及自然世界中的各種現象。於是，看到與人類雙性生殖不同的交配情況，便謂之為「『假性』交配」;對毛蜥自體受精狀況的描述，是卵子與另一種「『類似』雄性精子的結合」——但就毛蜥本身的存在而言，交配即為交配，何來「真」、「假」?;體內細胞的分裂與結合，自有其一定律則，又何必強行比附於一般雙性生殖之物種，析辨其「類似」與否?;至此，則牠究竟是「進化」

抑是「退化」的爭議，遂益顯無謂。

同理，所謂「男性」、「女性」的主體位置，「性」、「性別」、「性傾向」的區判，乃至於關乎「雌雄同體」、「女同志」的各類論述，又何嘗不是語言的建構結果？人生而有別，但在眾聲喧嘩之中，原本的千差萬異，卻總是被後天的話語論述強行納入特定的框架之內，並以此衍生無數的困擾與權力爭鬥——而為了超脱困境，臻於美善，是否就只好捨棄語言，追尋／回歸至「沉默永恆而又充滿幻彩的夢境世界中」呢？這就無怪乎，為什麼「我」尋尋覓覓，歷經萬難後所找到的安卓珍尼，竟是一個「不能在故事中理解她」、「永遠逸遁於聲音與言辭之外」的物種了。

五、結語：也是對話？

在女性主義、性別研究已成顯學、各類論述爭鳴齊放的今天，小説〈安卓珍尼〉的出現，自有其一定的時代性意義。經由前文的論析，可以看出：「雌雄同體」和「女同志」論述，當是其據以演繹小説美學與性別意識的重要依據。然而，弔詭的是，儘管表面看來，它打的是「雌雄同體」、「女同志」的旗號，但在文本中，卻又不時地提出質疑，進行顛覆；它以動人的語言訴説故事，賦予存在，導引出的，卻是對語言／存在問題的抗辯、對追尋／回歸歷程的反思。當代思潮／作者／文本間的多重對話，於焉可見一斑。而這一切，不僅因作者性別及書寫態度問題的介入，益增複雜面向；讀者的立場與相關的「前理解」，亦皆不免造成閱讀／詮釋時的歧異。【一】其間的曲折糾葛，自當還有其他可拓展的空間。本文的解讀，或許只是眾多讀法中的一種——套一句前文論及費文與莫娃之爭議時曾經用過的句子：其孰是孰非，全都無礙、也無關於〈安卓珍尼〉的存在實況——只是，在這眾聲喧嘩的當代時空中，既然董啟章不能「逸遁於聲音與言辭之外」，要致力於〈安卓珍尼〉的撰寫；那麼，身為一個讀者，自然也可以理直氣壯地大放厥詞，藉語言以突顯存在，讓它留下如此這般的另一番對話了！

後記：本文撰寫過程中，曾蒙外文系廖咸浩、張小虹兩位教授提供「雌雄同體」暨「女同志」理論的相關參考資料。另外，有關毛蜥的生物學資料，則由農藝系汪青蓉、醫學系張惠琇兩位同學提供，謹此誌謝。

【一】如在小說獎評審時，各評審雖皆給於該文極高度的肯定，但各人的著眼點卻不盡相同。詳參《聯合文學》一二一期，頁四五—五九。

作者簡介

梅家玲，臺灣大學中文研究所博士，現任臺灣大學中文系特聘教授、臺灣中文學會理事長。曾任美國傅爾布萊特基金會訪問學人、哈佛燕京學社訪問學人、臺灣大學臺灣文學研究所所長、臺灣大學中文系主任、文學院臺灣研究中心主任。曾先後赴捷克查理大學、清華大學（北京）、德國海德堡大學、香港嶺南大學客座講學。研究領域兼括中國近現代文學、臺灣文學與漢魏六朝文學。著有《從少年中國到少年臺灣——二十世紀中文小說的青春想像與國族論述》、《性別，還是家國？——五〇與八、九〇年代臺灣小說論》、《世說新語的語言與敘事》、《漢魏六朝文學新論——擬代與贈答篇》等。編有《性別論述與臺灣小說》、《臺灣現代文學教程：小說讀本》、《晚清文學教室——從北大到臺大》、《文化啟蒙與知識生產》、《臺灣研究新視野——青年學者觀點》等。

著述年表

學術專著：

1 《漢魏六朝文學新論——擬代與贈答篇》，臺北：里仁書局，一九九七年。

2 《古典文學與性別研究》（與鄭毓瑜、蔡瑜、洪淑苓、康韻梅、陳翠英合著），臺北：里仁書局，一九九七年。

3 《世說新語的語言與敘事》，臺北：里仁書局，二〇〇四年。

4 《性別，還是家國？——五〇與八、九〇年代臺灣小說論》，臺北：麥田出版社，二〇〇四年。

5 《漢魏六朝文學新論——擬代與贈答篇》（增訂版），北京：北京大學出版社，二〇〇四年。

6 《從少年中國到少年臺灣——二十世紀中文小說的青春想像與國族論述》，臺北：麥田出版社，二〇一二年。

期刊論文：

1 〈劉勰「神思論」與柯立芝「想像說」之比較與研究〉，《中外文學》十二卷一期（一九八三年六月），頁一四〇—一五四。

2 〈唐代贈序初探〉，《國立編譯館館刊》十三卷一期（一九八四年六月），頁一九四—二一四。

3 〈論《杜子春》與《枕中記》的人生態度——從「幻設技巧」的運用談起〉，《中外文學》十五卷十二期（一九八七年五月），頁一二二—一三三。

4 〈論八股文的淵源〉，《文學評論》（一九八七年），第九集，頁三一一—三三四。

5 〈《世說新語》名士言談中的用典技巧〉，《臺大中文學報》二期（一九八八年十一月），頁三四一—三七六。

6 〈《毛詩序》「風教說」探析：兼論其與六朝文學批評之關係〉，《臺大中文學報》三期（一九八九年十二月），頁四八九—五二六。

7 〈《世說新語》的敘事藝術：兼論其對中國敘事傳統的傳承與創變〉，《國家科學委員會研究彙刊：人文及社會科學》四卷一期（一九九四年一月），頁三八—五八。

8 〈眾聲喧嘩中的《我妹妹》：論張大春《我妹妹》的多重解讀策略及其美學趣味〉，《聯合文學》一百二十四期（一九九五年二月），頁一四〇—一五〇。

9 〈論謝靈運《擬魏太子鄴中集詩八首並序》的美學特質：兼論漢晉詩賦中的擬作、代言現象及其相關問題〉，《臺大中文學報》七期（一九九五年四月），頁一五五—二一六。

10 〈漢晉詩歌中「思婦文本」的形成及其相關問題〉，《文史哲學報》四十四期（一九九六年六月），頁一二三—一六四。

11 〈依違於婦德與才性之間：《世說新語．賢媛篇》的女性風貌〉，《婦女與兩性學刊》，八期（一九九七年四月），頁一—二八。

12 〈少年臺灣：八、九〇年代臺灣小說中青少年的自我追尋與家國想像〉，《漢學研究》十六卷二期（一九九八年十二月），頁一一五—一四〇。

13 〈《世說新語》品鑒美學中的人與自然〉，新加坡《新華文學》四十九期（二〇〇〇年六月），頁一四〇—一五五。

14 〈性別論述與戰後臺灣小說發展〉，《中外文學》二九十卷三期（二〇〇〇年八月），頁一二八—一三九。

15 〈五〇年代の国家の言説／文芸創作における「家国の想像」——陳紀瀅の反共小説を例として〉，宇野木洋、西村正男譯，日本《野草》六十七期（二〇〇一年二月），頁二三—四三。

16 〈發現少年，想像中國：梁啟超「少年中國說」的現代性、啟蒙論述與國族想像〉，《漢學研究》十九卷一期（二〇〇一年六月），頁二四九—二七六。

17 〈白先勇小說的少年論述與臺北想像——從《臺北人》到《孽子》〉，《中外文學》三十卷二期（二〇〇一年七月），頁五九—八一。

18 〈性別 vs. 家國：五〇年代的臺灣小說——以《文藝創作》暨文獎會得獎作品為例〉，《臺大文史哲學報》五十五期（二〇〇一年十一月），頁三一—七六。

19 "Gender Discourse and the Development of Postwar Fiction in Taiwan", Translated by Jennifer W. Jay, *Taiwan Literature English Translation Series* No. 12. January 2003, pp139-154.

20 〈依違於婦德與才性之間——《世說新語．賢媛篇》的女性風貌〉，《新文學》第一輯（二〇〇三年十月），頁八九—一〇七。

21 〈林海音與凌叔華的北京故事〉，《現代中國》第五輯（二〇〇四年十二月），頁一四五—一五八。

22 〈身體政治與青春想像：日據時期的臺灣小說〉，《漢學研究》二十三卷一期（二〇〇五年六月），頁三五—六二。

23 〈夏濟安、《文學雜誌》與臺灣大學——兼論臺灣「學院派」文學雜誌及其與「文化場域」和「教育空間」的互涉〉，《臺灣文學研究集刊》創刊號（二〇〇六年二月），頁六一—一〇二。

24 〈包天笑與清末民初的教育小說〉，《中外文學》三十五卷一期（二〇〇六年六月），頁一五五—一八三。

25 〈孩童，還是青年？——葉聖陶的教育小說與二〇年代青春／啟蒙論述的折變〉，《臺灣文學研究集刊》第二期（二〇〇六年十一月），頁七九—一〇四。

26 〈流動的教室，虛擬的學堂——晚清蒙學報刊中的文化傳譯、知識結構與表述方式〉，《現代中國》十一期（二〇〇八年），頁四五～七五。

27 〈戰後初期臺灣的國語運動與語文教育——以魏建功與臺灣大學的國語文教育為中心〉，《臺灣文學研究集刊》七期（二〇一〇年二月），頁一二五—一六〇。

28 〈少年中國から少年臺灣へ—二十世紀中国語小説における青春想像と国家言説—〉，豊田周子譯，《中國學志》二五號（二〇一〇年十二月），頁一五—五〇。

29 〈女性主體與抒情精神——國光新編京劇的文學特質與文學史意義〉，《中國文哲研究集刊》二十一卷一期（二〇一一年三月），頁四三—五〇。

30 〈有聲的文學史——「聲音」與中國文學的現代性追求〉，《漢學研究》二十九卷二期（二〇一一年六月），頁一八九—二三三。
31 〈城市，空空如也？——開封與當代都市女性成長小說〉，《漢語言文學研究》，三卷二期（二〇一二年六月），頁三五—四〇。
32 〈《中外文學》與中國／臺灣文學研究——以「學院派文學雜誌」為視角的考察〉，《中外文學》四十一卷四期（二〇一二年十二月），頁一四一—一七四。
33 〈戰鬥文藝與聲音政治：《大公報．戰線》與五〇年代臺灣的「朗誦詩」〉，《中國文學學報》三期（二〇一二年十二月），頁三九—六一。
34 〈「声」と中国文学の現代における転換——洪深『戲的念詞与詩的朗誦』を起点とする検討〉，藤野真子譯，《中国二一》四十三卷「中国近現代文学研究」特集（二〇一五年），頁一二九—一五四。
35 〈使筆如使槍：重探國軍新文藝運動〉（與馬翊航、劉于慈合著），《文訊》三百五十二期（二〇一五年二月），頁六四—七四。
36 〈說「文」解「字」：張貴興小說與「華語語系文學」的文化想像及再現策略〉，《清華學報》四十八卷四期（二〇一八年十二月），頁七九七—八二八。

專書論文：

1 〈理想大學國文教學的追尋：由臺大歷年教材教法的演變談起〉，《第一屆國語文教材教法研討會論文集》，臺北：臺灣師範大學國文系，一九九二年六月，頁三四五—三六四。
2 〈雌雄同體／女同志的文本解讀——從〈安卓珍尼〉談當代小說教學時的理論應用及其相關問題〉，《現代文學教學研討會論文集》，臺北：臺灣大學中文系，一九九六年七月，頁一五—四九。

3 〈二陸贈答詩中的自我、社會與文學傳統〉，《漢魏六朝文學新論：擬代與贈答篇》，臺北：里仁書局，一九九七年五月，頁二三五—二九四。

4 〈論建安贈答詩及其在贈答傳統中的意義〉，《魏晉南北朝文學國際學術研討會論文集》，南京：南京大學出版社，一九九七年九月，頁一九六—二四七。

5 〈六朝志怪人鬼姻緣故事中的兩性關係——以「性別」問題為中心的考察〉，《魏晉南北朝文學與思想學術研討會論文集》，臺北：文津出版社，一九九七年九月，頁五五—八四。

6 〈八、九〇年代眷村小說（家）的家國想像與書寫政治〉，《臺灣現代小說史綜論》，臺北：聯經出版公司，一九九八年十二月，頁三八五—四一〇。

7 〈「她」的故事：平路小說中的女性．歷史．書寫〉，《中國女性性書寫——國際學術研討會論文集》，臺北：學生書局，一九九九年九月，頁二八九—三二一。

8 〈《傾城之戀》中參差對照的蒼涼美學〉，《閱讀張愛玲：張愛玲國際研討會論文集》，臺北：麥田出版社，一九九九年十月，頁二五七—二七五。

9 〈五〇年代國家論述／文藝創作中的「家國想像」——以陳紀瀅反共小說為例的探討〉，《文藝理論與通俗文化：四〇—六〇年代》，臺北：中央研究院文哲所，一九九九年十二月，頁一三九—一六五。

10 〈孤兒？孽子？野孩子？——戰後臺灣小說中的父子家國及其裂變〉，《文化、認同、社會變遷——戰後五十年臺灣文學國際學術研討會論文集》，臺北：文建會，二〇〇〇年六月，頁三六三—三九九。

11 〈梁啟超《少年中國說》與晚清「少年論述」的形成〉，《晚明與晚清：歷史傳承與文化創新》，武漢：湖北教育出版社，二〇〇二年三月，頁六四—七九。

12 〈誰在思念誰？——徐淑、鮑令暉女性思婦詩與漢魏六朝「思婦文本」的糾結〉，《古代女詩人研究》，武漢：湖北教育出版社，二〇〇二年八月，頁一二九—一四四。

13 〈兩岸關係中的文學想像——從反共小說到眷村小說〉，《家國之間：開展兩岸關係的能動機緣》，臺北：新臺灣人文教基金會，二〇〇三年一月，頁三一一—三二四。

14 〈中國文學／系在臺灣——以臺大中文系為例〉，《全球化時代的中文系》，臺北：文史哲出版社，二〇〇六年六月，頁四三—五六。

15 〈個人教學網頁設計的理念與實踐——以「梅網」為例〉，《文學數位製作與教學》，臺北：五南出版公司，二〇〇七年一月，頁九一—一〇六。

16 〈從長到洛陽——漢晉賦作中的京都論述及其轉化〉，《西安：歷史記憶與城市文化》，北京：北京大學出版社，二〇〇九年三月，頁八九—一〇三。

17 〈夏濟安與文學雜誌〉，《中國現代小說的史與學》，臺北：聯經出版公司，二〇一〇年十月，頁四七—六二。

18 〈臺湾小説における身体の政治学と青春想像——国家からジェンダーまで〉，《臺湾文化表象の現在：響きあう日本と臺湾》，名古屋：株式会社あるむ，二〇一〇年十一月，頁二三三—二七一。

19 〈晚清蒙學報刊中的文化傳譯、知識結構與表述方式——以《蒙學報》與《啟蒙畫報》為中心〉，《兒童的發現：現代中國文學及文化中的兒童問題》，北京：北京大學出版社，二〇一一年四月，頁三五—七二。

20 "La politique du corps et l'image de la jeunesse: la littérature de fiction taïwanaise à l'époque de l'occupation japonaise", H. Denès & I. Rabut, Trans. In A. Pino & I. Rabut (Eds.), *La littérature taïwanaise état des recherches et réception à l' étranger*, 2011, pp. 195-223.

21 〈城市，空空如也？——開封與當代都市女性成長小說〉，《開封：都市想像與文化記憶》，北京：北京大學出版社，二〇一三年一月，頁四五七—四六九。

22 〈從北大到臺大——臺灣大學的新文學傳承與轉化〉，《解讀文本：五四與中國現當代文學》，北京：北京大學出版社，二〇一四年一月，頁六三—八一。

23 〈戰爭、現代性與五〇年代臺灣的文化政治——以婦聯會「徵衣工作」為例的探討〉，《林文月先生學術成就與薪傳國際學術研討會論文集》，臺北：臺灣大學中國文學系，二〇一四年五月，頁五七九—五九八。

24 〈戦う文芸と声の政治〉，濱田麻矢譯，濱田麻矢、薛化元、梅家玲、唐顥芸編，《漂泊の叙事：一九四〇年代東アジアにおける分裂と接触》，東京：勉誠出版，二〇一五年八月，頁一三七—一五六。

25 〈學院教育與知識生產—以《中外文學》的中國／臺灣研究為例〉，史書美、梅家玲、廖朝陽、陳東升主編，《知識臺灣：臺灣理論的可能性》，臺北：麥田出版社，二〇一六年六月，頁三三七—三七四。

26 〈現代的聲音——「聲音」與文學的現代轉型〉，梅家玲、林姵吟主編，《交界與遊移：跨文史視野中的文化傳譯與知識生產》，臺北：麥田出版社，二〇一六年十二月，頁二一七—二四六。

27 "Voice and the Quest for Modernity in Chinese Literature" *The Oxford handbook of modern Chinese literatures*, edited by Carlos Rojas and Andrea Bachner. 2016.12, P P149-171.

28 〈後戰爭〉，史書美、梅家玲、廖朝陽、陳東升主編，《臺灣理論關鍵詞》，臺北：聯經出版公司，二〇一九年三月，頁一六七—一七五。

29 〈發現青少年，想像新國家〉，王德威、宋明煒主編：《五四 @100：文化，思想，歷史》，臺北：聯經出版公司，二〇一九年四月，頁一〇九—一一二。

專書編選：

1 《性別論述與臺灣小說》，臺北：麥田出版社，二〇〇〇年。
2 《臺灣現代文學教程：小說讀本》，臺北：二魚文化，二〇〇二年。
3 《晚清文學教室——從北大到臺大》，臺北：麥田出版社，二〇〇四年。
4 青少年臺灣文庫「小說讀本」《彈子王》，臺北：五南出版社，二〇〇六年。
5 《文化啟蒙與知識生產》，臺北：麥田出版社，二〇〇六年。
6 《臺灣研究新視野——青年學者觀點》，臺北：麥田出版社，二〇一一年。
7 《知識臺灣：臺灣理論的可能性》（與史書美、廖朝陽、陳東升合編），臺北：麥田出版社，二〇一六年。
8 《交界與遊移：跨文史視野中的文化傳譯與知識生產》（與林姵吟合編），臺北：麥田出版社，二〇一六年。
9 《臺灣理論關鍵詞》（與史書美、廖朝陽、陳東升合編），臺北：聯經出版公司，二〇一九年。